우진 현대 판타지 장편소설

WISHBOOKS MODERN FANTASY STORY

다시 태어난 베토벤

다시 태어난 베토벤 앙코르 2

우진 현대 판타지 장편소설

초판 1쇄 찍은 날 | 2020년 11월 23일
초판 1쇄 펴낸 날 | 2020년 11월 30일

지은이 | 우진
펴낸이 | 예경원

기획 | 위시북스
편집책임 | 이은송
편집 | 위시북스

펴낸곳 | 예원북스
등록번호 | 제396-2012-000132호
등록일자 | 2012. 7. 25
KFN | 제1-576호

주소 | 경기도 고양시 일산동구 호수로 646-24 위너스21II빌딩 206A호 (우)10401
전화 | 031-819-9431 팩스 | 031-817-9432
E-mail | yewonbooks@naver.com

ISBN 979-11-365-4515-2 04810
979-11-6424-234-4 (set)

※ 이 도서의 국립중앙도서관 출판시도서목록(CIP)은 서지정보유통지원시스템 홈페이지(http://seoji.go.kr)와 국가자료공동목록시스템(http://www.nl.go.kr/kolisnet)에서 이용하실 수 있습니다.

우진 현대 판타지 장편소설

WISHBOOKS MODERN FANTASY STORY

다시 태어난 베토벤

앙코르

2

완결

Wish Books

다시 태어난 베토벤

CONTENTS

· 7악장 ·
음악 여행

"좀 더 쉬지."

배도빈이 일어나자 나윤희가 걱정스레 말을 꺼냈다.

"모처럼 놀러 왔는데 시간이 아깝잖아요. 저런 건 사양하지만."

헐리포레스트 타워 호텔을 올려다보곤 고개 젓는 연인이 귀여웠다.

반대로 배도빈은 웃음이 많아진 나윤희가 더욱 좋아졌다.

"그럼."

나윤희가 비교적 얌전한 놀이기구를 찾으려고 디자인랜드 어플을 열었다.

좀 더 과격한 것을 타보고 싶었지만 좋아하는 사람과 유원지에 오는 것만으로도 즐거웠다.

기구를 타는 것보다 그와 함께하는 시간이 소중했다.

"이건 어때?"

나윤희가 고개를 들고 물었다. 그녀의 시야에 어느 곳을 응시하는 배도빈이 들어왔다.

그를 따라 시선을 옮기자 소프트아이스크림 가게를 볼 수 있었다.

"아이스크림 먹을래요?"

"응."

두 사람이 다가가자 매장 주인이 반겼다.

"맙소사! B잖아!"

배도빈도 인사했다.

"반가워요, 제프."

"오! 절 알아요? 제 아이스크림이 맛있기는 해도 독일까지 소문이 났을 거라곤 몰랐는데!"

배도빈이 명찰을 가리키자 아이스크림 매장을 운영하는 제프가 크게 웃었다.

"하하하하! 어쨌든 이름을 불린 건 똑같으니 오늘은 올해 가장 행복한 날이에요."

배도빈이 야단스러운 팬에게 웃어주며 주문을 했다.

"초콜릿과 딸기를 섞어 주세요."

"푸린 악장님께선?"

"포도로 주세요."

"초콜릿과 딸기, 포도! 금방 준비하겠습니다!"

얼굴이 빨갛게 달아오른 나윤희가 귀여웠다.

"팬들 사이에선 정말 푸린으로 불리나 봐요."

"……."

"푸린. 귀엽네요."

배도빈이 푸린을 검색하면서 놀리자 부끄러움을 참던 나윤희가 그를 툭 쳤다.

나윤희는 자신이 그를 때렸음에 놀랐지만 배도빈은 그 모습이 더 사랑스럽게 느껴졌다.

"왜 자꾸 놀려."

배도빈이 웃었다.

그리고 예전 그녀가 최지훈이나 가우왕과의 관계를 부러워했던 것을 떠올렸다.

"예전엔 막 대해 달라는 말을 이해할 수 없었는데 이젠 알 것 같아요."

"어?"

"좋다고요."

배도빈의 환한 미소를 본 나윤희가 소심하게 그의 옆구리를 쿡 찔렀다.

그날 저녁.

배도빈 일행은 오늘 내내 경험했던 놀라운 일들을 풀어내느라 정신이 없었다.

"꼭! 이건 진짜 꼭 타야 해!"

차채은과 진달래가 스마트폰을 들이밀며 나윤희를 압박했고.

"이 공연 내일도 한다고 하니까 꼭 들어봐."

최지훈도 지지 않고 배도빈을 설득하고 나섰다.

아이들은 아이들끼리 신나서 재잘댔고 저녁 식사 시간은 좀처럼 진정할 줄 몰랐다.

"이거 예약하면 훨씬 편해."

"이런 게 있었어?"

할 수 있는 한 최대로 즐기기 위해 이런저런 정보를 나누던 최지훈, 차채은, 진달래, 죠엘이 나윤희를 찾았다.

고개를 돌린 곳에 배도빈과 나윤희가 오늘 아침보다 더 가깝게 붙어 있었다.

소파에 앉아 마주 본 채.

배도빈은 왼팔을 소파 등받이에 걸치고 얼굴을 기대고 있었다.

나윤희는 무릎을 모은 채 그의 사랑 가득한 눈빛을 애틋하게 마주하고 있었다.

진달래가 소곤거렸다.

"저렇게 죽고 못 살면서 그동안 어떻게 참았대?"

"그러니까. 아주 꿀이 떨어져요. 꿀이."

차채은이 긍정하며 두 사람을 보다가 무심코 고개를 돌렸다. 방실방실 웃는 최지훈과 눈을 마주치자 황급히 시선을 피했다.

"하으으음."

마침 산타 웨인이 길게 하품을 했다.

죠엘이 동생에게 다가갔다.

"내일도 놀려면 일찍 자야지?"

"네."

9시가 되면 항상 잠들었던 산타 웨인이 힘없이 대답했다.

"저희 먼저 들어가 볼게요."

"푹 쉬세요."

웨인 남매가 방을 나서자 프란츠 페터도 동생을 일으켜 세웠다.

"알, 우리도 자러 가자."

"조금만 더 놀면 안 돼?"

"안 돼?"

알베르트와 배도진이 눈망울을 그렁대며 물었지만 소용없었다.

"안 자면 내일 못 놀 텐데?"

프란츠가 제법 의젓하게 동생들을 달래고 배도빈에게 인사했다.

"형, 저희 자러 갈게요."

"도진이도?"

"응. 같이 잘래."

배도진이 알베르트의 옷자락을 쥐고 놓지 않았다.

배도빈이 동생의 머리를 헝클이며 당부했다.

"이 닦고 세수하고. 로션 바르고 자."

"응. 누나 바바."

"잘 자."

웨인 남매와 페터 형제 그리고 배도진까지 방을 나서자 차채은이 눈을 깜빡였다.

자신과 같이 방을 쓰는 진달래를 제외하고 최지훈과 배도빈, 나윤희만 남았으니 방을 어떻게 나눈 건지 이해할 수 없었다.

최지훈이 양팔을 쭉 펴며 일어났다.

"나도 들어갈게. 내일 봐."

"도빈 오빠랑 같이 안 자?"

차채은의 질문에 최지훈이 웃었다.

진달래가 차채은에게 눈치를 주었다.

"쉿. 쉿."

"뭘?"

"이럴 땐 모른 척 넘어가는 거야."

차채은은 진달래의 말을 여전히 이해하지 못한 채 최지훈의 인사를 받았다.

최지훈이 웃으며 배도빈과 나윤희에게 인사했다.

"도빈아, 누나, 내일 봐요."

"들어가."

"내일 봐."

두 사람이 인사하자 진달래도 일어나 차채은을 재촉했다.

"우리도 가자."

그제야 둔감한 차채은의 눈이 떠졌다.

"둘이 같!"

갑자기 난 큰소리에 배도빈과 나윤희가 고개를 돌렸다.

진달래에게 입을 막힌 차채은이 흥분해 날뛰고 있었다.

"우리 간다!"

"읍으읍!"

"가만히 좀 있어!"

"우우읍읍!"

두 사람이 결혼을 약속한 사이라는 건 알지만, 매우 보수적인 사고관을 가진 차채은에게는 받아들일 수 없는 일이었다.

그녀가 발버둥 치자 나윤희가 웃으며 다가가 두 사람을 배웅했다.

차채은이 눈빛으로 정말 괜찮냐고 물었지만 나윤희는 그저 그 상황이 웃길 뿐이었다.

모든 사람을 배웅하고 나윤희가 배도빈 곁에 앉았다.

"채은이 귀엽다."

"어릴 때는 그랬죠."

"왜? 지금은?"

"기자 다 됐어요."

나윤희가 이제는 제법 언론인 티를 내는 차채은을 떠올리며 웃다가 가까이 다가온 그의 숨결을 느끼곤 눈을 감았다.

♪

2028년 5월 2일 화요일.

개편된 연수 제도를 처음으로 경험할 단원들이 정기 회의를 통해 동료들에게 인사했다.

이미 친하게 지내는 사람끼리는 누가 어디로 향하는지 알고 있었지만, 그 사실을 모든 단원이 공유하진 않았기에 마련된 자리였다.

"꼭 필요한지 모르겠지만 아무튼 쉬라니까."

가우왕이 퉁명스럽게 말했다.

"돌아올 땐 머리카락이랑 수전증 좀 고치고 오라고."

"학학학학학!"

"닥쳐!"

마누엘 노이어와 피셔 디스카우, 진 마르코 등이 가우왕을 응원했다.

비록 가우왕이 연수를 휴식처럼 말했으나 조금도 걱정되지 않았다.

가우왕이 아내 예나왕만큼이나 피아노를 사랑한다는 걸 충분히 알고 있었기에 금단현상과 스트레스로 시작된 탈모나 고치길 바랄 뿐이었다.

"저는 로테르담으로 가게 되었어요."

이어 제1바이올린 부수석 제이미 알렉산드라가 로테르담 필하모닉의 바이올리니스트 셀리 그린버그와 3개월간 업무교환이 예정됨을 알렸다.

"왜?"

단원들이 펄쩍 뛰었다.

악명 높기로는 빌헬름 푸르트벵글러, 배도빈과 함께 손꼽히는 아르투로 토스카니니가 지휘하는 로테르담이라니.

그들로서는 이해할 수 없었다.

"연주해 보고 싶은 레퍼토리도 있고 또 힘들어 봤자 얼마나 힘들겠어."

제이미 알렉산드라의 말은 묘하게 설득력 있었다.

어떤 상상을 해봐도 빌헬름 푸르트벵글러와 배도빈보다 상대하기 어려운 지휘자는 없을 듯했다.

20여 년 전 아르투로 토스카니니의 신경질적인 쇳소리에 노이로제가 생겼던 단원도 있었지만 말을 삼켰다.

이미 결정된 일.

두 사람과는 또 다르게 단원을 괴롭히는 토스카니니의 포악함을 굳이 알려서 좋을 것 없다고 생각했다.

단원들이 응원의 박수를 보내고.

나윤희가 나섰다.

"저는 체코랑 암스테르담, 서울에 다녀오려 해요. 좋은 경험을 먼저 얻었으니 열심히 배우고 올게요."

단원들이 앞선 제이미 알렉산드라를 응원했던 것처럼 박수를 보냈다.

마지막으로 배도빈이 단상에 오르자 이자벨 멀핀이 악단주가 주문한 자료 사진을 스크린에 띄웠다.

"첫 달은 엘리아후 인손과 함께할 예정입니다."

배도빈은 체코 필하모닉 지휘자 엘리아후 인손과 어떤 대화를 나눴는지부터 암스테르담 로얄 콘세르트허바우의 지휘자 마리 얀스가 어떤 경험을 약속했는지, 대한국립교향악단과 무엇을 할지 상세히 설명했다.

그런 말들이 단원들의 귀에 들어갈 리 없었다.

그들은 흐뭇하게 웃으며 보스의 말을 흘려들었다.

'좋을 때야.'

'식 올리기 전에 신혼여행부터 가네. 얼마나 급했으면.'

'체코에 근사한 식당 있는데. 이따 악장님께 알려드려야지.'

'이맘때 암스테르담이 날씨가 변덕이 심할 텐데. 뭐, 사랑으로 극복하겠지.'

유달리 따뜻한 시선에 배도빈이 인상을 썼다.

"하고 싶은 말 있으면 해요."

"좋은 계획인 것 같습니다."

악단주가 의심의 눈초리를 풀지 않았지만 단원들은 그저 따뜻한 눈빛으로 바라볼 뿐이었다.

마땅히 집어낼 구석이 없었기에 석연치 않은 마음을 숨기고 다음 화제를 꺼냈다.

"이미 전파되었지만 제가 없는 동안 전권은 세프에게 있습니다. 그와 여러분을 믿으니 안심하고 떠날 수 있고요. 돌아올 때는 파우스트와 함께할 테니 다들 기대해 주세요."

"오오."

"해마다 큼직한 거 하나씩 꺼내네. 기대할게요, 보스!"

작년 그랜드 심포니를 준비하는 데에도 2년 가까이 공을 들였던 만큼 조금은 쉬고 싶을 법도 한데.

의욕을 보이는 단원들이 믿음직스러웠다.

♪

연수를 떠나기에 앞서.

지난주부터 악단 내 모든 일을 빌헬름 푸르트벵글러와 카밀라 앤더슨에게 맡긴 배도빈은 한결 여유로웠다.

찰스 브라움이 연주할 바이올린 소나타 13번과 나윤희에게 맡길 14번 소나타도 완성 단계에 이르렀다.

두 주인공을 세웠으니 이제는 〈파우스트〉의 대단원을 위한 3악장을 다듬는 일만 남기고 있었다.

'올해 안에는 올릴 수 있겠어.'

배도빈은 3개월간 〈파우스트〉를 완성하고 돌아와 부지런히 준비하고자 마음먹었다.

그렇게 생각하니 초연이 멀지 않게 느껴져 괜히 설렜다.

똑똑-

"들어와."

최지훈의 발소리를 들은 배도빈이 그를 불렀다.

발소리만으로 사람을 구분하는 신기에도 익숙해진 최지훈은 방에 들어서자마자 소파에 누웠다.

"아아아."

"왜 죽어가."

"이렇게 힘든 줄 몰랐어……."

배도빈이 피식 웃었다.

어렸을 적부터 엄살을 많긴 했지만 이번만큼은 그도 최지훈이 큰일을 맡았음을 인정했다.

"전집 내는 게 쉬울 리 없잖아."

"그러니까."

가우왕의 빈자리를 홀로 소화해내면서도 쇼팽 전집을 준비 중인 최지훈은 디자인랜드에 갔던 것마저 후회할 지경이었다.

스승 크리스틴 지메르만의 추천으로 욕심을 냈지만 단기간에 해낼 일이 결코 아니었다.

도리어 수년에 걸쳐 차근차근 해결해도 부족했다.

"들을수록 잘 모르겠어."

최지훈이 소파에 얼굴을 파묻은 채 불평했다.

과거 수많은 거장을 참고하는 것만으로도 수면 시간이 부족했다.

블라디미르 호로비츠, 제르바 루빈스타인, 디누 리파티, 베노 모이세비치, 예브게니 키스, 크리스틴 지메르만, 미카엘 블레하츠, 가우왕까지 쇼팽은 무궁무진했다.

"갔다 오면 연습곡 정도는 들려줄 거지?"

"아으으우아으. 몰라아……."

확답은 듣지 못했지만 배도빈은 최지훈이 또 자신을 놀라게 해줄 것을 믿어 의심치 않았다.

"군대도 가야 하잖아. 빨리빨리 해."

"너어!"

최지훈이 발끈해 소리 질렀다.

♪

유진희는 아들과 예비 며느리가 여행을 떠나기 전 손수 상을 차려주고자 했다.

정 셰프를 비롯한 요리사들에게 하루 휴식을 주곤 직접 장을 본 그녀가 현관 앞에서 아들과 마주쳤다.

배도빈과 나윤희도 각각 종이봉투를 들고 있었다.

"도빈아. 윤희야."

"어머니."

고개를 돌린 배도빈이 짐을 내려놓고 유진희가 양손 가득 들고 있던 식재료를 넘겨받았다.

"장 보셨어요?"

"봤지. 너희도?"

유진희가 배도빈이 내려놓은 종이봉투를 보곤 물었다.

"저녁 차릴까 해서요."

나윤희가 웃으며 답하자 유진희가 웃었다.

"세상에. 이걸 언제 다 먹는다니. 뭐 샀어?"

"삼겹살이요. 맛있는 거 해드릴게요."

세 사람이 안으로 들어서며 대화를 나누었다.

"뼈 없는 걸로 사야 좋은데."

유진희가 걱정스레 말하자 나윤희가 웃으며 사 온 고기를 보였다.

오네 크녹켄 슈바이네바우흐(Ohne knochen schweinebauch: 뼈 없는 삼겹살)라고 적혀 있었다.

"네. 이게 먹기 좋더라고요."

유진희가 내심 기특하게 여기며 물었다.

"잘했네. 어디서?"

"요 앞 레베에서요."

나윤희의 대답에 유진희가 안심했다. 정육점에서야 쉽게 구할 수 있지만 일반적으로 삼겹살을 취급하는 마트는 많지 않았다.

어떤 마트에서 무엇을 파는지 알고 있다는 뜻은 장을 보며 음식을 해왔다는 말이니.

마트에 갔다 하면 매대를 쓸어 담아버리는 아들보단 살림을 잘할 것 같았다.

배도빈이 큰 냄비와 카레 분말을 꺼냈다.

수육 만들 때 잡냄새를 잡고자 간혹 소량을 넣기도 하지만 기세를 보니 한 봉지를 다 쏟아 넣을 심산이었다.

유진희가 물었다.

"카레도 하게?"

"카레탕이요."

"카레 뭐?"

유진희가 황당하여 되물었다.

심지어 함께 장을 본 나윤희도 당황했다.

"카레도 맛있고 갈비탕도 맛있잖아요. 고기도 많이 샀으니 푹 끓일 거예요."

배도빈이 냄비에 삼겹살 뭉치를 가득 담고 물을 받으려 하자 나윤희가 다급히 막아섰다.

"왜요?"

"이건 아니야."

나윤희가 고개를 저었다.

배도빈은 그녀가 왜 자신을 말리는지 이해할 수 없었다.

"도빈아, 엄마가 할 테니까 저리 가 있어."

"쉬세요. 오랜만에 직접."

"아니야. 나가 있어~"

"……."

아들의 요리 실력을 익히 아는 유진희가 배도빈을 내쫓아 버렸다.

풍미 있는 카레탕을 만들 생각으로 설렜던 배도빈은 황망히 주방을 바라보다가 1층 거실로 향했다.

"너도 가서 쉬어."

"같이 해요."

나윤희가 웃으며 카레 봉지를 치웠다. 도마를 깔고 양파를 까기 시작하자 유진희가 거들었다.

"쟤는 어쩜 음악 말고는 아는 게 없니."

"가끔 깜짝 놀라요."

나윤희가 웃으며 답했다.

"어렸을 땐 어리니까 그렇다고 생각했는데. 커서도 저러니 누가 데려갈까 싶더라."

유진희가 농담을 던지자 나윤희가 애써 웃음을 참곤 물었다.

"어렸을 땐 더했어요?"

"그럼. 도빈이가 과외 선생을 얼마나 울린 줄 알아?"

유진희가 배도빈이 대학 진학을 위해 중학교, 고등학교 검정고시를 준비할 때를 떠올리며 말했다.

"울려요?"

"왜 과학 시간에 대륙이 이동했다고 가르치잖아."

"네."

"그걸 가지고 땅이 어떻게 움직이냐고. 예전에도 똑같았다고 억지를 쓰는 거야. 교재를 보여줘도 확실한 증거를 가져오라고."

"흐."

"지질학 전공도 아닌데 아르바이트로 과외 하는 학생이 알면 어디까지 알겠어. 자기는 도빈이 가르칠 능력이 없다고 그만두더라."

"그때도 분명한 걸 좋아했나 봐요."

눈에 콩깍지가 씐 나윤희가 배도빈을 두둔했다.

유진희는 나윤희가 아들을 챙기자 안심하고 계속 흉을 보았다.

"또 커서는 혼자 다닌다고 해서 지하철 타고 다니라 했더니 그런 걸 어떻게 타고 다니냐고 하는 거야."

"어떻게요?"

"땅에다가 그렇게 큰 구멍을 뚫었는데 언제 무너져도 이상하지 않은 것 아니냐고."

"흡."

나윤희가 결국 웃음을 터뜨리고 말았다.

이야기하던 유진희도 고개를 저으며 함께 웃었다.

잠시 그러고 난 뒤, 나윤희가 슬쩍 자신도 놀랐던 이야기를 꺼냈다.

"저도 놀란 거 하나 있어요."

"뭔데?"

"예전엔 공중목욕탕에 안 다닌 거요. 어렸을 적부터 유명했으니까 그럴 수도 있겠다 싶었는데."

"더러워서 안 간다고?"

"넹흐흐."

"정말 별꼴이야. 모르는 사람이 들어간 곳에 어떻게 들어가

냐니. 애기 때는 여탕에 그냥 데리고 가잖아."

"네."

"말도 제대로 못 하는 녀석이 기겁을 하더라고. 눈 딱 감고 기겁을 하는데 어떡해. 돌아왔지. 나중에 커서 목욕탕 안 가려고 했던 거 기억나냐고 물으니 더러워서 싫대."

"지금은 또 잘 가지 않아요?"

"그러니까 말이야."

나윤희가 웃으면서 냄비에 큼직하게 썬 양파를 깔았다. 그 위에 삼겹살을 올리고 뚜껑을 덮었다.

"물 안 넣게?"

"네. 양파에서 충분히 나오더라고요."

가스레인지 불을 아주 약하게 잡아두곤 두 사람이 마주 앉았다.

커피를 한 모금 마신 유진희가 입을 열었다.

"체코랑 암스테르담에 한 달씩 있는 거야?"

"일정은 그렇게 잡았어요. 업무교환이 아니라서 꼭 지켜야 하는 건 아니지만."

유진희가 고개를 끄덕였다.

"한국에 오래 있으면 좋겠다. 사돈께서도 정 붙이시려면 자주 인사드려야 할 테고. 너도 오래 못 가봤으니까."

이야기하던 유진희는 나윤희가 손가락을 꼼지락거리는 것

을 보고 의아해했다.

"왜? 무슨 문제 있어?"

그녀는 혹시나 예비 사돈이 두 사람의 결혼을 반대하는 건 아닌지 걱정되었다.

나윤희가 컵을 두 손을 감싼 채 입술을 잘근거렸다.

"혹시 아직 말씀 안 드렸니?"

나윤희가 고개를 저었다. 그러고는 숨을 들이마신 뒤 조심스레 말을 꺼냈다.

"돌아가셨어요."

유진희의 얼굴에 놀람과 안타까움이 드러났다.

어릴 적 어머니를 여읜 것은 알고 있었지만, 1년에 한 차례 정도는 아버지를 뵈러 한국에 간다고 했었다.

대체 언제부터였을지.

그간 소식을 모르고 지냈음에 마음이 편치 못했다.

유진희가 나윤희의 손을 잡았다.

그 마음이 고스란히 전해졌다.

"괜찮아요. 이미 오래되어서."

"언제?"

"입단하고 얼마 안 돼서 돌아가셨어요. 그땐 말씀드리기 그래서……."

벌써 6년 전 일.

유진희는 기가 막혔다.

지금까지 새까맣게 몰랐던 것도 황당했고 자신이 그렇게 무심했나 돌아보게 되었다.

유진희는 다른 일도 아니고 부친상을 알리지 않음을 탓하려다가 나윤희의 첫인상을 떠올렸다.

남에게 말도 제대로 못 붙이던 나윤희가 더 안쓰러웠다.

"도빈이는 알고 있고?"

"네. ……저번 주에."

배도빈에게도 저번 주에 말했을 정도면 주변에 아는 사람이 없을 터였다.

"미련하게 왜 그랬어. 응?"

"그러게요."

나윤희가 실없이 지은 미소가 전혀 가벼워 보이지 않았다.

"그럼 해마다 아버지 뵈러 간다는 건."

"제사는 아니지만 인사는 드려야 할 것 같아서요. 화장했거든요."

유진희의 애틋한 마음이 전해진 탓일까.

지금껏 홀로 잘 버텨온 나윤희가 가슴에 담아두었던 말을 꺼내기 시작했다.

"어떻게 해야 한다고 가르쳐주는 사람도 없었고. 묘를 써도 관리할 수가 없어서. ……그래서 그랬는데."

나윤희의 목소리가 떨릴수록 유진희는 손을 꼭 잡아주었다.

"정신이 없어서 뭐부터 해야 좋을지 모르는데. 화장하려면 사망진단서가 있어야 한대요. ……받고도 믿어지지 않았는데 멍청하게 있다 보니 장례도 제대로 못 하고."

"……."

"화장하기 전에 아버지 맞냐고 보여주는데. 너무……. 피부가 너무 파랗게 돼서."

목이 메어 마른침을 삼킬 때마다 겨우 뱉어낸 슬픔이 따라 들어왔다.

"괜찮아. 울어도 돼."

유진희가 곁으로 가 등을 쓸었다.

애써 참고 있던 슬픔이 봇물 터지듯 서럽게 흘러내렸다.

너무나 갑작스러운 소식이었다.

바로 그제만 해도 아무렇지 않게 통화를 나누던 아버지가 심장마비로 죽었다는 말을 믿을 수 없었다.

그랬던 것이.

신원을 확인하고 아버지가 누워 있는 관이 화장터 모니터를 통해 타들어 가는 것을 보면서 현실로 다가왔다.

유리창 너머로 하얀 재만 남고.

그것을 담은 단지가 전한 열기를 잊을 수 없었다.

"그래서. 그래서헙."

"그래. 괜찮아. 다 토해내야 해."

나윤희가 어떤 삶을 살았는지 익히 알고 있었기에.

유진희는 토닥이는 손에 사랑을 담아 그녀를 대했다.

딸이 없지만. 딸로 여기자고.

그렇게 사랑해 주자고 마음먹었다.

♪

한편.

주방에서 쫓겨난 배도빈은 할 일을 찾다가 배토벤의 어항이 지저분한 것을 발견했다.

소매를 걷고 물을 갈아주던 그는 먹이도 주고 어항도 청소해 주겠다고 약속한 동생을 떠올리며 고개를 저었다.

빠끔-

그 곁에서 늠름한 거북이 배토벤이 늘어지게 하품을 해댔다.

어항을 씻고 새로 물을 채운 배도빈이 오랜만에 특식을 주기 위해 주방을 찾았다.

절묘한 향이 그의 코를 자극했다.

"수육 하는 거 아니었어?"

"네. 동파육 하려고요."

나윤희가 고기에 칼집을 내곤 굴 소스와 조림 간장, 올리고 당을 섞은 후 물을 조금 넣었다.

유진희는 식탁에 앉아 딸이 무엇을 하는지 느긋하게 지켜보았다.

나윤희는 칼집을 낸 수육을 팬에다 한 번 더 구운 뒤 얇게 썰어 만들어 놓은 소스와 함께 졸였다.

"냄새 좋네요."

나윤희가 배도빈의 목소리에 고개를 돌렸다.

"그치."

나윤희가 웃으며 물었다.

배도빈도 따라 웃다가 그녀의 눈가가 붉어진 것을 보곤 표정을 굳혔다.

"울었어요?"

"으응. 아니."

"아니긴 뭐가 아니야. 부었는데."

배도빈이 나윤희의 눈 주변을 만졌다.

"양파 때문에. 흐."

배도빈이 계속 의심스럽게 보자 나윤희가 괜히 고기를 괴롭히며 바쁜 척했다.

그 모습을 지켜보던 유진희가 아들에게 당부하듯 말했다.

"우리 딸한테 잘해야 한다?"

배도빈이 어머니와 피앙세를 번갈아 봤다. 나윤희는 영문을 몰라 당황한 기색이 역력했고 유진희는 눈을 크게 뜨며 대답을 촉구했다.

30~40분 사이에 무슨 일이 있었는지 알 수 없었지만.

배도빈이 당연하다는 듯 약속했다.

"그럼요."

♪

출발 당일.

배도빈과 나윤희는 가족들의 배웅을 받으며 이번 여행을 위해 새로 장만한 차에 올라탔다.

모델명 B2006의 대형 SUV는 배도빈을 위해 특별히 제작된 차로서 6톤에 이르는 무게와 640마력의 엔진을 자랑했다.

의전용으로 상정되어 자동 소총 및 소형 폭탄에도 버텨내도록 제작된 외부는 마이바흐 특유의 진중한 풍모를 보였고.

밝은 색상의 목재로 구성된 탁 트인 실내공간은 두 사람이 편히 쉬기에 제약이 없었다.

"마이바흐."

-예, 오너. 어디로 모실까요?

"어디라고 했죠?"

"음……."

-어디라고 했죠에 대한 검색 결과가 없습니다.

나윤희가 베를린 필하모닉에서 미리 예약해 둔 호텔을 확인했다.

"아리아 호텔."

"프라하 아리아 호텔로 다시 검색해."

-체코 프라하. 아리아 호텔까지 354㎞ 주행 시작합니다.

차량이 베를린 시내를 벗어나기도 전에 배도빈과 나윤희는 찰싹 달라붙어서 달콤한 대화를 나누었다.

"여기는 좀 힘들 것 같은데."

"할 수 있어요."

"믿어주는 건 기쁘지만……."

나윤희가 말끝을 흐렸다.

그녀의 손에는 배도빈 바이올린 소나타 14번, 너는 참으로 아름답구나(Du bist so schön)가 들려 있었다.

불새 협주곡과 같이 왼손 피치카토를 하는 동시에 활 연주를 해야 하는 기예는 아니었지만, 멀티플 스토핑(Multiple stopping: 여러 줄을 함께 연주하는 행위)이 쉼 없이 이어지는 발전부를 어떻게 소화해야 할지 알 수 없었다.

더군다나 음역대 전환이 너무나도 잦았다.

바이올린을 들었다고 상정하며 어떻게 연주할지 떠올려 보았지만 막막할 뿐이었다.

그녀가 배도빈도 아는 이야기를 투정하듯 풀었다.

"화음 연주는 어떻게 해도 음역이 이렇게 자주 변하면 헷갈린단 말이야. 피아노면 몰라도."

배도빈은 피앙세의 투정이 그저 귀여울 뿐이었다.

너무 어려운 곡이라 난이도 조절이 필요함을 호소하던 나윤희는 그의 사랑스러운 시선에 심술이 났다.

"정말이야. 알잖아."

"알죠. 결국 해낼 거잖아요."

나윤희는 자신도 장담하지 못하는 것을 어떻게 확신하냐고 묻고 싶었지만 이내 그 마음을 접었다.

자신을 바라보는 그의 눈빛에 기대와 신뢰 그리고 호의가 가득한 탓이었다.

배도빈도 이 곡이 얼마나 연주하기 힘든지 익히 알고 있었다.

나윤희의 말처럼 현악기는 음을 찾기 어려운 악기였다.

피아노와 같이 명시되어 있는 것이 아니라 현과 활의 장력, 연주 공간의 습도 심지어 그날 손가락의 상태에 따라서도 음정에 변화가 생겼다.

프렛이 없으니 같은 연주를 하려 해도 항상 같은 음을 내기란 여간 어려운 일이 아니었고.

더군다나 음역대가 내려갈수록 줄을 더 넓게 활용해야 했다.

한 옥타브에 해당하는 건반 수가 항상 일정한 피아노와 달리, 바이올린은 음역에 따라 한 옥타브의 길이가 달라지기에 생기는 어려움이었다.

누구보다도 정확한 음정을 내기 위해 노력하는 나윤희로서는 '너는 참으로 아름답구나'가 불새 협주곡 이상으로 어렵게 느껴졌다.

배도빈이 정답게 웃었다.

"저번 오케스트라 대전 겪으면서 느꼈어요."

"뭘?"

"찰스 바이올린을 완벽히 소화했잖아요. 바이올린 섹션이 같은 소리 내는 데도 도와줬고."

"그건 네가 가이드를 잘 잡아줘서."

"그걸 직접 연주해냈잖아요. 또 한 번 아무도 이르지 못한 곳에 가는 거예요. 그때처럼."

배도빈이 확신에 찬 목소리로 그녀를 이끌었다.

"그때처럼……."

나윤희는 고개를 끄덕이는 배도빈을 보며 첫 번째 오케스트라 대전을 떠올렸다.

생각해 보면 그때도 마찬가지였다.

어떻게든 해내야 한다는 생각이 앞서 무작정 달려들었지만 참으로 막막했다.

마치 니콜로 파가니니가 200여 년 전 바이올린 협주곡 2번

'라 캄파넬라'에서 왼손 피치카토를 선보이며 세상을 깜짝 놀라게 한 것을 오마주라도 하듯.

배도빈은 불새 협주곡에서 왼손 피치카토와 오른손 보잉을 함께 요구했었다.

왼손으로 바이올린을 받칠 수 있는 오른손 피치카토와 달리.

왼손 피치카토는 다른 손가락으로 바이올린을 지탱하면서 남은 손가락으로 현을 튕겨야 했기에 그 장력에 의해 손가락에 무리가 갈 수밖에 없었다.

그런 도중에 활로 남은 현을 쓸어 주 멜로디를 연주하자니 처음에는 배도빈과 찰스 브라움이 사람이 아닌 것 같았다.

그러나 결국 해냈을 때의 벅참은.

자신의 손으로 공연을 완성했을 때의 충만함은 이루 말할 수 없었다.

"저번처럼 급하게 준비할 필요 없어요. 여행 다니면서 천천히 익혀 봐요. 같이."

배도빈의 다정한 응원에 나윤희가 고개를 끄덕였다.

♪

두 사람이 체코 프라하 페트르진 공원 아래 위치한 호텔 아리아에 도착했다.

배도빈과 나윤희를 국경에서부터 경호해 준 경찰 사이로 한 사람이 나섰다.

"마음이 바뀌시면 언제든 이용하시라는 말씀을 남기셨습니다."

체코 정부에서 배도빈이 편히 지낼 수 있도록 관사를 내주었으나 배도빈은 조용히 지내고 싶다며 정중히 거절했었다.

그러나 이마저도 거절하면 체코의 호의를 무시하게 되니, 배도빈은 어쩔 수 없이 관사 주소가 적힌 메모지와 열쇠를 받아들었다.

"그렇게 하죠."

"필요로 하시는 물품과 서비스가 있다면 언제든 연락해 주시기 바랍니다."

"고마워요."

"감사합니다."

배도빈과 나윤희가 그들을 배웅하고 주변을 둘러보았다.

"예쁘다."

"그러게요. 짐 풀고 둘러보러 나올래요?"

"응."

아리아 호텔로 들어선 후 체크인을 하던 배도빈이 유독 그림과 조각상이 많이 장식된 것을 확인했다.

그를 맞이하기 위해 직접 내려온 지배인이 웃으며 설명했다.

"저희 호텔의 테마는 음악가와의 만남입니다. 라운지에서는 매일 공연을 하고 클래식 음악을 즐길 수 있는 음향실과 자료실도 운영하고 있습니다."

"그래요?"

"네. 구하기 힘든 음원도 있으니 만족하실 겁니다."

"나중에 들려보죠."

호텔 지배인이 키를 들고 나서서 그들이 가진 가장 조용하고 안락한 방으로 두 사람을 안내했다.

지배인이 문을 열고 정중히 인사했고 방에 들어선 나윤희는 감탄을 터뜨렸다.

그들이 한 달간 머물 곳은 유럽에서 가장 아름다운 브르트보브스카 정원과 바로 이어져 있었다.

큰 창문이 차례로 있어 정원이 한눈에 들어왔고 소파와 의자는 막 햇빛 아래서 걷어온 것처럼 푸근했다.

여러 그림이 장식되어 있었다.

어머니 유진희가 보여주었던 그림의 복제품도 몇 걸려 있었다.

배도빈이 한 그림 앞에 서 있자 나윤희가 곁으로 다가왔다.

"멋지다."

"마네예요."

"마네?"

화가에 대해서는 아는 바 없는 나윤희가 되물었다.

"네. 어머니가 제일 좋아하는 화가라서 몇 번 본 적 있어요.

튈르리 정원의 음악회란 이름일 거예요. 진품은 아니겠지만."

한동안 그림을 지켜보던 두 사람이 시선을 옮겼다.

금색 커튼과 샹들리에가 눈길을 사로잡았다.

"나 이런 데 처음이야."

나윤희가 흥분을 감추지 못했다.

가구들을 만져보기도 하면서 거실과 세 개의 방 그리고 두 개의 욕실을 살펴보기 바빴다.

나윤희와 오붓하게 지내기 위해 소박한 선택을 한 배도빈도 신이 난 피앙세와 어울렸다.

"생각보다 좋네요."

"엄청! 어어엄청 좋아!"

황홀한 표정으로 주변을 둘러보는 나윤희를 보니 덩달아 기분이 좋아졌다.

"조금 쉬다가 공원에 올라가 봐요. 니아가 페트르진 전망대를 추천하더라고요."

"프라하 에펠탑!"

미리 공부해 두었던 나윤희가 맞장구를 쳤다.

체코 필하모닉 오케스트라와의 일도 기대되었지만, 아버지와의 유럽 여행 이후 이렇다 할 기회가 없었던 나윤희는 이번 여행에 무척 설렜다.

그녀가 신을 내며 아는 내용을 전했다.

"엘리베이터 타지 말고 걸어서 올라가야 제대로 볼 수 있대."

"……."

배도빈이 스마트폰을 펼쳐 페트르진 전망대를 검색하곤 나윤희를 물끄러미 보았다.

60m나 되는 전망대를 걸어 올라갈 생각은 추호도 없는 눈빛에 나윤희가 간절해졌다.

"올라가자. 응?"

"엘리베이터 타도 볼 수 있대요."

"제대로 보려면 걸어야 한대."

"……비투스 대성당도 갈 거잖아요."

나윤희가 고개를 힘차게 끄덕였다.

성 비투스 대성당 탑에 오르고 싶어 어떤 티켓을 사야 하는지까지 알아본 그녀의 열정을 거부할 수 없었다.

"가요."

무뚝뚝한 대답 뒤에 있는 다정함을 본 나윤희가 기쁘게 웃었다.

두 사람은 아리아 호텔이 자랑하는 식당 코다에서 만족스러운 점심을 먹곤 밖으로 나섰다.

제법 경사지고 거리도 있었지만 손을 잡고 시시콜콜한 이야기를 주고받으며 천천히 걸었다.

"아이스크림 맛있었죠."

“응. 아이스크림 안에 마카롱 넣어서 주는 건 처음 봤어. 너무 달았지만.”

“그래서 맛있잖아요.”

“히. 아! 소소가 맛있는 거 먹으면 꼭 보내라고 했는데.”

“어떻게요?”

“으음. 안 되려나.”

“돌아가면 물어봐요. 소소라면 와서라도 먹을 것 같긴 하지만.”

“흐흫. 정말 그럴 것 같아.”

그렇게 대화를 나누다가 문득 돌아보면 녹음이 짙은 페트르진 공원 아래로 펼쳐진 프라하 전경에 감탄했다.

주홍 지붕이 오밀조밀 모여 있어 하나의 집처럼 보였다.

프라하 성도 얼핏 볼 수 있었다.

프라하는 구름 한 점 없는 푸른 하늘 아래 수채화 같은 색감으로 두 사람을 유혹했다.

이 꿈 같은 경험을 그와 함께할 수 있어서 얼마나 기쁜지.

나윤희는 그가 자신의 마음을 알아주길 바랐다.

“너무 멋있다.”

“그러게요.”

나윤희가 괜히 맞잡은 손을 앞뒤로 붕붕 흔들었다.

평소 안 하던 행동을 보이자 배도빈이 의아해하는데 나윤희가 조금은 토라진 목소리로 말했다.

"어, 언제까지 존댓말 쓸 거야?"

"불편해요?"

"그건 아닌데……. 거, 거리감 있어 보이고. 나이도 많아 보이고……."

"난 신경 안 써요."

"으으응."

나윤희가 나름대로 용기를 내 어깨를 살짝 흔들었다.

생전 애교라고는 부린 적 없던 탓에 부끄러웠지만, 주책이라 생각했지만 배도빈에게는 그러고 싶었다.

자신도 모르게 조금씩 변하는 마음에 당황하기만 하던 나윤희의 용기가 배도빈에게 정확히 꽂혔다.

"한 번 더."

"으, 응?"

"한 번 더 해봐."

나윤희의 얼굴이 확 달아올랐다.

너무나 진지한 표정과 목소리로 나선 배도빈이 낯설기도 하면서 기쁘기도 하였고.

또 믿음직스러웠다.

"뭐, 뭘?"

나윤희가 애써 모른 척해도 배도빈은 물러서지 않았다.

"그러게. 방금 뭐 한 거야?"

"아, 아무것도……?"

배도빈의 얼굴이 다가오자 나윤희가 고개를 돌려 딴청을 부렸다.

그러나 한번 마음먹은 그를 거부할 순 없었다.

연인이 더 이상 아홉 살이나 어리다는 걸 생각할 수 없었다.

♪

늦은 오전, 체코 필하모닉을 방문한 배도빈과 나윤희는 지휘자 엘리아후 인손과 면담을 하고 있었다.

프랑크푸르트 라디오 심포니에서 16년, 베를린 콘체르트하우스 오케스트라에서 6년간 재직한 엘리아후 인손이 독일어에 능했기에 대화는 쉽게 이어졌다.

"몇 번 마주친 적은 있지만 이렇게 대화하는 건 처음이군. 정말 반갑네. 배 그리고 나."

"안녕하세요."

"저도 반가워요. 트리스탄과 이졸데를 좋아하거든요."

나윤희의 인사 뒤에 배도빈이 엘리아후 인손이 지휘한 곡 중에서도 빼어났던 바그너 오페라를 언급했다.

"오오. 그런가."

"긴장감을 유지하는 방식이 인상적이더라고요. 조금도 흐트러지지 않으니 체코 필하모닉이 평소에 어떻게 연습하는지 궁금했죠."

"그대가 그리 말해주니 참으로 기쁘네. 차차 함께하며 알아보기로 합세. 실은 나도 베를린이 어떻게 음을 맞추는지 궁금했거든."

"힘들 거예요."

"하하하! 그렇지. 쉽지 않겠지."

엘리아후 인손이 차를 한 모금 마신 뒤 이야기를 이어나갔다.

"지휘는 생각이 없다는 말을 들었네만."

"네."

"단원들에게도, 팬들에게도 특별한 경험이 될 수 있을 텐데 아쉽네. 이유라도 있는가?"

"체코 필하모닉에는 인손 경이 있으니까요."

"묘한 곳에서 보수적이군."

배도빈은 차를 마실 뿐 부정하지 않았다.

"한 번 정도는 도리어 좋지 않을까 싶네만. 다시 한번 부탁함세."

엘리아후 인손은 배도빈과 함께 일함으로써 체코 필하모닉이 더욱 견고해질 거로 생각했다.

그의 작업 방식과 세계관을 접하고 일부 이해하는 것만으로도 큰 공부였다.

"천천히 생각해 보죠."

배도빈이 답을 미뤄 완곡히 거절하자 엘리아후 인손이 아쉽다는 듯 찻잔을 들었다.

배도빈은 엘리아후 인손의 방대한 지식과 번뜩이는 발상을 경험하고 싶었다.

말러, 브루크너, 쇼스타코비치, 바그너에 이르기까지 엘리아후 인손은 빌헬름 푸르트벵글러, 사카모토 료이치와는 또 다른 영역을 이루고 있었다.

풍부한 지식을 바탕으로 악보를 분석하여 그간 조명받지 못한 점을 끄집어내곤 했다.

그가 지휘한 바그너의 오페라 〈트리스탄과 이졸데〉와 〈니벨룽의 반지〉가 대표적이었다.

하지만 배도빈은 그를 통해 얻은 지식을 다른 누구도 아닌 베를린 필하모닉과 함께하고 싶었다.

베를린 필하모닉의 팬들도 그러길 바랄 것으로 여겼다.

그 외 마땅한 이유가 없는.

단지 그러고 싶은 고집이었다.

"음. 다시 생각해도 아쉬운 일일세."

한동안 고민을 이어가던 엘리아후 인손이 슬쩍 제안했다.

"그럼 피아노는 어떤가."

배도빈이 눈썹을 들어 보였다.

"그대 팬들이 피아니스트 배도빈을 무척 사랑한다고 알고 있네. 우리와 함께 한 곡 준비하고 여기 나 악장이 바이올린 섹션을 맡아준다면 더할 나위 없이 좋지 않겠나."

배도빈은 그의 제안이 나쁘지 않다고 여기며 물었다.

"어떻게 생각해?"

"좋아."

나윤희가 냉큼 대답했다.

무대에 함께 오른 적은 수도 없이 많았지만, 정작 함께 연주해 본 적은 거의 없었기에 반가웠다.

배도빈이 고개를 끄덕이자 엘리아후 인손이 호방하게 웃었다.

"하하하! 오케스트라 대전 이후 잠시 무료하기도 했거늘. 오랜만에 의욕이 끓어오르는구만."

배도빈과 나윤희, 엘리아후 인손이 세부 일정을 논의하는 한편.

체코 필하모닉 오케스트라 단원들은 잔뜩 설렜다.

최고의 음악가 배도빈과 함께 어떤 일을 하게 될지 궁금해 안달이 나 있었다.

바이올린 연주자들은 오케스트라 대전마다 명연주를 펼친 나윤희에게 물어볼 말을 정리해 두기도 했다.

"지금 벨리텔이 만나고 계시다며?"

"그렇대. 크으. 듣고도 설마 설마 했는데 정말 일이 이렇게 돌아가네."

"어떨 것 같아? 배도빈."

"그 폭군에게 익숙해진 베를린이 악마라고 하잖아. 벨리텔하고는 전혀 다르지 않을까?"

"빡빡하긴 하겠지만 해봤자 얼마나 그러겠어."

"그러게. 그럼 그런 말은 왜 나왔지?"

"이미지 같은 거 아닐까? 왜 말이 전해지다 보면 과장되기도 하잖아."

"그럴지도 모르겠네."

"아, 너무 궁금하다."

"뭐가?"

"배도빈. 공연 어떻게 준비하는지 안 궁금해?"

"몇몇 악단 다녀봤지만 특별히 다른 점은 없던데."

"남들하고 똑같으면 그런 지휘를 할 수 있겠어?"

"하긴 그러네. 궁금하긴 하다."

"두말하면 잔소리지."

"다들 오늘부터 긴장 바짝 하자고. 실망스러운 모습 보일 순 없지."

"하하하. 평소대로 하면 돼. 난 저 녀석이 제일 걱정이라고. 어이, 밀로스. 언제까지 떨고 있을 거야?"

한 단원의 말에 구석에 쪼그려 안절부절못하던 밀로스 발렌슈타인이 고개를 들었다.

"누가 떨었다고 그래요!"

"누가 봐도 겁먹은 고양이잖아."

"하하하하!"

동료들의 웃음에 밀로스 발렌슈타인이 발끈했다.

"전혀요! 저도 그간 많이 늘었다고요! 단지!"

"단지?"

"……우리가 뭐가 부족해서 이렇게 겁을 내고 있어야 하는데요! 우리도 충분히 멋지다고요! 체코 최고의 오케스트라잖아요!"

"이봐, 발렌슈타인. 여기서 겁먹고 있는 건 너밖에 없어."

"이익!"

밀로스 발렌슈타인이 연습실을 벗어났다.

첫 번째 오케스트라 대전을 통해 배도빈이 얼마나 대단한 음악가인지 익히 알았지만.

밀로스 발렌슈타인이 걱정하는 건 다른 게 아니었다.

그에게 무례를 저지른 과거의 자신이 창피했다.

동시에 한 번 사과했음에도 미안함을 느끼고 있기에 좀처럼 그를 어떻게 대해야 좋을지 알 수 없었다.

밀로스 발렌슈타인은 복도에 선 채 오늘은 그냥 휴가를 내는 게 좋지 않을까 고민했다.

♪

"반갑습니다. 배도빈입니다."

"안녕하세요, 나윤희라고 합니다."

체코 필하모닉은 통역가가 배도빈과 나윤희의 인사를 전하기도 전에 열렬히 환영했다.

"반가워요!"

"잘 어울리네요!"

체코를 넘어서 세계적인 명성을 떨치는 체코 필하모닉 오케스트라 단원들에게도 배도빈과 나윤희는 특별했다.

그랜드 심포니를 비롯하여 수많은 명곡을 쏟아낸 배도빈과 직접 대화할 수 있다는 것만으로도 기뻤으며.

불새 협주곡과 잠자는 숲속의 공주 같은 곡으로 뛰어난 연주력을 선보인 비르투오소 나윤희에게도 큰 호감을 느끼고 있었다.

"기다릴 이유 있어요? 오늘부터 함께하죠!"

안달이 난 한 단원의 목소리에 한차례 웃은 뒤 엘리아후 인손이 입을 열었다.

"여기 두 분은 앞으로 각 연습 시간에 참여하실 겁니다. 배도빈 악단주는 저와 함께 악보를 구성하고 자문을 맡아줄 겁니다. 나윤희 악장께선 이리나 네콜로바 악장을 도와 제1바이올린 섹션을 지도해 줄 예정이고요."

나윤희가 이리나 네콜로바 악장과 인사했다.

"공연은 예정에 없습니까?"

누군가 체코 필하모닉 오케스트라가 가장 궁금해하는 질문을 꺼냈다.

다들 너무나 간절해 보였기에 엘리아후 인손은 슬며시 웃으며 그의 협상 전과를 알렸다.

"아주 멋진 공연을 약속했지요. 배도빈 악단주가 피아노를, 나윤희 악장이 바이올린을 맡아주기로 했습니다. 그렇지요?"

인손의 말을 전해 들은 배도빈이 고개를 끄덕였다.

"말러의 피아노 4중주를 어떻게 생각하실지 모르겠네요."

"말러!"

통역가가 입을 떼기도 전에 단원들이 두 팔을 높이 들며 기뻐했다.

구스타프 말러란 이름과 피아노 콰르텟이란 영어를 못 알아들을 리 없었다.

체코 필하모닉이 가장 사랑하는 음악가 중 한 명인 말러와 그가 완성하지 못한 피아노 4중주를 연주하자니 마치 그것을 함께 완성해 보자는 말처럼 들렸다.

그들의 예상은 배도빈과 엘리아후 인손의 의도와도 정확히 일치했다.

"앞으로 한 달은 배와 함께 구스타프 말러가 남긴 피아노 4중주를 채우고자 합니다. 물론 무대에 올리는 게 목적이죠. 쉽지 않겠지만 분명 즐거울 겁니다."

말러가 남긴 피아노 4중주는 1악장만이 남아 있으며 2악장 또는 3악장으로 추정되는 스케치가 있을 뿐이었다.

말러는 무엇을 말하고 싶었을까.

어떤 감동을 전하고 싶었을까.

끊임없이 질문을 던지고 그가 남긴 단서를 추적함으로써 체코 필하모닉 오케스트라는 구스타프 말러를 더욱 깊이 이해할 수 있을 터였다.

그것은 음악가와 관객이 음악으로 대화를 나누는 과정과 유사했다.

구스타프 말러가 152년 전에 보낸 미완성의 편지를 이해하기란 쉽지 않을 터.

그를 대신해 편지를 완성하는 일이 가능할까.

그러나 그 과정에서 서로를 이해할 수만 있다면 분명 말러와 이어질 수 있다고 믿었다.

체코 필하모닉 오케스트라 단원들은 먼 과거와 현재를 잇는 음악가로서 그 의미를 충분히 이해하고 있었다.

'말러를…….'

구스타프 말러를 가슴에 품었던 24살 청년 밀로스 발렌슈타인의 가슴이 뛰기 시작했다.

♪

다음 날.

나윤희가 이리나 네콜로바 악장과 함께 제1바이올린 미팅에 참가한 한편, 배도빈은 엘리아후 인손과 함께 말러 피아노 4중주 악보를 들여다보고 있었다.

그 옆에는 알프레드 시닛케의 피아노 4중주 악보도 함께 있었다.

말러의 곡을 듣고 감명하여 쓴 곡으로 기존과 유사하나, 보다 세련된 기법으로 표현된 곡이었다.

말러의 곡을 재창조하려는 배도빈과 엘리아후 인손에게는 좋은 참고 자료였다.

엘리아후 인손이 허탈하고 애석한 마음을 입에 담았다.

"볼수록 안타까운 일일세."

악보를 보고 있던 배도빈이 고개를 들었다.

"이 피치카토, 당시 풍조와 말러의 기법을 고려하면 마지막이 아닐 가능성이 있어."

현재 남아 있는 1악장도 완성된 형태가 아닐 수 있다는 말에 배도빈이 고개를 끄덕였다.

"그럴 수도 있죠."

구스타프 말러는 빈 콘서바토리 재학 시절 이미 교수들 사이에서도 유명했다.

교수들은 말러의 피아노 5중주에 두 개의 상을 줄 정도로 그를 높이 평가했었다.

그러나 말러는 어떤 이유에서인지 자신이 쓴 악보를 폐기하거나 발표하지 않은 경우가 많았다.

큰 호평을 받았다던 단악장의 피아노 5중주도 남아 있지 않으며, 빈 콘서바토리 재학 시절 만든 그의 초기 곡은 대부분 그렇게 소실되었다.

"이걸 봐도 도저히 이어진다고 생각할 수 없으니까요."

배도빈이 말러가 남긴 24마디의 스케치를 집어 들었다.

엘리아후 인손이 고개를 끄덕였다.

피아노 4중주를 만든 시점과 24마디의 스케치를 쓴 시기가 비슷하다는 이유로 2악장에 쓰려던 것이 아닐까 추측하고 있지만.

배도빈과 엘리아후 인손이 보기에는 두 개의 악보 사이의 연결성이 매우 적었다.

그나마 가능성이 있다면 하나의 악장을 뛰어넘어 3악장에 쓰려고 했을 가능성이 크다고 판단했다.

"저……."

두 거장이 고민에 빠져 있을 때 숨죽여 지켜보고 있던 밀로스 발렌슈타인이 입을 열었다.

배도빈과 엘리아후 인손이 고개를 돌렸다.

"알프레드 시닛케가 이 스케치로 완성했으니까 1악장만 가지고 이어보는 게 어떨까요? 벨리텔께서 말씀하신 대로 피치카토로 끝나는 게 마음에 걸리잖아요."

배도빈이 밀로스 발렌슈타인을 멀뚱멀뚱 쳐다보다가 고개를 돌렸다.

"이 친구는 누구죠?"

"하하하. 이런. 내 정신 좀 보게. 밀로스 발렌슈타인이라고 요즘 작곡 공부를 하고 있어 불렀네."

엘리아후 인손의 호방한 미소와 달리 밀로스 발렌슈타인의 얼굴은 충격에 휩싸였다.

사과는 했다지만 배도빈에게 한 실수가 마음에 걸렸고 더군다나 그에게 두 번이나 걷어차였던 탓에 애써 용기 냈거늘.

자신을 기억조차 못 한다는 사실을 믿을 수 없었다.

"나 몰라?"

발렌슈타인이 확인하듯 물었지만 배도빈은 눈썹을 찌푸릴 뿐, 기억하지 못했다.

"두 번이나 걷어찼잖아."

"내가?"

"연습 몰래 듣다가 한 번. 대축전극장에서 한 번."

"……."

"밀로스 발렌슈타인이라고! 너한테…… 나쁜 말 했던 밀로스 발렌슈타인!"

배도빈이 턱을 쓸었다.

아무리 생각해도 눈앞의 애송이가 누군지 기억나질 않았다.

밀로스 발렌슈타인이 악기 케이스에서 플루트를 꺼내 보이자 그제야 손뼉을 쳤다.

"아, 그 애송이."

"애, 애송이?"

"그때 연습실 앞에 있던 애가 너였구나. 몰랐네."

황당하여 얼이 빠진 발렌슈타인을 보며 배도빈이 피식 웃었다.

"작년에 들어보니 저음이 제법 늘었더라."

그는 대수롭지 않게 여기며 엘리아후 인손과 잠시 중단되었던 토론을 이어나갔다.

첫 번째 오케스트라 대전 이후 저음 표현에 신경 썼던 밀로스 발렌슈타인은 놀라지 않을 수 없었다.

이름과 얼굴을 기억하지 못한다는 충격보다 자신이 사 년간 무엇을 노력했는지 알고 있다는 것이 놀라웠다.

작년 오케스트라 대전 시상식 때는 적당한 립서비스인 줄 알았거늘.

열두 번의 그랑프리 중 단 한 번, 그것도 일 분도 채 되지 않는 독주를 기억한다는 게 놀라웠다.

"그, 그걸 어떻게?"

배도빈이 고개를 돌렸다.

"뭘?"

"기억도 못 하면서."

"5년 전에 봤던 얼굴을 어떻게 기억해?"

"5년 전이 아니라 작년! ……아. 미안해. 정말, 정말 그럴 의도가 아니었어."

밀로스 발렌슈타인이 그가 시력을 잃었단 사실을 뒤늦게 떠올리곤 급히 사과했다.

배도빈에게는 정말 오 년 만에 본 것이었고 얼굴을 잊을 수 있을 듯했다.

미안함이 앞서 이름도 기억 못 한 것은 생각나지 않았다.

그러나 정작 배도빈은 조금도 신경 쓰지 않았다. 별일 아니라는 듯 가볍게 손을 저었다.

다만 다시 악보 이야기를 꺼내려 하는데 인손의 눈치가 이상하여 고개를 돌렸다.

그가 보기에도 밀로스 발렌슈타인은 여전히 할 말이 남아 있는 것 같았다.

"뭔데?"

"그럼 저음 연습한 건?"

배도빈이 눈썹을 찡그렸다.

"난 줄 몰랐다며. 저음 좋아진 건 어떻게 알았는데?"

"체코의 풋내기 플루티스트가 괜찮은 소리를 냈으니까."

머릿속이 복잡해진 밀로스 발렌슈타인은 배도빈과 엘리아후 인손의 토론을 그저 들을 뿐이었다.

한참이 흐른 후.

배도빈이 돌아간 뒤에야 지휘자이자 스승에게 물었다.

"벨리텔, 배도빈이 한 말 들으셨죠?"

엘리아후 인손은 인자한 미소를 띤 채 고개를 끄덕였다.

"제 잘못도 제가 누군지도 몰랐는데 플루트를 기억하고 있었대요. 5년 전 소리를 기억하고 앞이 보이지도 않는데 제 플루트를 찾아냈대요."

"그래. 기뻐할 일이구나."

엘리아후 인손은 감격한 제자를 두고 배도빈의 청음 능력과 기억력에 감탄했다.

발렌슈타인의 말마따나 자기 오케스트라 소속 단원도 아닌, 연주자의 음색을 기억해 사 년 뒤에 어떻게 변화했는지 이해할 수 있다면 그것은 이미 인간의 영역이 아니었다.

'정말 끝을 알 수 없군.'

♪

짙은 갈색을 띤 목제 턴테이블 위 음울한 음악과 함께 LP판이 돌아가고 있다.

"음악 좋네요. 누구죠? 브람스?"

"아니."

남자는 애처로운 손을 떠올린다.

철조망을 잡은 채 추위와 절망에 힘없이 떠는 손.

남자는 안타까움을 감추며 쓰게 읊조렸다.

"말러."[1]

♪

나란히 누워 마틴 스콜세지 감독의 2010년 작, 셔터 아일랜드를 본 배도빈과 나윤희는 영화가 남긴 여운에 잠겨 있었다.

배도빈이 말러의 피아노 4중주를 틀곤 마침내 입을 열었다.

"좋네."

나윤희가 추천했던 대로 영화는 구스타프 말러의 피아노 4중주 A단조와 잘 어울렸다.

한 사람을 이해하기 위해선 다각적인 방향으로 접근해야 했고,

1) 영화 셔터 아일랜드(2010) 中

배도빈은 영화 제작진이 왜 그들의 영화에 말러 피아노 4중주를 삽입했고, 굳이 말러란 이름을 언급했는지 이해할 수 있었다.

암운이 지듯 떨어지는 피아노를 시작으로.

바이올린, 비올라, 첼로가 불안을 싹틔웠다.

바이올린의 비브라토가 두렵게 떨리자 중량을 더하는 피아노.

십 대 소년이 만든 곡이라고는 상상할 수 없었다.

오디오에서는 말러 피아노 4중주가 끝난 뒤, 그의 칸타타 '탄식의 노래(Das klagende lied)'가 흘러나왔다.

나윤희가 입을 뗐다.

"안타까워."

배도빈이 고개를 끄덕였다.

유년 시절 구스타프 말러는 형제들을 잃고 절망했다.

홀로 살아남은 그가 어떠한 부담을 느꼈던 것은 익히 알려진 사실이었다.

죽은 형제들의 몫까지 살아야 한다는 강박에 어린 말러를 스스로 탓하도록 몰아세웠고.

그로 인한 죄책감은 탄식의 노래, 피아노 4중주 A단조와 같이 말러 음악의 바탕을 이루었다.

"어렸을 때 만든 곡은 대부분 이런 식이었어. 자기를 들여다보는 데 익숙하니까."

배도빈은 말러에게서 동질감을 느꼈다.

번뇌에 빠져 자신에게 끊임없이 질문을 던졌다.

끝내 차오르는 감정을 악보에 옮기지 않고는 살아갈 수 없었던 그로서는 당시 말러가 어떠했을지 짐작할 수 있었다.

"작곡을 쉬지 않았으면 좋았을 텐데."

"그러게."

나윤희가 말러의 곡이 얼마 남지 않음에 아쉬움을 내비쳤다.

어릴 적에 쓴 악보를 본인이 파기하기도 했지만, 다작으로 유명한 말러의 곡은 남아 있는 것이 많지 않았다.

성인이 되고 나서는 작곡보다는 지휘로 인정받은 탓이었다.

어릴 적부터 수많은 곡을 외우고 쓸 정도로 작곡에 힘썼고 여러 상을 받으며 인정받았지만.

심혈을 기울여 만든 탄식의 노래가 베토벤상을 받지 못하자 낙심하고 말았다. 거기에 경제적인 이유가 겹치니 어찌 보면 당연한 이야기였다.

만일 그가 젊은 시절 베토벤상을 수상함으로써 경제적 지원을 받았다면 작곡가로 왕성히 활동했을 테고, 얼마나 많은 명곡을 쏟아냈을지 알 수 없었다.

그러나 역사는 역사일 뿐.

어쩌면 그런 상황이 구스타프 말러의 창작욕을 더욱 자극했을지도 몰랐다.

배도빈과 나윤희는 그저 그가 좀 더 나은 환경에 있지 못함을 아쉬워할 뿐이었다.

오디오에서 흘러나오는 탄식의 노래를 들으며, 그 애틋하고 선명한 비극을 느끼며 더더욱.

"이렇게 좋은 곡을 썼는데 너무했어. 얼마나 힘들었을까."

배도빈이 고개를 끄덕였다.

"상을 받았다면 계속 곡을 썼을 거라고 말했으니 아마 가슴에 담아두고 살았을 거야."

"베토벤상. 정말 브람스 때문일까?"

"아니라고는 할 수 없지."

말러는 베토벤과 바그너의 열렬한 팬이자 지지자였고 스승 브루크너와 함께 두 거장의 영향이 짙은 음악을 했었다.

문제는 당시 베토벤상의 심사위원이 브람스였던 것인데.

브람스는 바그너와 대척점에 있는 음악가였으며, 베토벤도 비판적인 입장에서 받아들였던 음악가였다.

브람스가 추구했던 음악관과 젊은 말러가 지향했던 음악 세계에는 차이가 있을 수밖에 없었다.

"처음에는 사이가 좋았잖아. 왜 그렇게 미워하게 됐을까?"

"서툴러서."

"서툴러?"

역사에 기록된 대음악가에게 서투르단 표현은 어울리지 않았지만 배도빈은 차분히 이야기를 풀었다.

"자기 생각을 전달하는 방법을 모르는 거야. 바그너는 어린 브람스가 전통을 고집하는 게 안타까웠고, 브람스는 나이 많은 바그너가 바흐, 헨델, 아마데가 만들어 놓은 전통을 깨는 게 마음에 들지 않았으니까."

"다를 뿐이잖아."

"맞아. 다를 뿐인데 방구석에 처박혀 악보만 들여다보니 자부심만큼 타인을 배척하게 된 거야."

스스로 노력한 만큼 자신에게 자부심을 느끼고, 인정받지 못할수록 자신을 지키기 위해 공격적이 되었다.

"틀리다고 생각한 거야. 표현하는 방법도 적절하지 않았지. 같은 말을 해도 상대방의 감정을 상하게 하고."

배도빈은 과거 자신도 그러했음을 상기하며 말을 이었다.

"그런 것이 반복되고 서로 어긋나다 보니 점점 감정싸움으로 치닫고 결국 사생활까지 들먹이잖아. 둘 다 음악만 할 줄 알았지 어린애였어."

새로운 음악을 추구하는 기성 음악가 바그너.

전통을 추구한 신진 음악가 브람스.

배도빈의 말대로 서로를 높이 평가했던 두 사람의 관계는 시간이 지날수록 악화되었다.

그 결과 당시 음악계를 주름잡고 있던 바그너가 살아 있을 적에는 브람스는 제대로 된 활동을 하지 못했다. 너무도 가혹

한 환경에서 음악을 해야 했다.

그러나 바그너 사후 영향력을 갖춘 브람스와 그 세력은 그간 억눌렸던 마음을 터뜨리듯 바그너의 음악과 그를 추종하는 사람들을 박해했고.

그로 인해 바그너의 지지자 브루크너는 한평생 부당한 대우를 받게 되었다.

브루크너의 제자였던 한스 로트와 구스타프 말러 역시 마찬가지.

바그너와 브람스 두 음악가의 자존심 싸움에 수많은 음악가가 자신의 기량을 정당히 펼칠 수 없었던 것이었다.

배도빈은 그들의 음악이 뛰어남과 별개로 혐오 속에 후학들을 좌절시킨 바그너와 브람스를 용서할 수 없었다.

배도빈의 설명을 들은 나윤희가 고개를 끄덕였다.

"도네크 씨랑은 그렇게 안 돼서 다행이다."

변화를 추구했던 빌헬름 푸르트벵글러와 전통을 지키고자 했던 레몽 도네크.

두 사람 사이의 갈등이 자연스레 떠올랐다.

그때를 생각하면 자다가도 벌떡 일어나는 배도빈이 꿍얼거렸다.

"배은망덕한 놈이야."

"훙흐흐. 그래도 지금은 잘 지내잖아."

"사과받고 밥 몇 번 먹었다고 화가 다 풀리겠어?"

나윤희는 솔직하지 못한 그를 사랑스럽게 바라봤고 민망해진 배도빈은 이야기를 계속해 나갔다.

"그땐 푸르트벵글러가 잘 대응했어. 마음만 먹었으면 묻을 수 있었지만 그러지 않았으니까."

클래식 음악계에서 빌헬름 푸르트벵글러의 발언은 절대적이었다.

그러나 푸르트벵글러는 분노를 억누르면서도 제자 레몽 도네크를 안타깝게 여겨 매장하지 않았다.

바그너와 브람스의 관계로 이후 어떤 비극이 찾아왔는지 잘 알고 있기 때문이었다.

배도빈이 미소 지으며 말했다.

"대단한 사람이야. 우리 세프는."

"응. 정말."

♪

지휘자가 되기 위해 엘리아후 인손을 사사하던 밀로스 발렌슈타인은 스승과 배도빈의 대화를 이해할 수 없었다.

말러 피아노 4중주 A단조와 남은 스케치를 들여다보는 것은 하루뿐이었고 두 사람은 이후 말러가 어떤 말을 남겼는지,

어떤 삶을 살았는지.

다른 사람들은 말러를 어떻게 보았는지 등에 집중했다.

배도빈과 엘리아후 인손이 피아노 4중주 A단조가 사용된 영화를 어떻게 봤는지 대화할 때는 그 의문을 참을 수 없었다.

"질문 하나 해도 돼요?"

엘리아후 인손이 고개를 끄덕였다.

"말러 피아노 4중주를 재구성하고 계시잖아요."

"그렇지."

"말러가 어떻게 살았는지 알아보는 건 그렇다 쳐도. 영화 이야기가 굳이 필요한 거예요?"

엘리아후 인손이 허허 웃으며 배도빈을 보았다.

미숙한 제자에게 가르침을 주지 않겠냐는 의도를 읽은 배도빈이 설명을 시작했다.

통역가를 통해야 했기에 대화는 다소 간격을 두었다.

"말러를 어떻게 생각해?"

"엄청, 어어엄청난 분이지."

"또."

"격정적이야. 어떤 감정을 표현하고 싶은지 망설이지 않아. 또 그러기 위해서 많이 고민했고. 난 그가 베토벤만큼이나 완벽한 구성력을 보였다고 생각해."

"또."

"음…… 많이 외로웠던 것 같아. 신중하고. 보통 자기를 그렇게 깊이 파고들어 사색하기 힘들지 않나?"

"또."

"억울한 일을 많이 겪어서 그런지 고집도 있어. 자기한테 확신이 있는 느낌으로. 왜, 아직 나의 시대는 오지 않았다고 말했다잖아."

"또."

반복된 질문에 밀로스 발렌슈타인이 의문을 가졌다.

"……이거 의미가 있는 질문이야?"

"있어."

배도빈은 입을 모으고 의아해하는 어린 음악가에게 말했다.

"난 그가 몹시 위태롭다고 느껴."

말러의 곡 전반에 펼쳐진 폭발적인 멜로디를 떠올린 밀로스 발렌슈타인은 배도빈의 말을 쉽게 이해할 수 없었다.

그러나 오래지 않아 짐작되는 특징을 떠올렸다.

"너무 강렬해서?"

"그래. 사람에 따라 다르겠지만 속에 담아둔 감정이 많은 사람일수록 목소리가 커지지. 말러가 그렇고."

밀로스 발렌슈타인은 베토벤, 브람스, 말러 등을 떠올리며 고개를 끄덕였다.

"하지만 네 말도 틀린 건 아니야. 외롭고 신중했던 만큼 자기 자신을 잘 들여다보고 어떻게 하면 효과적으로 전달할지 고민했지."

"덕분에 그토록 완벽한 교향곡을 쓸 수 있었을 테고."

엘리아후 인손이 배도빈을 거들었다.

배도빈이 고개를 끄덕여 호응하곤 밀로스 발렌슈타인을 보았다.

"하지만 이것 모두 우리가 추측한 이야기일 뿐이야. 본인이 아닌 이상 그가 어떠했는지는 명확히 알 수 없어. 짐작할 뿐이지. 현재 구스타프 말러란 음악가는 본인이 아닌 사람들에게 그렇게 인식된 개념으로서의 구스타프 말러야."

밀로스 발렌슈타인의 머릿속이 복잡해졌다.

"네가 생각하는 말러는 그의 일부일 수도 또는 그가 아닐 수도 있다고."

철학적인 개념에 혼란스러웠던 발렌슈타인은 천천히 고개를 끄덕였다.

더디긴 해도 그가 잘 따라오는 듯했다.

배도빈이 설명을 이어나갔다.

"그러니 그를 바라보는 시각을 여럿 접해야 하지. 내가 생각하는 말러가 네겐 아닐 수 있고. 너의 말러가 내가 보지 못한 그일 수 있으니까."

"아."

밀로스 발렌슈타인은 비로소 스승과 배도빈의 의도를 이해할 수 있었다.

굳이 구스타프 말러가 남긴 악보와 스케치가 있음에도 다른 사람들의 의견을 취합하는 이유.

구스타프 말러를 향한 여러 시각을 접하는 것이 곧 그를 가장 정확히 보는 방법이었다.

구스타프 말러라는 퍼즐이 불완전하니.

그 주변을 맞춰나감으로써 그의 형태를 가늠하자는 뜻이었다.

그러나 모든 의문이 풀리진 않았다.

한편으로는 위대한 지휘자 엘리아후 인손과 역사상 가장 뛰어난 음악가로 칭송받는 배도빈이라면 굳이 그런 작업이 없어도 되지 않을까 싶었다.

다른 사람이 아는 걸 이 두 사람이 모를 리 없다고 생각했다.

혹은 그 둘만의 말러도 나름의 의의가 있다고 생각했다.

밀로스 발렌슈타인이 아직 남아 있는 의문을 던졌다.

"벨리텔은 충분히 이해하잖아요?"

엘리아후 인손이 고개를 저었다.

"너라면."

배도빈에게도 같은 질문을 던졌지만 대답은 마찬가지였다.

"직접 대화할 수 있으면 모를까. 악보만으로는 알 수 없어."

악보에 충실했던, 그래야 한다고 믿고 있던 발렌슈타인에게 배도빈의 발언은 큰 충격이었다.

"왜? 음표도 기호도 지시문도 있잖아. 너도 그렇게 치밀하게 써두고."

밀로스 발렌슈타인은 배도빈의 악보를 언급하며 되물었다.

그의 악보는 거의 모든 곳에 지시문이 붙어 있었다.

심지어 그는 음표를 쓰는 방식도 달리하여 피아니시모가 붙은 음표는 짧게 그린다든지, 포르테가 붙은 음표는 날카롭게 그리는 방식을 사용하기도 했다.

그렇게까지 상세하고 철저하게 악보를 적는 배도빈이 악보에 모든 것을 담을 수 없다고 말하니 이해할 수 없었다.

"포르테는 어떻게 연주해야 하지?"

"그야 세게 연주해야지."

밀로스 발렌슈타인이 마치 무시당한 것 같아 떨떠름하게 답했다.

"포르티시모는 얼마나?"

"포르테보다 세게."

"그럼 다시. 포르테는 얼마나 세게 연주해야 하고?"

"아."

"악보만으로는 완벽할 수 없어. 최대한 많은 정보를 정확히 담으려고 하지만 한계가 있어. 그러니 사람마다 다르게 연주할 수밖에."

배도빈이 말러의 피아노 4중주 A단조 악보를 들었다.

"악보주의라는 건 허상이야. 모든 악보는 대본일 뿐. 배우가 아니야. 대본을 표현할 배우가 필요하듯, 악보에도 그것을 표현할 사람이 필요해. 작곡가와 청중의 대화를 돕도록."

엘리아후 인손이 슬며시 웃으며 고개를 끄덕였다.

"이걸 다시 만드는 행위는 말러가 우리에게 했던 말을, 이 편지를 복원하는 게 아니야. 그에게 받은 편지에 답장을 보내는 거지."

불완전한 편지라면 불완전한 대로.

아쉬움을 담아 보내는 답장.

밀로스 발렌슈타인은 피아노 4중주 A단조를 다시 만드는 일이 어떤 의미인지 이해할 수 있었다.

존경하는 그에게 보내는 편지라니.

지금의 작업이 그에게서 받은 감동을 표현하는 일이라는 생각이 들자 막연했던 기대감이 명확해지며.

의욕이 샘솟았다.

♪

엘리아후 인손이 선물한 메도브닉(Medovnik: 꿀 케이크)을 맛본 배도빈과 나윤희가 눈을 크게 떴다.

다디단 꿀 크림과 고소한 견과류로 이루어진 케이크는 입안에 들어서자마자 존재감을 펼쳤다.

혀에 닿는 순간 전신으로 뻗어나간 희열에 두 사람은 어쩔 줄 몰랐다.

턱을 움직이면 입안에 포근히 퍼지면서도 녹아내리지 않았다.

폭신폭신하면서도 기개 있는 식감.

입 한가득 들어온 그것은 조금도 저항하지 않으며 자신을 먹으려는 이와 혀를 감싸 안았다.

이 얼마나 고상한 자세란 말인가.

그뿐일까.

풍요로운 식감과 곱게 간 견과류의 고소함을 느끼기가 무섭게 꿀로 만든 크림이 본색을 드러냈다.

농후한 꿀의 풍미가 비강을 채워나갈 즈음엔 절제된 단맛이 끝내 혀를 타락시키고 만다.

이것은 악마가 만든 음식이다.

배도빈의 머리에 영감이 스쳤다.

나윤희는 스마트폰을 펼쳐 스케치를 남기는 배도빈을 관찰했다.

조금 전만 하더라도 너무나 밝게 웃던 그는 눈을 감기도, 눈썹을 살짝 찡그리기도 했다.

눈빛은 타오를 듯했다.

사랑을 나눌 때와 같았다.

그런 그를 보는 게 즐거워서 한참을 그러고 있다 보면 시간이 훌쩍 지나 있었다.

오늘도 마찬가지.

그의 눈짓과 과감한 필기, 이제는 익숙해진 암호 같은 악보와 알 수 없는 포근함까지 평소와 같았다.

배도빈이 일어나 피아노 앞으로 향했다. 섬세한 손이 건반을 누르자 발랄한 멜로디가 탄탄히 울렸다.

"어때?"

"귀여워."

배도빈이 왼손을 거들어 반주를 넣었다. 통주저음처럼 묵직한 선율이 더해지자 발랄했던 멜로디가 달콤하면서도 가볍지 않은 꿀 케이크와 같이 포근해졌다.

"지금은?"

"또 먹은 것 같아."

배도빈은 메도브닉을 또 먹은 것 같다는 나윤희의 과장된 표현에 만족하며 스케치를 정리했다.

나윤희는 그가 지금까지 어떻게 이 욕구를 참아왔는지 신기했다.

프라하에서의 2주간.

배도빈은 아침 이슬이 떨어지는 것으로도 곡을 썼다. 맛있는 음식을 먹었을 때도, 즐거운 이야기를 들었을 때도, 꿈을 꾸었을 때도 혹은 아무것도 하지 않다가도 문득 펜을 들었다.

악단주로서 너무나 많은 일을 책임지고 있던 탓에 그간 못했던 것을 몰아서 하는 듯했다.

"계속 이럴 수 있으면 좋을 텐데."

"전문경영인 두려고."

나윤희가 고개를 힘차게 끄덕였다.

"마음은 그런데 믿을 만한 사람 찾는 게 쉽지 않아."

"카밀라 이사님은?"

"이야기해 봤는데 푸르트벵글러랑 같이 퇴임하고 싶다고."

"아쉽다."

나윤희가 잠시 생각에 잠겼다가 카밀라 앤더슨과 더불어 베를린 필하모닉을 가장 잘 알고 있는 사람을 언급했다.

"이자벨 부장님은?"

"자기는 아직 멀었다고 거절했어."

"이자벨 부장님보다 악단 잘 아는 사람도 없을 텐데."

배도빈도 나윤희의 말에 전적으로 공감했다.

지금까지의 역할과 책임으로 따졌을 때 카밀라 앤더슨과 이자벨 멀핀을 대체할 사람은 없었고.

그렇다고 외부에서 사람을 찾자니 악단에 대한 이해도가 떨어졌다.

더 고민해도 마땅히 답이 없었기에 배도빈은 화제를 돌렸다.

"오늘은 어땠어?"

"악기 손질했는데 네콜로바 씨 바이올린 특이하더라."

"특이해?"

"지판이 볼록 올라와 있어."

바이올린 지판은 본래 오목한 구조로 되어 있었지만 나윤희가 특이하다고 했을 정도니 평범한 수준은 아닌 듯했다.

"얼마나?"

"줄이랑 지판이 거의 닿을 것처럼 아슬아슬하게."

"진동폭이 너무 좁아지면 안 좋을 텐데."

배도빈이 잡음이 생길 것을 지적하자 나윤희가 고개를 격하게 끄덕였다.

"알고 보니 손이 조금 달라서 D랑 A현에 힘이 많이 들어간대. 그런데 지판까지 깊으면 방해가 되니까."

"아."

나윤희의 말대로 지판과 현 사이의 간격이 깊으면 중앙에 위치한 D현과 A현이 너무 깊이 들어가게 되고 다른 현을 연주할 때 오류가 생길 수 있었다.

장애라고 할 순 없어도 손의 생김새와 뼈, 근육 구조가 평범하지 않아 D현과 A현에 힘을 주기 힘든 사람이라면 연주에 방해가 될 수 있었다.

이리나 네콜로바 악장으로서는 자신의 신체에 맞게 악기를 관리했던 것이고 지판이 높음으로써 생기는 잡음을 줄일 정도로 깔끔한 보잉까지 익힌 것이었다.

"그런 줄은 몰랐네."

"응. 정말 엄청 깔끔하게 연주하시니까."

이번에는 나윤희가 물었다.

"인손 씨는?"

"비상해."

배도빈은 지난 2주간 그에게서 그 어떤 음악가보다 멋진 점을 발견할 수 있었다.

"1악장 코다를 어떻게 할지 결정 못 했었잖아."

"응."

나윤희는 배도빈과 엘리아후 인손이 말러 피아노 4중주 A단조의 1악장 끝의 피치카토가 붙은 음을 고민했던 것을 떠올렸다.

두 사람은 그것이 1악장의 끝이 아닌 가능성을 염두에 두었기에 결미부를 완성하고자 했었다.

"처음에는 뒤를 어떻게 이을까 고민했는데, 차라리 피아노도 함께하는 게 어떠냐고 하더라고."

"어떻게?"

배도빈이 피아노 앞으로 가 화음을 끊어쳤다.

스타카토로 연주하여 현악기들이 현을 뜯는 효과와 비슷하게 연주하니 전보다 완결성을 띄었다.

"여러 관점에서 볼 줄 아는 사람이야. 그 나이 먹으면 시야가 좁아지게 마련인데."

"흐흥. 어떻게 알아요?"

"……그런 것 같더라고요."

두 사람이 키득거렸다.

♪

한편 밀로스 발렌슈타인은 피아노 협주곡의 형태로 재구성된 말러 피아노 4중주에 감탄을 거듭했다.

"벨리텔, 이건 정말. 정말 너무 대단해요."

순수하게 기뻐하는 발렌슈타인과 마찬가지로 엘리아후 인손도 흡족했다.

"마음에 드는구나."

"빨리 연주하고 싶어요. 팬들도 좋아하겠죠? 아니, 그 정도가 아닐 거예요."

인손은 흥분하여 재잘대는 제자를 바라보았다.

미숙한 점도 있으나 음악을 향한 사랑만큼은 티끌 하나 없이 순수하여 안심할 수 있었다.

"그야 당연하겠죠? 벨리텔과 배도빈이 함께 만드셨으니까."

"밀로스."

"네?"

밀로스 발렌슈타인이 눈을 깜빡이며 인손의 말을 기다렸다.

"그간 어떤 생각을 했는지 들려주겠느냐."

"역시 벨리텔이라고 생각했죠! 2악장 주제도 너무 멋지고 1악장 코다는 상상도 해본 적 없어요. 또."

인손이 허허 웃었다.

"도빈 군에 대해서는 어떻게 보았느냐."

스승의 질문에 흥분했던 밀로스 발렌슈타인이 다소 차분해졌다.

입술을 꼭 깨물며 고민하더니 이내 솔직한 심경을 꺼냈다.

"너무 대단해요. 저는 그의 머릿속에 음악의 신이 악상을 전해준다고 생각했어요. 그러니 도저히 따라잡을 수 없겠구나 하고. 아니, 그런 생각도 못 했죠. 그냥 저랑 다른 사람이라고 생각했어요. 그런데."

엘리아후 인손은 천천히 고개를 끄덕일 뿐 밀로스 발렌슈타인이 말을 마칠 때까지 기다려주었다.

"그게 아니었어요. 처음에는 제가 알던 그 배도빈이 맞나 싶었어요. 한 번에 엄청난 멜로디를 적을 줄 알았거든요."

밀로스 발렌슈타인은 하루에도 수십 번씩 악보를 고쳐나가는 배도빈의 작업 과정을 지켜보며 충격받았다.

대중이 알기로.

또 수많은 음악가와 마찬가지로 발렌슈타인은 배도빈을 평범한 사람과 다른 존재로 인식했다.

문득 떠오른 악상을 일필휘지할 거란 환상을 가지고 있었다.

경쟁자라든가, 본받아야 할 존재가 아니라 그저 다른 사람이었다.

그러나 그런 예상과 달리 배도빈은 엘리아후 인손이 잡아둔 모티프를 끊임없이 변화시켰다.

그 과정은 집착이란 말 외에 표현할 길이 없었다.

늘리고 좁히고.

뒤집고 누르고 키우고.

주제를 변형시키는 과정에서의 배도빈은 마치 강박증이 있는 사람처럼 행동했다.

단 한 구절도 반복하지 않았으면서도 단 한 마디의 연결성도 놓치지 않았다.

모든 노트와 지시문이 주제로 향하면서도 서로 다른 방식과 구조를 이루었다.

금방 끝나지 않았다.

하루는 단 한 마디를 가지고 씨름했고 어떤 날에는 수십 장을 쓰고 다음 날 모두 폐기하기도 했다.

그러나 그렇게 완성된 피아노 협주곡 A단조, '구스타프 말러'는 마치 베토벤의 C단조 교향곡(운명)처럼 강렬한 몰입력을 갖추었다.

밀로스 발렌슈타인은 다른 작곡가가 그와 같은 방식으로 일한다면 하나의 곡을 만들기까지 1년은 걸릴 것으로 생각했다.

그가 곡을 빠르게 완성할 수 있는 것은 오직 그의 집중력 덕분이었다.

아침부터 점심까지. 다시 점심부터 저녁까지 배도빈은 불량한 자세로 조금도 미동하지 않았다.

"정말 노력하는구나. 저렇게까지 하니까 그런 곡을 만들 수 있구나 싶었어요."

"제대로 봤구나."

엘리아후 인손이 슬며시 미소 지었다.

"도빈 군이 대단한 점은 집념이지. 나도 음악을 사랑하고 그와 함께한 시간이 너무나 즐거웠지만 버겁기도 했단다."

발렌슈타인이 고개를 끄덕였다.

"밥을 먹을 때도 산책할 때도 침대 위에서도 음악만을 생각하지."

"……영감을 받는다거나 하는 천재성보다 그게 더 대단해 보여요."

실로 그러했다.

발렌슈타인은 배도빈의 천재성보다 집착에 가까운 태도가 더 대단히 느껴졌다.

엘리아후 인손이 빙그레 웃으며 격려했다.

"너도 그럴 수 있단다."

"네?"

"좋아하지 않느냐."

스승의 격려가 지금 당장은 가슴에 와닿지 않았다. 배도빈처럼 음악을 할 수 있다는 생각은 조금도 들지 않았다.

엘리아후 인손도 제자가 자신의 말을 한 번에 믿을 거라고는 생각지 않아 다음 말을 꺼냈다.

"하지만 확실히 대단하긴 하더구나. 노력가인 건 알았지만 그의 청음은 정말 설명할 길이 없지."

"아. 맞아요. 악기도 없이 곡을 쓰잖아요."

청음은 소리의 말.

소리가 가진 의미를 정확히 인식하는 능력이고 악보는 소리를 기호로 적은 문장이었다.

소리로 대화하는 음악가들에게 청음은 의사소통 능력이라고 해도 과언이 아니었다.

그러나 그중에서도 배도빈은 특별했다.

그는 마치 모든 음을 머릿속에 넣어둔 것처럼 행동했다.

그가 머리에 넣어둔 음은 마치 튜너기처럼 완전했다.

머리로 상상한 음을 악보에 옮겨 적으려면 어떤 음계인지 확인해 보는 과정이 필요하고 뛰어난 음악가일수록 뛰어난 청음 능력으로 그 과정을 생략할 수 있지만.

배도빈은 그럴 필요가 없어 보였다.

청력을 잃어가던 그가 필사적으로 건반과 현을 켜며 음을 기억하려 했던 사실을 모르는 엘리아후 인손과 밀로스 발렌슈타인로서는 이해할 수 없는 일이었다.

"……역시 천재 맞잖아요."

"껄껄껄. 그렇구나. 나는 이제 늙어 귀가 안 좋지만 혹시 또 모를 일이지. 너는 노력하면 그와 비슷하게는 될 수 있을지."

"무리예요."

불가능한 일이라고 생각하면서도.

밀로스 발렌슈타인은 어렸을 적부터 반복해 온 청음 수업을 떠올려 보았다.

제자의 속내를 훤히 들여다보는 엘리아후 인손은 작게 미소 지으며 일주일 뒤에 예정된 배도빈·나윤희와의 협연을 손꼽았다.

♪

음악과 평화의 도시 프라하.

블타바강을 중심으로 번영한 체코의 수도는 유럽 중세와 근대 역사의 총집합체였다.

성 비투스 성당과 하라드차니 성, 카를 다리와 맞닿은 구시가지는 광기의 전쟁 속에서도 아름다운 모습을 예전 그대로 유지해 왔다.

현대에 이르러서는 유럽 최고의 관광지로 사랑받는 체코의 수도.

프라하를 찾은 관광객들에게 체코 필하모닉 오케스트라의 콘서트홀 루돌피눔(Rudolfinum)은 반드시 찾아야 하는 명소 중 하나였다.

살아 있는 전설로 불리는 네 명의 위대한 지휘자와 비교해도 손색없는 엘리아후 인손이 총감독으로 있었고.

유럽 전역에서 선별된 음악가들이 열정으로 가꾼 체코 필하모닉 오케스트라는 두 번의 OOTY 오케스트라 대전에서 모두 본선에 진출한 이력이 있었다.

프라하의 관광객들이 체코를 넘어서 전 유럽으로부터 사랑받는 그들을 직접 볼 수 있길 바라는 것도 무리는 아니었다.

그러나 오늘만큼 간절했을까.

배도빈·나윤희와 체코 필하모닉 오케스트라의 협연 소식에 관광객들은 물론 체코 전역이 발칵 뒤집히고 말았다.

“이럴 때는 표 좀 더 팔아도 되잖아! 아, 거참 말이 안 통하시네.”

“입석이라도 좋다고! 들어가게만 해달라는 게 뭐가 그렇게 어려워요!"

일찌감치 판매된 온라인 예매를 포기한 사람들이 체코 필하모닉 오케스트라 사무국에 들이닥쳤다.

직원들도 그들의 간절함을 익히 이해했지만 1,104석의 드보르자크홀 좌석이 모두 판매된 탓에 도와줄 방도가 없었다.

"죄송합니다. 안전과 정숙을 위해서 입석은 판매하고 있지 않습니다."

"그건 나도 알아요. 안다고. 내가 여기를 몇 년이나 다녔는데 모를까 봐. 그러니 이번 한 번만 부탁하는 거 아닙니까."

"죄송합니다. 온라인 스트리밍 서비스라면 도와드릴 수."

"아! 그게 오케스트라 직원이 할 말이야! 스피커로 듣는 거랑 직접 듣는 게 같아요?"

표를 구하지 못한 팬들의 성화는 좀처럼 가라앉지 않았다.

직접 방문하여 부탁을 가장한 협박을 한다든가 정중하고 신사답게 요청하는 사람도, 티켓팅 방식의 불합리함을 항의하는 사람도 있었다.

최고 400유로로 판매된 배도빈·나윤희와 체코 필하모닉 오케스트라의 협연 티켓은 온라인에서 1,800유로에 거래되기도 하였고.

이와 같은 현상은 언론을 통해 전 세계에 시시각각 알려졌다.

[THE B와 체코 필하모닉 협연 티켓 2,200유로에 거래]

베를린 필하모닉 악단주 배도빈, 나윤희 악장과 체코 필하모닉 오케스트라의 협연이 코앞으로 다가왔다.

온라인 예매 시작과 동시에 1,104석이 매진되었다.

그러나 이번에도 음악계는 암표를 잡아내지 못했다.

하루 전 클래식 음악 포럼 게시판을 통해 경매된 해당 공연 티켓은 영국인으로 추정되는 아이디 '프린스'가 1,800유로에 구매하였다.

또한 불과 24시간이 지나기도 전에 2,200유로에 또 하나의 표가 판매되면서 최고 거래가가 갱신되었고 이와 같은 현상에 소위 되팔이들에 관한 문제가 제시되었다.

판매자와 표를 구매한 중국계 독일인으로 추정되는 재력가에게 인터뷰 요청을 했지만 두 사람 모두 묵묵부답으로 그쳤다.

ㄴ되팔이들 진짜 잡아 족쳐야 함.

ㄴ공연 한 번에 240만 원을 태우려 하넼ㅋㅋㅋㅋ

ㄴ근데 진짜 여유 있는 사람은 그 정도는 지불할 가치가 있다고 생각하는 거겠지.

ㄴ2,200유로에 팔렸다는 기사도 있음. 어차피 난 저기까지 갈 돈도 시간도 없으니 상관없지만.

ㄴ나도 그냥 스트리밍으로 들으려고. 너무 비쌈.

ㄴ베를린 필하모닉 시즌권 사면 한 번에 6~10만 원꼴이면 되는데

뭐 하러 몇백만 원씩 주고 봐야 하냐.

└님 베를린에서 살고 있음?

└도빈이랑 나윤희가 언제 누구랑 또 협연하겠어. 그만큼 가치가 있는 공연이니까 저러지.

♪

공연 전.

손을 풀고 있자니 누군가 문 앞으로 다가왔다. 두 사람인데 한쪽은 가우왕의 발소리다.

'그럴 리 없지.'

연수 중인 그가 프라하에 와 있을 리 없으니 잘못 들은 것이 분명하다.

"들어간다."

익숙한 목소리에 고개를 돌리자 선글라스를 낀 폭주족 둘이 대기실 안으로 들어섰다.

가우왕과 예나왕이다.

"표정이 왜 그래?"

"오랜만이지."

저 불량한 차림과 사나운 얼굴, 틱틱대는 말투 모두 확인했지만 이 둘이 왜 여기 있는지 알 수 없었다.

예나왕이 반갑게 내민 손을 얼떨결에 잡아 흔들었다.

"어떻게 왔어요?"

"어떻게 오긴. 구경하려고 왔지."

"신혼여행도 못 했잖아. 연수 같이 다니기로 했어. 프라하 너무 예쁘다. 윤희랑 잘 지내고 있어?"

"네."

아직 상황을 받아들이지 못하고 있는데 가우왕은 허락도 없이 악보를 집어 들었고 예나왕은 윤희를 찾았다.

"복도 끝이에요."

"그래? 나 그럼 윤희한테 갈게. 연주 기대할게."

예나왕이 밖으로 나서자 정신이 좀 드는 것 같다.

"일부러 찾아왔어요?"

"찾아오긴. 그냥 다니다 보니 우연으로 겹친 거지."

"그런 것치곤 운이 좋네요. 티켓도 구하고."

"어. 별로 안 어려웠어. 야, 이거 말러냐?"

"4중주 기반으로 만들었어요."

"……재밌겠는데."

가우왕이 흥미롭게 악보를 살폈다.

엘리아후 인손과 함께 만든 '말러 협주곡'이 마음에 드는 모양이다.

피아노 악보와 총보를 번갈아 보는 걸 보니 인손이 고집을 부려 넣은 요소를 발견한 듯하다.

"이제 손 안 떠네요?"

"어. 이삼 주 지나니까 괜찮아지더라. 물을 많이 마셔야 해."

할 말이 없이 소파에 기댄 채 눈을 감고 있으니 가우왕이 떼를 썼다.

"이런 거 하나 더 만들어 봐."

"싫어요."

"왜."

"아이디어는 인손이 냈어요. 그한테 부탁해 봐요."

"싫은데."

어쩌라는 건지 모르겠다.

공연 전에 격해지기 싫고 그의 억지에 어울려주기도 귀찮아서 무시했다.

가우왕은 조금도 신경 쓰지 않고 두 악보를 번갈아 보았는데 피아노가 이끄는 관현악곡이 퍽 마음에 든 모양이다.

피아노로 지휘하는 느낌이 어떤지 상상하는 듯하다.

조명받길 좋아하는 사람이니 그럴만하다.

턱을 괸 채 장난감을 선물받은 아이처럼 말러 협주곡을 살핀다.

그런 가우왕을 관찰하고 있는데 또 익숙한 발소리가 났다.

문을 두드리길래 설마 하며 답했다.

"찰스?"

밝은 푸른색 계통의 정장 차림으로, 머리를 단정히 넘긴 찰스 브라움이 문을 열었다.

혹시나 싶었지만 정말 그가 들어올 줄은 몰랐다.

악단과 음악교육원 일로 한창 바쁜 사람이 대체 여기는 왜 왔는지 모를 일이다.

"있었네. ……넌 왜 여기 있어?"

"오, 브라더."

"그렇게 부르지 말라고 했지!"

"네가 뭐라 해도 사실은 달라지지 않아. 우린 가족이잖아."

차마 서로 죽이지 못했던 전과 달리 지금은 찰스 혼자 더 열받는 입장인 듯하다.

한 가족이 되었으니 어지간한 일은 모두 웃어넘기는 가우왕과 아직 그를 가족으로 받아들이지 못하는 찰스.

가우왕이 그를 친근하게 여기는 만큼, 찰스 브라움은 전보다 그를 더 꺼린다.

"네가 예나랑 결혼했지 나랑 했어? 난 나고, 예나는 예나야."

"결혼 축하 공연도 해줬으면서 뭘 그렇게 열을 내? 가족끼리 친하게 지내야지."

"널 위했던 게 아니다! 예나를 위해서야!"

"이해해. 나도 여동생이 있어서 그 마음 다 안다고. 브라더."

"그렇게. 부르지. 말라고. 했다."

"알았다니까. 브라더."

찰스는 가우왕의 멱살을 잡고 눈을 부라렸고 가우왕은 마음 넓은 형처럼 찰스를 다독인다.

보고 있으면 조금 재밌다.

"안 바빠요? 어떻게 왔어요?"

"잠깐 시간 냈지. 안 들을 수가 없잖아. 말러라 했나?"

사카모토처럼 미리 말해줬으면 내빈용 표를 준비해 두었을 텐데 두 사람 모두 표 예매에 일가견이 있는 모양이다.

"혼자 왔어요?"

"아니."

부정만 하고 누구랑 왔다는 말을 꺼내지 않는다.

멀핀과 함께 왔냐고 물어보려던 차 가우왕이 대신 나섰다.

"누구랑 왔는데?"

"……이자벨 멀핀 본부장."

"평소처럼 이지라고 불러도 돼요."

찰스가 멋쩍은 듯 입을 샐쭉거리니 가우왕이 그의 어깨를 둘러 어깨동무했다.

"좋네. 연주회 끝나고 저녁이나 같이 먹으면 되잖아."

"내가 왜 그래야 하지?"

"가족이니까."

처음에는 가우왕이 찰스를 완전히 가족으로 받아들였다고 생각했는데, 지금 보니 일부러 놀리는 것처럼 보이기도 한다.

찰스가 기겁하는 걸 즐기는 게 아닐까 싶다.

"수고해라."

두 사람을 내보내고 차분히 마음을 가라앉혔다.

연주 시간이 다가와 복도로 나서자 윤희도 나와 있었다.

"가우왕이랑 찰스도 왔던데."

"응. 예나 씨랑 멀핀 부장님 만났어."

생기 있게 웃는 모습이 퍽 맑다.

"어, 어때?"

나윤희가 고개를 숙여 옷차림을 확인하며 물었다.

얼굴을 보느라 자세히 보지 않았던 탓에 그녀를 따라 시선을 옮겼다.

머리 한쪽을 뒤로 넘겨서 뒷머리와 묶었고 다른 한쪽은 자연스레 내려두었다.

어두운 녹색의 원 톤 드레스가 퍽 잘 어울린다. 옷깃 앞에 같은 색의 리본도 과하지 않다. 어깨와 소매는 자수로 반투명했고 아래로는 주름이 잡혔다.

같은 색의 낮은 구두까지.

봄 느낌을 물씬 풍긴다.

그렇게 생각하며 감상을 전했다.

“예뻐.”

“리본 푸는 게 나을까?”

“아니. 예뻐.”

“단이 너무 짧지.”

“예뻐.”

“그렇게만 말하지 말고.”

느낀 그대로 말했을 뿐이지만 뭔가 더 의견을 구하는 것 같다.

“머리 묶은 게 자연스러워 보이고 연주에도 방해되지 않을 것 같아서 좋아 보여. 드레스 색상이 약간 어두운데 오늘 피부 톤이 밝아서 보기 좋아. 치마 주름도 활발해 보여서 좋고. 구두도 어울리네.”

“…….”

반응이 없으니 더 필요한 것 같다.

“입술이.”

“이, 이제 괜찮아. ……감사합니다.”

여러 이야기를 꺼내느라 어떤 말에 만족했는지 알 수 없지만 어쨌든 해결된 듯하다.

“의외로 컴퓨터를 잘 다루나 봐. 두 사람 다 티켓팅을 성공한 걸 보면.”

“어? 예나 씨가 2,200유로에 샀다고. 멀핀 부장님도 1,800유로에 사셨대.”

"돈이 남아도네. 정 듣고 싶으면 차라리 말을 하지."

어떻게든 공연을 보고 싶은 마음은 충분히 이해하지만 암표나 파는 놈들이 부당이득을 취하는 게 마음에 들지 않는다.

"흐. 엄청 오고 싶으셨나 봐."

이런저런 대화를 나누며 무대 반입구 앞에 도착하자 엘리아후 인손이 미소로 반겨주었다.

"오오, 정말 멋진 커플일세."

희미하게 관객들이 웅성거리는 소리가 들린다.

분위기가 잔뜩 부풀어 있다.

지난 삼 주간 느꼈지만 이곳 체코 필하모닉 오케스트라를 찾는 사람들은 감정 표현에 솔직한 듯하다.

그런 사람들과 함께하면 더 즐거운 법.

설렌다.

"준비되었으면 올라가세."

윤희를 보자 웃으며 고개를 끄덕였다. 인손과 함께 계단을 올라 무대로 향하자 곧 관객들의 열렬한 환호가 가슴을 때렸다.

♪

그 어떤 콘서트홀보다 밝고 온화하게 빛나는 이곳 루돌피눔(Rudolfinum)은 1896년 4월, 안토닌 드보르자크가 체코 필하모닉 오케스트라의 지휘자로서 첫 지휘를 맡은 곳이며.

1908년 구스타프 말러가 7번째 교향곡을 발표한 장소이기도 하다.

유럽에서 가장 아름다운 콘서트홀 중 하나라는 명성에 비하면 내부가 상당히 좁으나 이곳을 다녀간 이들에게는 그리 중요한 기억은 아니리라.

고개를 들면 거대한 원형 돔과 그 아래 연결된 샹들리에가 눈에 띈다.

눈부신 그 주변으로 천장에 장식된 문양이 언뜻언뜻 들어온다.

이토록 화려하면서도 절제된 느낌을 주는 것은 이곳이 왕세자를 위해 만들어진 탓이리라.

황금빛으로 가득한 이곳은 그야말로 우아하다.

무대 뒤에 설치된 오르간.

두 개의 작은 샹들리에가 비춘 무대가 고상하기 짝이 없다.

그중에서도 가장 마음에 드는 것은 바흐와 헨델, 못된 영감, 글룩, 아마데, 베버, 슈베르트, 멘델스존 그리고 나 루트비히의 석상을 세워두었단 점이다.

건물 밖에서 이곳을 지켜보는 안토닌 드보르자크의 존경심이 전해지지 않는가.

이토록 훌륭한 무대와.

"B! B! B! B!"

열정적인 관객까지 함께하니 엘리아후 인손과 체코 필하모닉 오케스트라는 참으로 행복한 환경에서 음악을 하고 있다.

오늘은 이들과 함께 구스타프 말러를 이야기해 보려 한다.

고개를 돌리자 윤희가 여유롭게 고개를 끄덕인다. 포디움에 서 있는 인손과 시선을 교환하고 숨을 골랐다.

피아노 협주곡 A단조, 말러.

천천히 화음을 풀어내어 먹구름을 불러온다.

인손의 손짓에 따라 현악부가 차차 공간을 채우며 따라나선다.

후두둑 떨어지는 빗방울 같은 옥타브. 아르페지오. 다시 옥타브.

무심하게 누른 건반이 대지를 적신다. 한 방울, 두 방울. 이내 셀 수 없이 대지를 물들인다.

그곳에 어린 음악가가 떨고 있다.

블러드 와인의 애처로운 선율이 그녀에 의해 떨린다. 섬세한 비브라토로 전해지는 죄책감.

빗방울이 떨어지는 폐허 속.

말러가 울고 있다.

♪

암운이 지듯 떨어진 피아노와 현악부가 펼친 황폐한 땅 위에 흐드러진 바이올린.

배도빈과 나윤희는 각각의 주제를 이끌어 나갔다.

조성 변화로 대조적 분위기를 주었던 그전까지의 소나타 형식과 달리 하나의 조성으로 소개되는 두 주제.

비를 형상화한 피아노는 말러에게 닥친 시련을, 작게 떠는 바이올린은 겁먹은 소년을 말했다.

피아노와 바이올린은 서로의 심상을 점층시켜 나갔다.

무너진 벽과 사라진 지붕.

젖어가는 몸.

자식 잃은 부모의 비명이 이어지고 그 가운데 침묵을 지키던 소년은 추위를 느끼는 자신이 미웠다.

배고픈 자신을 용서할 수 없었다.

형제의 죽음 앞에서도 졸음을 이기지 못하고 잠든 자신이 두려웠다.

뻔뻔하게도 평소와 다름없는 자신을 어떻게 대해야 할지 몰랐다.

그런 소년을 위로하는 사람은 없었다.

누구도 괜찮다고 말해주지 않았다. 잘못된 일이 아니라고 가르쳐 주지 않았다.

도리어 그의 부모는 아들을 말러를 학대했다.

블러드 와인이 자아낸 선율이 이러지도 저러지도 못하고 방황한다.

시간이 흘러 슬픔이 조금씩 무뎌갈수록 구스타프 말러는 자신을 저주했다.

누군가의 사랑이 간절했던 소년은 결핍을 당연히 여겨야만 했다.

오스트리아에서는 보헤미아인으로.

독일에서는 오스트리아인으로.

세상에서는 유대인으로.[2)]

평생을 이방인으로 살았던 말러는 목이 타들어 가는 갈증으로 목놓아 울었다.

형제를 잃었기에 사랑을 갈망했고.

고향이 없었기에 근원을 찾아 헤맸다.

나는 어디서 왔는가.

나는 무엇을 위해 살아남았는가.

나는 어디로 가야 하는가.

아무도 알려주지 않았기에, 물어볼 사람이 없었기에 그는 어렸을 적부터 스스로 질문을 던졌다.

그 번뇌와 절망, 먹구름 진 밤 어두운 숲속 같은 막막함이 그를 잠식했다.

2) "나는 세 개의 이유로 고향이 없다." 구스타프 말러

바이올린이 사무치게 울고.

피아노는 잔인하게 울린다.

오케스트라는 종잡을 수 없는 변주를 이어가는 피아노를 따라잡는 것조차 버겁다.

휘몰아치는 폭풍 속에서 독주 바이올린의 작은 목소리만이 희망의 불씨를 태운다.

종결부에 이르러 시작된 카덴차.

미간을 좁힌 채 연주에 집중한 나윤희는 어린 말러와 동화되어 있었다.

다시 일어나지 않고선 도저히 버틸 수 없었기에.

자신에게 던진 질문의 답을 구하지 않고선 살아갈 수 없었기에 찢어져 넝마가 된 몸을 다독인다.

하나의 줄로 애타게 부르짖으며.

또 다른 한 줄로 트레몰로.

하나의 바이올린이 마치 두 악기처럼 노래하자 소년의 목소리 사이마다 천둥이 치는 듯했다.

천둥소리에 자꾸만 묻히는 소년의 목소리.

"……."

사카모토 료이치가 조심스레 숨을 내쉬었다.

죽은 아이를 그리는 노래에서도, 방황하는 젊은이의 노래에서도, 대지의 노래에서도 느꼈던 말러의 번민과 성찰 그리고 안타까움이 그대로 전해졌다.

배도빈과 엘리아후 인손이 재구성한 피아노 협주곡은 그야말로 구스타프 말러 본인이 편곡한 듯했다.

타는 갈증 속에서 끊임없이 질문을 던져 답을 구하려는 강인한 의지.

넝마가 된 위태로운 영혼.

그것은 스승 안톤 브루크너와 존경하는 리하르트 바그너.

나아가 그들의 지침이었던 루트비히 판 베토벤과 같았다.

절로 고개를 끄덕인 사카모토 료이치는 대망의 2악장을 기대하며 눈을 감았다가.

배도빈이 벼락처럼 내려친 양손 옥타브에 깜짝 놀라고 말았다.

어렸을 적부터 천재로 알려진 어린 작곡가에게 찾아온 또 다른 시련.

그 누구도 그가 베토벤상을 수상하리라 의심치 않았지만 세상은 이번에도 그를 가만두지 않았다.

경제적 자립을 위해서라도 상을 타야 했던 그에게 단 한 번의 실패는 용납되지 않았다.

하늘이 무너지듯.

1악장이 끝났다.

'역시.'

찰스 브라운은 의견이 분분했던 말러 피아노 4중주의 마지막을 효과적으로 처리한 배도빈과 엘리아후 인손에게 새삼 감탄했다.

'이대로도 훌륭한 구성이다. 완결성을 주면서도 전개할 여지를 남겼어. 이러면 뒤가 궁금해질 수밖에. 아마 다음은.'

찰스 브라움의 예상대로 반전된 분위기 속에서 2악장이 시작되었다.

벼락이 꽂히고 폭풍이 멎은 폐허는 고요하기 짝이 없다.

간혹 비올라가 새처럼 지저귀고 첼로가 바람에 이는 수풀처럼 사락사락댈 뿐.

아무런 일도 없었던 듯 하늘은 고요하다.

필사적으로 다시 세운 소년의 집만이 사라졌을 뿐이다.

포기할 법한데.

엇나갈 법도 한데 말러는 오열하면서, 비틀거리면서도 앞으로 나아갔다.

다섯 살 난 딸의 죽음에도.

아내가 떠나갔음에도.

또다시 잔인하게 내리친 양손 옥타브의 향연 속에서도 자신이 어디로 가야 하는지 알고 있었다.

눈물로 앞이 보이지 않아도, 다리가 끊어질 듯해도 기어이 발을 옮겼다.

세상은 그의 노래를 들어주지 않았지만 말러 본인만은 자신이 노래해야 함을 알고 있었다.

당장 돈을 벌어 생계를 유지해야 했기에 지휘봉을 들었으나, 그는 언제나 곡을 썼다.

지휘를 준비하면서도 어떻게 하면 솟아나는 악상을 효과적으로 배치할지 고민했다.

어쩌다 휴가를 받으면 온종일 방에 처박혀 악보와 씨름했다.

의문투성이의 자신에게 답을 내려주는 건 가슴 속에서 끓어오르는 음악을 향한 열정뿐.

나는 누구인가.

무엇을 위해 살아가는가.

오스트리아인으로서도.

독일인으로서도.

보헤미아인으로서도 인정받지 못했기에 이방인 말러는 스스로 자신이 누구인지 규정해야 했다.

타는 갈증으로.

입과 목이 바짝 마른 이가 물을 갈구하듯 간절한 마음으로 찾아낸 답은 하나.

형제도 고향도 가족도 없지만 노래하는 자신만은 그 누구도 부정하지 못했다.

그 탓일까.

음악가로서의 구스타프 말러 외에는 그를 구속하는 것이 전혀 없던 덕분에.

그의 음악에는 경계가 없다.

절제된 바흐.

섬세한 쇼팽.

극적인 바그너.

그러나 구스타프 말러는 규정할 수 없다. 강인하다가도 바스러질 듯하고 통속적이면서도 과감히 변화한다.

조성으로 이루어진 음악들은 그에 의해 해체되었다.

끊임없이 반복해 던진 질문으로 관념에 구속되지 않고 끝없이 사고를 확장해 나간다.

때문에 그를 사랑하는 사람들은 그가 루트비히 판 베토벤과 닮았다고 한다.

어느 하나로 규정하기엔 너무나 복잡한 세계.

그러나 베토벤과 말러 두 사람 모두 자신이 어디로 향해야 하는지 알고 있었다.

위대한 악성이 낭만의 불꽃을 피웠듯.

구스타프 말러의 의지는 현대 음악의 도화선이 되었다.

'언젠가 나의 시대가 올 것이다.'[3]

상처투성이에.

3) "언젠가 나의 시대가 올 것이다." 구스타프 말러(1902)

비틀거려서 당장에라도 고꾸라질 듯해도 그 연약한 발걸음이 가진 무게를 그 누가 이해했을까.

더딘 걸음을 이어나갈 수 있었던 그 강인한 의지를 그 누가 알고 있었을까.

그가 죽고 난 다음에서야.

사람들은 비로소 그들이 틀렸음을 깨닫고 만다.

어디에서도 정착하지 못했던 이방인 구스타프 말러가, 지휘자 구스타프 말러가, 형제와 딸과 아내를 잃은 구스타프 말러의 위대함을.

152년이 지난 지금.

배도빈, 나윤희 그리고 체코 필하모닉 오케스트라에 의해 목도하고 있다.

사정없이 쏟아지는 폭풍 속에서 칼날 같은 바람을 맞아가면서도 끝끝내 자신의 목소리를 잃지 않는 고결한 바이올린처럼.

위대한 음악가가 말했다.

'나의 시대가 올 것이다.'

현재를 살아가는 사람들이 답한다.

이제는 그를 독일인이라고, 오스트리아인이라고, 체코인이라고, 위대한 음악가라고 주장하는 이들이 한목소리로 말한다.

당신의 시대라고.

배도빈과 나윤희, 체코 필하모닉 오케스트라의 노래에 맞춰

경의를 담는다.

루돌피눔에서 보낸 답장이.

그에게 닿을 수 있을까.

엘리아후 인손이 두 팔을 높이 들어 올림과 동시에 벅차오른 마음이 터졌다.

"브라보!"

"브라보!"

그 순간 세계는 말레리안으로 가득했다.[4]

4) 말레리안(Mahlerian): 구스타프 말러의 열렬한 팬.

8악장

훈련병의 편지

배도빈·나윤희와 체코 필하모닉 오케스트라의 말러 협주곡은 단순히 감동을 전하는 데 그치지 않았다.

구스타프 말러라는 인물을 깊이 들여다보고 고달픈 인생에서 그가 무엇을 추구했는지 말해주는 듯했다.

음악가로서 존재했던 그를.

인간 구스타프 말러로 이해한 순간이었다.

정신질환을 앓았던 부모.

어렸을 적부터 반복되었던 학대.

여덟 형제의 죽음.

재능과 노력, 사랑이 있음에도 한평생 작곡가로서 인정받지 못함으로써 얻은 좌절감.

딸의 죽음.

아내의 외도.

심장병을 얻어, 걸음걸이 수마저 헤아리며 살아야 했기에 생긴 강박증.

유럽 어느 나라에서도 외면되었던 출신과 반유대주의 사상으로 빈 국립 오페라극장 감독직을 빼앗긴 경험.

미국으로 넘어간 뒤에도 이탈리아의 위대한 지휘자에게 밀려 유럽으로 돌아와야 했다.[5)]

한 사람이 감당할 수 있는 시련인가.

신은 정말 그가 이겨낼 수 있는 만큼의 고통만 주는 것일까.

넝마가 된 몸과 정신을 이끌고 끝끝내 음악을 놓지 않았던 구스타프 말러.

배도빈과 엘리아후 인손은 그가 느낀 감정을 음악에 담아, 어떤 글보다 효과적으로 전달했다.

비로소 구스타프 말러를 이해한 관객들은 주먹을 쥔 채 그의 이름을 연호했다.

[위대한 음악가 구스타프 말러]

[배도빈과 엘리아후 인손이 전해준 안타까운 사연]

5) 1908년 메트로폴리탄 오페라 극장을 지휘하게 된 구스타프 말러는 당시 최고의 지휘자 아르투로 토스카니니에게 밀려나, 그를 배척했던 유럽으로 돌아가야 했다.

[전 세계 3천만 명이 지켜본 말러 협주곡 초연 무대]

[배도빈, "그들과 함께했기에 말러와 대화할 수 있었다."]

[엘리아후 인손, "B의 전개력은 마치 베토벤과 말러를 보는 듯하다. 그가 악보를 채워나가는 매 순간이 아찔했다."]

[사카모토 료이치, "말러 협주곡은 어떤 말러 평전보다 뛰어나다."]

[가우왕, "두 지휘자가 있었다."]

[찰스 브라움, "나윤희의 블러드 와인이 더욱 섬세해졌다. 말러의 독백을 들은 듯하다."]

말러 협주곡에 마음이 동한 클래식 음악 팬들이 구스타프 말러를 돌이켜 보는 한편.

언론은 대교향곡 이후 배도빈이 또다시 불가능한 일을 해냈다며 극찬했다.

뉴튜브와 체코 필하모닉 오케스트라 디지털 콘서트홀의 동시 시청자는 합계 3천만 명을 기록.

체코 필하모닉은 악단 역사상 가장 주목받는 상황에 놀라 후속 대응을 하기에 바빴다.

사카모토 료이치, 가우왕, 찰스 브라움, 브루노 발터 등의 극찬이 이어지는 가운데 시기적절하게 올라온 차채은의 평론은 팬들이 말러 협주곡을 자세히 이해할 수 있도록 도왔다.

[말러 협주곡으로 본 구스타프 말러의 초상]

지난 19일, 체코 프라하 루돌피눔에서 피아노 협주곡 말러가 초연되었다.

제3회 배도빈 콩쿠르 이후 피아니스트로 나서기는 3년 만인 배도빈과 베를린이 자랑하는 비르투오소, 바이올리니스트 나윤희의 협연 소식은 시작부터 큰 파장을 불러일으켰다.

예매는 1분 만에 마감되었고 표를 구하지 못한 팬들이 체코 필하모닉을 방문하여 항의하거나, 암표가 고액으로 거래되는 등 흥행은 예고되어 있었다.

필자도 표를 구하기 위해 스마트폰과 컴퓨터, 태블릿 PC에 더해 지인들의 도움을 받았지만 구매에 실패하고 말았다.

기자 자격과 출입증이 없는 것이 그토록 안타까웠던 적도 없었다.

아쉬운 대로 온라인 스트리밍 서비스가 전한 소리를 DSP 8000 스피커를 통해 들었음을 미리 밝힌다.

그날의 연주는 두 연주자가 쌓아온 명성을 더욱 빛나게 했다.

적극적이다 못해 격렬하기 그지없던 배도빈의 피아노는 더욱 다듬어졌다.

놀라운 점은 그의 열정적인 타건이 조금도 망설이지 않았다는 점이다.

피아니스트 최지훈은 '미세하게 뭉개졌던 첫 음이 정교해졌다'며 '이제 도빈이한테 단점은 없어'라는 말을 덧붙여 여전한 팬심을 과시했다.

바이올리니스트 나윤희 테크닉은 어디까지 진화할지 알 수 없다.

한 줄로는 변화무쌍한 멜로디를, 다른 한 줄로는 트레몰로를 이어가며 한 대의 바이올린으로 노래와 반주를 동시에 해냄은 물론.

3악장에 들어서서는 저음역과 고음역을 수시로 번갈아 연주하여 말러의 좌절과 번민 그리고 강인한 의지를 노래했다.

37분 동안 펼쳐낸 그녀의 연주는 신기라고 해도 과언이 아니었다.

배도빈과 엘리아후 인손에 의해 탄생한 피아노 협주곡 말러에 대해서도 살펴봐야 하겠다.

이 곡은 두 가지 큰 특징을 가지고 있는데 하나는 A단조의 1악장을 지나 2악장부터는 조성이 없다는 점이다.

오늘날에는 그리 특별한 일이 아니나, 무조성 음악의 시작이 구스타프 말러였다는 점을 미루어 보면 그 의미가 남다르다.

A단조의 1악장을 지나 시련을 반복할수록 성숙해지는 구스타프 말러를 표현하기 위해 설치한 장치로 보인다.

또한 피아노의 역할도 눈에 띈다.

영상을 자세히 살피면 지휘를 맡은 엘리아후 인손이 관악부에 집중하는 한편, 이리나 네콜로바 악장과 현악부는 배도빈에게 시선을 두고 있다.

피아노 협주곡 말러의 악보를 보더라도 독주 바이올린을 제외하고 현악부는 모두 피아노와 유사한 음형을 연주했다.

피아노가 앞서고 현악부가 빈 곳을 채우거나 뒤따르며 악상을 풍부히 한 것.

추측하기로 피아노와 현악부는 구스타프 말러를 상징하는 독주 바이올린과 반대되는 입장, 즉, 그에게 닥친 여러 시련을 표현한 것이다.

배도빈의 격렬한 피아노가 효과적으로 부각된 것과 동시에, 그가 현악부를 이끌었다는 점은 피아니스트 가우왕의 인터뷰 내용에서도 확인할 수 있다.

[가우왕, "두 지휘자가 있었다."]

-플라다 프론타 드네스지 기사 발췌

두 거장이 협력해 만든 피아노 협주곡 말러가 다시 두 지휘자에 의해 연주되었던 것.

앞으로 이 곡이 연주되는 날은 셀 수 없이 많겠지만 그제 루돌피넘에서의 연주보다 완성도 있을지는 회의적이다.

차채은이 개인 블로그에 게시된 글에 음악 팬들이 몰렸다.

ㄴ다른 평론은 너무 어려워서 이해하기 힘든데, 여기는 쉽네요. 잘 읽었습니다.

ㄴㅋㅋㅋㅋㅋㅋㅋ표 못 구해서 빡쳤음ㅋㅋㅋㅋㅋ

ㄴ얘는 왜 같은 글을 여러 번 올림? 밑에는 영어로 써놨고 위에는 또 독일어로 써 있네.

ㄴ그래야 많이 보니까.

ㄴ피아노 연주로 지휘했다는 말이구나ㅠ 배도빈 진짜 너무 멋있다.

ㄴ와 미쳤다. 말러 협주곡 조회 수 올라가는 거 봐.

ㄴ이틀 만에 1억ㅋㅋㅋㅋㅋ 체코 인구가 천만 명인뎈ㅋㅋㅋㅋㅋㅋ

ㄴ체코 사람만 들었겠냐.

ㄴ그래도 저 정도면 체코 국가 될 기세 아님?

ㄴ도빈이 국가 제조기임. 대교향곡도 우리나라 애국가 5절이잖아. 베를린 환상곡은 베를린시에서 사용권 사서 행사 때마다 틀어.

ㄴ나윤희 바이올린 진짜 소름 돋더라. 비브라토를 저렇게 많이 넣는데 어떻게 저렇게까지 깔끔하게 하지?

ㄴ불새 협주곡 때 이미 사람이 아니었음.

ㄴ배도빈 진짜 피아노 계속했으면 좋겠다. 몇 년에 한 번씩 이렇게 죽지 않을 정도로만 먹이 주는 게 너무 힘들어 ㅠㅠㅠ

팬들의 열광적인 반응과 엘리아후 인손을 비롯한 체코 필하모닉 오케스트라에 요청에 배도빈과 나윤희도 손을 들었다.

단 한 번 약속되었던 공연은 일주일간 두 번 더 열렸으며, 실연을 듣지 못해 아쉬워하던 사람들을 조금이나마 달랠 수 있었다.

인간상을 돌아보게 하는 피아노 협주곡 말러에 누군가는 용기를 얻고, 누군가는 위로받았다.

또한 그 누구보다도 감화받은 한 사람.

체코 필하모닉 오케스트라의 플루티스트이자 지휘를 지망하는 밀로스 발렌슈타인은 배도빈의 완전한 팬이 되어버렸다.

모든 일정을 마치고 떠나는 배도빈과 나윤희를 배웅한 뒤 밀로스 발렌슈타인이 단원들을 향해 외쳤다.

"정말, 정말 엄청난 사람이었죠?"

그를 관찰한 한 달간 매일 감탄했던 그는 아직 흥분을 가라앉히지 못했다.

언젠가 그와 같이 깊이 있는 음악을 하겠다고 다짐하듯, 선배들에게 동조를 구했다.

"그래. 정말 엄청났지."

"어휴. 인물은 인물이야."

그러나 배도빈의 피아노를 따르느라 녹초가 된 현악부 주자들은 고개를 절레절레 저었다.

그들 역시 훌륭한 연주를 해냄에 뿌듯하고 기뻤으나 누적된 피로를 무시할 순 없었다.

음을 정교하게 내기 위해 수백, 수천 번 반복한 연습은 프로 연주자인 그들로서도 감당키 힘들었다.

"베를린이 잘하는 이유가 있었어."

한 단원의 말에 밀로스 발렌슈타인이 고개를 끄덕였다.

"그러니까요! 우리도 그렇게 계속 연습해요! 해냈잖아요!"

"……."

"……"

배도빈과 함께했던 지난 사 주간의 강행을 앞으로도 유지하자는 밀로스 발렌슈타인의 의지 충만한 제안에 체코 필하모닉 오케스트라가 잠시 머뭇거리다가.

이내 웃음을 터뜨렸다.

"까짓것 해보지! 어? 다음 오케스트라 대전에서도 우승 못 하리란 법 있어?"

"하핳학하! 오늘만 좀 쉬자고."

더 멋진 음악을 하기 위해 존재하는 그들에겐 잠시간의 휴식이 필요할 뿐.

망설일 이유는 없었다.

♪

다음 행선지인 암스테르담으로 향하기 전, 베를린의 자택에 잠시 들르기로 한 두 사람이 자율 운행 중인 차에 나란히 누워 있었다.

"좋은 분들이었지."

나윤희의 질문에 배도빈이 고개를 끄덕였다.

"우리 단원들도 저 정도로 유지하면 좋을 텐데."

배도빈은 쾌활한 체코 필하모닉 오케스트라의 분위기가 마음에 들었다.

활기찬 것을 넘어 광기를 보이는 베를린 필하모닉 단원들에게는 가끔 기가 빨리는 기분마저 들었기에 불평했다.

나윤희가 작게 웃었다.

"암스테르담은 어떨까?"

"연주가 차분하니 비슷하지 않을까."

"흐흥. 세프 언짢아 보이셨는데."

"그 많고 많은 곳 중에 하필 암스테르담이냐!"

배도빈이 빌헬름 푸르트벵글러의 말투를 따라 했다.

배도빈의 유일한 개인기이자 악단 내에서 그보다 푸르트벵글러를 잘 흉내 내는 사람은 없었다.

몇 번이나 들었지만 언제 들어도 웃겼다.

나윤희와 배도빈이 웃으며 서로 희롱하던 차, 핸드폰이 진동했다.

손을 뻗어 확인하니 최지훈이 보낸 메시지였다.

"흠."

배도빈이 눈을 찡그리며 답장을 보냈다. 다시 자세를 잡은 뒤 걱정 가득한 목소리로 소식을 전해주었다.

"지훈이 다음 주에 한국으로 간다는데."

"군대?"

배도빈이 고개를 끄덕였다.

"잘 해결돼야 할 텐데."

"시험 못 봐서 탈락하고 대체 복무 한다고 했지?"

"잘 될지 모르겠어. 지훈이 아버지가 걱정하지 말라고 했다니 믿어야지."

"훈련받을 때 손 다치면 큰일인데."

"자기 아버지가 마음만 먹으면 어떻게든 뺄 수 있을 텐데 그런 융통성이 없어. 거짓말하면 안 된대."

"지훈이답다."

가끔 답답할 때도 있지만 배도빈도 그런 최지훈이 좋았다.

항상 올곧고 순수한 모습을 억지로 바꾸고 싶지 않았다.

일전에 욕을 시켰더니 찢어 죽인다는 둥 입이 제법 험해진 것을 경계하게 된 탓이었다.

"암스테르담 가기 전에 한 번 돌아가길 잘한 것 같아. 당분간 못 볼 수도 있으니까."

"그러게. 내일 불러서 점심 같이하고 싶은데."

"그러자. 채은이랑 소소, 달래, 료코도 불러서."

체코에서의 일을 자랑할 생각으로 가득한 나윤희의 뒤쪽으로 메도브닉과 마카롱 아이스크림이 담긴 아이스박스가 놓여 있었다.

기뻐할 왕소소와 한 달간 만나지 못한 동료들을 떠올리니 돌아가는 길이 너무나 멀리 느껴졌다.

♪

한 달 만에 돌아온 베를린.

집으로 향하기 전 잠시 콘서트홀에 들렀는데 빌헬름 푸르트벵글러와 마누엘 노이어, 반들반들했던 두 사람의 머리에 머리카락이 있다.

깜짝 놀라서 말문이 막혔다.

"하하핳하핳핳!"

마누엘 노이어가 평소보다 더 크고 호탕하게 웃는다.

"고생했다."

빌헬름 푸르트벵글러가 가볍게 안고 등을 툭툭 쓸어내렸다. 못 보던 사이에 다소 순해진 느낌이다.

"어떻게 된 거예요?"

"도진이 덕분이지. 어때? 인물 좀 사냐?"

"……젊어 보이긴 하네요."

"그래? 그렇단 말이지?"

노이어가 만족한다는 듯 크게 웃으며 손거울을 꺼내 아직은 듬성듬성 난 머리를 다듬었다.

"어떻더냐."

"좋았어요. 체코는 꽤 자유롭더라고요. 인손 경도 마찬가지고. 1악장 종결부 들었죠? 그 사람 생각이었어요."

"흠. 젊었을 적부터 아이디어는 좋은 녀석이었지."

세계적으로 명성을 얻고 있는 엘리아후 인손을 이렇게 평가하는 사람은 푸르트벵글러 정도뿐이겠지만.

한편으로 칭찬에 인색한 것치고는 상당한 호평이다.

"프라하에서 그 정도였으니 암스테르담은 더 기대해 볼 만하죠."

"그래."

조금 놀려줄 생각으로 도발했다만 푸르트벵글러는 크게 반응하지 않았다.

아무래도 머리카락의 유무가 성격을 더 긍정적으로 만들어 주는 것 같다.

도진이가 정말 큰일을 해냈다.

"조금만 기다려주시면 단원들을 부르겠습니다."

방문 소식을 듣고 급하게 나온 쵸엘이 말했다.

"그럴 필요 없어요. 내일까진 일이 있어서 잠깐 들른 거니 신경 쓰지 마요."

단원들도 한창 연습 중일 테니 방해가 될 뿐이다. 푸르트벵글러가 건강한 걸 확인했으니 그걸로 되었다.

적당히 마주치는 사람들하고만 인사를 나누곤 집으로 향했다.

"형!"

현관에 들어서자마자 도진이가 달려들어 일단 안아 들었다. 이젠 제법 몸무게가 나가서 버겁다.

내려놓으니 윤희에게도 달라붙는다.

"누나도!"

"잘 지냈어?"

"응! 봐 봐! 털도 더 길어졌어!"

도진이가 바지를 걷어 올렸다.

녀석의 머리를 쓰다듬던 윤희의 손이 멈칫했다. 그도 그럴 것이 녀석의 다리는 귀여운 얼굴과 행동과 너무나 괴리되어 있었다.

마치 수풀.

그것도 '비단'을 바른 한쪽만 무성하다.

"너 그거 뽑아야겠다."

"어? 안 돼!"

"보기 안 좋잖아."

"아프잖아!"

예상한 반응이다.

잠시 간격을 두고 제안했다.

"이따 형이랑 돈가스 먹으러 갈래?"

"돈가스? 카레 돈가스 말고 진짜 돈가스?"

"그래. 진짜 돈가스."

"응!"

천재라고는 하지만 이를 뽑으러 갈 때도 돈가스에 유혹당했고 이번에도 통하는 걸 보면 애는 애다.

왁싱숍에 데려가 저 흉한 털을 몽땅 뽑으면 매장이 떠나갈 정도로 서럽게 울겠지만 돈가스 하나면 해결되리라.

"왔니?"

어머니 목소리다.

물감이 이곳저곳 묻어 있는 토시를 끼고 앞치마를 하고 계신 걸 보니 작업 중이셨던 모양.

요즘엔 유화에 푹 빠지신 듯하다.

"다녀왔습니다."

"다녀왔어요, 어머니."

윤희와 함께 인사하니 앞치마를 풀곤 다정히 안아주셨다.

"그래. 그래. 우리 딸 오느라 고생했다. 재밌었어?"

"네. 다들 정말 친절하셨어요. 도시도 너무 예쁘고요. 이거, 저번에 보여드린 꿀 케이크예요."

"차 준비해야겠네. 집사님."

집사가 차를 준비하는 동안 거실에서 어머니와 이런저런 이야기를 나눴다.

"몰랐는데 묵었던 호텔 옆에 브르트보브스카란 정원이 있더라고요. 조용히 지내기 좋고. 나중에 도진이랑 한 번 가유."

"알고 있었지."

어렸을 적부터 내 마음을 들여다보시긴 했어도 말씀드리지도 않은 프라하에서의 일을 알고 있으시다니 의아했는데, 윤희가 그간 자주 통화를 나눴던 모양이다.

그간 구경한 것, 먹은 것을 사진으로 보냈던 듯.

덕분에 할 말이 많지 않다.

차와 꿀 케이크를 먹으며 시시콜콜한 이야기를 이어나갔다.

"음."

메도브닉을 드신 어머니께서 호의적인 반응을 보이셨다. 디저트 전반에 적대적이신 어머니께도 괜찮은 맛인 듯하다.

"어떠세요?"

윤희가 물었다.

"괜찮다. 너무 안 달고."

"덜 단 걸로 사 왔어요. 종류가 많더라고요."

"이 정도가 좋아."

여행 선물로는 합격인 듯.

도진이는 뭘 하는지 후다닥 방으로 올라가 내려오지 않는다.

"도진이는요?"

"요새 또 바빠. 너 눈 고쳐준다고."

믿음직한 동생이다.

10년이 걸리든 100년이 걸리든 기다릴 수 있을 때까지 기다려주고 싶다.

"아. 저녁은 이따 나가서 먹고 올게요. 도진이랑."

"도진이랑?"

"다리털 뽑게요."

"그래. 엄마도 볼 때마다 적응 안 되더라. 근데 순순히 뽑는다고 해?"

"아뇨. 돈가스 사 준다고 했어요."

"계속 속이면 도진이가 미워할 텐데?"

"콜라 주면 돼요."

못마땅해하셨지만 어쩔 수 없다는 눈치를 보이신다. 되도록 건강에 좋지 않은 음식을 먹이지 않으려 하시지만 이럴 때 도진이를 설득하고 달랠 방법은 단 것뿐이다.

"그럼 지훈이는 내일 오고?"

"네. 가기 전에 얼굴 한번 봐야죠."

"그래. 채은이도 오라고 해. 저번에 보니 많이 아쉬워하더라."

"그럴게요."

어머니께서 그리 말씀하실 정도면 풀이 많이 죽은 듯. 지훈이에게 의지하는 편이었으니 그럴 만하다.

"올라가서 쉬어. 윤희도 집에 가서 쉬어야지. 피곤하겠다."

"네. 내일 올게요."

"데려다주고 올게요. 가자."

"응."

윤희와 함께 일어나는데 앞치마와 토시를 챙기시던 어머니께서 지긋하게 바라보신다.

"왜요?"

"둘이 말 놓은 거니?"

"네."

"네……. 제가 불편해서."

윤희와 말이 겹쳤다.

어머니께서 잠시 고민하시더니 어깨를 으쓱이셨다. 뭔가 하고 싶은 말이 있는데 참으신 듯하다.

"그래. 둘 사이 일이니까."

"편하게 말씀하세요."

"네. 말씀해 주세요."

"……그래. 아들하고 딸한테 못 할 말이 어딨겠니. 엄만 둘이 서로 존중해 주는 게 좋아 보이더라."

그렇게 생각하시는구나 하는 정도로 받아들이는데 어머니께서 한 번 더 선을 그으셨다.

"엄마 마음은 그렇다는 거야. 너희 둘이 어떻게 지내든 행복하기만 하면 돼. 진심으로."

"네. 걱정 마세요."

"너무 행복해요."

어머니를 안심시키려 하자 윤희도 거들었다.

가족은 이해해 준다고 하더라도 적어도 한국인의 정서와 조금 다르다는 건 알고 있다.

어머니께서도 그럴 정도고.

평생을 프로이센인, 독일인으로 살다가 한국인으로는 고작 22년 살았을 뿐인 나도 인지하고 있다.

어머니께서도 본인의 느낌보단 주변 시선에 나와 윤희가 부담을 느끼지 않을까 걱정하기에 말씀을 꺼내셨을 거다.

그러나 타인의 시선을 신경 쓰고 살기에는 너무 멀리 돌아왔다.

남은 생이 50년이 남았다면 서로만 봐도 부족할 시간.

호칭을 포함한 그 어떤 일이든 윤희와 대화해서 정할 문제.

윤희를 데려다주는 차 안에서 그런 생각을 꺼냈더니 빙그레 웃는다.

"나도 좋아."

♪

예상은 했지만 생각보다 심각하다.

"끄아앙악악악앙!"

"아기야 사탕 먹을래? 응?"

"돈가스! 사 준다! 했쟈냐!"

"도진아, 일단."

"끄아악악악앙아앙!"

"많이 아파?"

"안 아프아악! 다고! 했쟈나아앙!"

"괜찮아. 괜찮아. 우리 도진이 다리 깨끗해진 거 봐."

"싫엉! 미워!"

왁싱숍이 떠나갈 듯 우는 녀석을 어떻게 달랠 수 없었다.

"죄송합니다."

결제를 위해 시계를 내보이며 사과하자 되레 점장이 난감하듯 사과했다.

"아니에요. 괜찮아요. 애기 많이 아팠지? 누나가 미안해."

"형이! 끕! 형이! 거짓말했어요! 돈가스 사 준다고오오끄윽. 끄아악앙."

"먹으러 가자. 지금 가자. 형이 미안하니까 일단."

"흐윽. 끄윽. 필요 없어."

째려보더니 고개를 팩 돌린다.

단단히 화가 난 듯하다.

일단 매장에 있으면 더 큰 민폐를 끼칠 것 같아 데리고 나와 달랬다.

"많이 아팠어?"

"……."

앞으로 이런 방식은 안 좋을 듯하다. 통증은 이제 거의 없을 텐데 단단히 삐진 걸 보니 아픈 것보다 내게 속았다는 게 더 큰 충격이었던 듯.

저번에도 그렇고 이런 식의 육아 방법이 그리 좋지 못하다고 느꼈다.

"도진아, 거짓말해서 미안해."

"……."

"다음부터는 도진이 생각 들어보고 같이 이야기해서 결정하자. 약속."

"……약속."

새끼손가락을 내미니 녀석이 뚱한 표정으로 손가락을 걸었다.

"그럼 콜라도 마실까?"

"콜라?"

아직 화나 있다는 걸 표현하고 싶은지 표정 관리를 하려고 하지만 소용없다.

가장 마시고 싶지만 가장 먹기 힘든 음료를 말하니 입술이 씰룩거린다.

"그래."

고개를 끄덕인다.

녀석이 좋아하는 한국식 돈가스 전문점에 가서 음료부터 주문하니 쪼로록 마시곤 환하게 웃는다.

"맛있어?"

"응."

또 쪼로록.

그 모습이 귀여워 웃으니 조잘조잘 알 수 없는 이야기를 꺼낸다.

"근데 사람 눈은 정말 비효율적이야. 보는 건 빛이 들어오는 걸 감지해야 하는데 그게 안쪽에 있거든."

"안쪽에 있으면 안 돼?"

"응. 그럼 안구 사이에 있는 게 다 보이잖아. 이렇게, 이렇게."

도진이가 핸드폰을 펼쳐놓곤 눈에 혈관 같은 걸 징그럽게 그렸다.

"이렇게 안 보이잖아."

"응. 시야가 가려지니까 뇌가 안 보이게 인식하는 거야. 이런 건 안 움직이니까 안 움직이는 건 안 보이게."

점점 더 이해할 수 없다.

"그럼 움직이지 않는 건 어떻게 봐?"

"떨면 돼. 그래서 눈은 항상 83.68Hz 정도로 떨어. 바깥 정보인지 안쪽 정보인지 확인하려고."

"불편하게 되어 있나?"

"응! 그래서."

신이 나서 눈에 관해 또 장황한 설명을 시작했다.

무슨 말인지 제대로 이해하지 못해도, 이해하는 수준에서 질문을 던지면 또 열심히 설명한다.

그것을 반복하는 것만으로도 충분히 즐거운 듯하다.

녀석이 어떻게 관심을 유지하고 애정을 키울 수 있을까에 대해서는 이토록 잘 알고 있는데.

정작 녀석의 감정이 어떤 식으로 작용하는지는 생각해 보지 않았다.

기능적인 것만을 추구했던 탓인지.

정서적으로는 어떻게 유대를 쌓아야 하는지 몰랐다.

윤희와의 한 달에서 느낀 바는 사소한 거라도 대화를 해야 한다는 것.

"도진아."

"응?"

수프를 떠먹는 도진이를 부르자 입에 수프를 잔뜩 묻힌 녀석이 티끌 하나 없이 해맑게 웃었다.

"사랑해."

"나도 사랑해."

수줍게 대답한 도진이가 다시 수프를 떠먹었다.

♪

벌써 10년째 되는 일이지만 히무라가 정리한 명단은 볼수록 감탄이 나온다.

1년에 두 번, 도빈 재단에서 후원하는 아이 중 성과를 보인 아이들이 어떤 과정을 거쳤는지 한눈에 알아볼 수 있다.

'얘가 벌써 대학 졸업한다고?'

나미비아 출신의 자이 바트만이 베를린 음대를 무사히 졸업한 듯하다.

호른과 트럼펫을 다루는 녀석인데 처음 이름을 들었던 것이 벌써 4~5년 전 일이니 세월이 빠르긴 하다.

음악을 배울 수 있다면 독일에라도 유학 오고 싶다는 의지를 높이 샀던 기억이 난다.

그간 그 마음을 잘 다독였는지, 2027년 졸업 연도에 차이코프스키 콩쿠르 금관 부문에서 우승했단 기록이 남아 있다.

'여기 금관도 봤었나?'

찾아보니 2019년에 금관과 목관 부문이 도입되었다고 나와 있다.

역사가 오래되진 않아도 본디 가진 바 권위가 있으니 지원한 사람도 상당했을 터.

경쟁이 쉽지 않았을 것이다.

지망 진로를 적는 곳에 베를린 필하모닉을 써넣은 것을 보니 조만간 직접 만날 수 있으리라.

'다음은.'

18살 어린애다.

히무라가 올해 가장 주목할 아이로 선정하는 이 명단에 미성년이 올라온 적은 처음이다.

'홍주희?'

경력을 보니 한국 초등학교·중학교를 나와 한국 고등학교에 재학 중이다.

WH 재단에서 운영하는 한국 대학 부속 학교로 소위 있는 집 자식이 다니는 곳인데.

도빈 재단의 후원을 받으니 그런 경우는 아닌 듯하다.

특별한 상이라도 받았나 싶어 살폈지만 수상 이력도 없다.

히무라가 개인 뉴튜브 채널이 좋은 추세를 보인다고 코멘트를 달았으니 아마 특기생인 듯.

검색해 보니 구독자가 9만 명이나 있다.

주로 자신이 만든 곡을 올리는 듯하다. 나머지는 신디로 처리하지만 피아노는 직접 연주한다.

구성력은 제법.

발상보다는 전개에 비중을 두는 스타일이다. 피아노는 나이를 감안하면 상당한 수준.

'이런 애가 있었다고.'

프란츠보다 어린 아이 중에 이만한 경우가 있을 거라곤 예상 못 했다.

'강단도 있고.'

히무라의 명단에 적힌 글이 마음에 든다.

이름: 홍주희

나이: 만 17세

학교: 한국 고등학교 예술부 작곡과

특기: 작곡(뉴에이지풍), 피아노 연주

수상 이력: 없음

장래: 2027년부터 운영한 뉴튜브 채널 구독자가 좋은 추세로 성장하고 있다.

샛별 엔터테인먼트에서는 기량을 높이 평가하나, 담당 교사와 학우들 사이에서는 평이 좋지 못하다.

콩쿠르, 음악제 참가 의지 없음.

음대 진학 의지 없음.

뉴튜브 채널 활동에 만족하고 콘텐츠 제작에 적극적임.

한국 고등학교 교사의 진로 상담 결과 시시한 일이라며 거부해 왔다고 함.

특이사항: 홍승일 피아니스트 손녀

'홍승일?'

손녀가 있다는 건 알고 있었지만 벌써 18살이 되었다니 믿을 수 없었다.

가끔 그가 아직 말도 못 하는 손녀의 동영상을 보여주며 자랑했으니 말이다.

'벌써 그렇게 되었나.'

시간을 헤아려보니 그가 죽고 15년이 흘렀다. 세월이 참으로 덧없으나 그와 함께했던 리사이틀은 참으로 멋진 경험이었다.

'그나저나.'

홍승일이 살아 있었더라면 손녀에게 좋은 할아버지는 못 되었을 듯하다.

콩쿠르에 전혀 관심 없는 손녀를 얼마나 다그치고 회유하고 달래려 했을지 보지 않아도 훤하다.

"히무라에게 전화해."

-히무라 쇼우 님께 발신합니다.

몇 번의 통화음이 들린 뒤 히무라가 전화를 받았다.

-어, 도빈아.

"명단 잘 읽었어요. 고마워요."

-고맙긴. 홍주희 때문에 전화했지?

귀신이다.

"네. 기특해 보이는데 이야기나 한번 할 수 있을까 싶어서요."

-네가 보자고 하는데 누가 거절하겠니.

"그럴 수도 있죠. 한 달 뒤에 한국으로 가니까 일정 잡아주세요. 싫다면 강요하지 마시고요."

-그래. 프라하는 어때?

"어제 베를린으로 왔어요. 날씨는 좋더라고요."

-윤희랑 있으면 어디든 좋은 거 아니고?

"맞아요. 어디든 좋죠."

-……너 누구야.

"네?"

-배도빈이 그런 말을 할 리 없잖아. 너 누군데 도빈이 전화 가지고 있어.

"재미없어요."

-이제 배도빈이네. 그래, 그 일은 얘기해 둘 테니 걱정 말고. 한국 가기 전에 한번 보자. 다음 주부터는 암스테르담이지?

"네. 표 준비해 둘게요. 연주회 맞춰서 와요."

-나야 좋지.

히무라와 통화를 마치자마자 인터폰이 울렸다.

-도련님, 손님 방문하셨습니다.

"7층에서 보자고 해주세요."

-네. 7층으로 안내하겠습니다.

계단으로 올라가자 정 셰프와 주방장들이 정성스럽게 준비한 음식들을 볼 수 있었다.

비스킷 하나를 집어 코너를 돌자 가족과 단원들이 벌써 몇몇 와 있다.

"도빈아!"

"누나."

이승희와 한스 이안이 반갑게 웃으며 다가왔다. 출산 휴가 이후 직접 만나는 건 처음인지라 반갑지 않을 수 없다.

"메리는요?"

"엄마 와서 봐주고 계셔. 어머, 세상에. 너 그새 남자다워졌다. 운동하니?"

"푸르트벵글러 운동시키다 보니 그렇게 됐어요. 한스도 잘 지내죠?"

"그럼. 세상에서 제일 행복하지."

좋게 말해도 상당히 지쳐 보이지만, 마음만은 정말 그럴 것이다.

오랜만에 외출하였으니 오늘만이라도 파티를 즐겼으면 한다.

"너 그런 건 또 언제 준비했어."

"뭘요?"

"협주곡. 빨리 연주하고 싶더라."

무슨 말인가 싶었더니 메리 이안의 첫 생일에 헌정한 첼로 협주곡 '테레지아와 같이'를 말하는 것 같다.

"돈만 보내기 아쉽잖아요. 누나 생각하며 조금씩 스케치했던 거 다듬었을 뿐이에요."

"진짜 너무 고마워."

"녹슬진 않았죠?"

"애는. 무슨 농담을. 앞으로 50년은 나보다 잘난 사람 없을걸?"

말뿐만이 아니라 이승희는 베를린 필하모닉의 수석이란 직책이 안타까울 정도로 뛰어나다.

그녀보다 열정적인 첼리스트와 그녀의 뒤포르보다 강렬한 첼로는 없다.

"기대하고 있을게요. 한스도요."

"맡겨만 둬."

이승희·한스 이안 부부와 인사를 마치고 돌아서자 다 죽어가는 프란츠가 시야에 들어왔다.

날 발견하더니 두 팔을 뻗어 다가온다. 껴안으려는 것 같은데 위험해 보여 피하니 허우적거린다.

"혀어엉."

"왜 그래?"

크리스틴 노먼의 깐깐함에 지쳤나 싶더니 다른 말을 꺼낸다.

"흐으읍. 가우왕 부감독님도, 지훈이 형도 가시면 피아노 제가 해도 되는 거죠?"

"아."

그러고 보니 가우왕이 연수 중이고 지훈이의 군대 문제가 해결될 때까지 피아니스트 자리가 빈다.

"그래야겠는데."

"찰스 악장님께서 그 정도로는 꿈도 꾸지 말라고 하셨어요."

눈물을 글썽거린다.

힘들다고 징징대는 줄 알았는데 일하고 싶어서 안달 난 거란다.

이렇게 기특할 때가.

그러나 찰스 입장도 이해되는 것이 나와 가우왕, 최지훈에게 익숙해진 그가 프란츠에게 만족할 리 없다.

“찰스가 이유 없이 그럴 리 없지.”

“과제 내주셨는데 마음에 안 드셨나 봐요.”

찰스의 기준에 부합하려면 보통 노력으로는 어려웠을 것이다.

“영화는?”

“저번 주에 끝났어요.”

“흠.”

아무리 늦어도 모레에는 암스테르담으로 출발해야 하니 시간이 많지 않다.

“내일 하루 봐줄 테니 오늘은 게스트룸에서 자.”

“정말요?”

“그래. 과제가 뭐였는데?”

“세 개의 손을 위한 소나타요.”

“포기해.”

“네?”

“올라올 때가 됐는데.”

최지훈과 차채은이 안 보여서 주변을 둘러보니 프란츠가 옷자락을 잡고 늘어졌다.

"포기하면 안 된다면서요!"

"그래. 실수했네. 10년 정도 뒤에 생각해 보자."

"안 돼요! 그땐 기회가 없을 거라고요!"

포기해선 아무것도 이룰 수 없지만 내일 하루 연습한다고 될 일도 아니다.

노력은 항상 옳지만, 시련을 항상 이겨낼 수는 없는 법.

"시간이 오래 걸리는 일도 있는 거야."

"열심히 할게요오. 제발 한 번만 봐주세요."

애써 무시하고 단원들과 대화하는 와중에도 찰거머리처럼 붙어서 떨어질 줄 모른다.

나도, 가우왕도, 최지훈도 몇 달간 매달려 가능했던 곡이다. 모르긴 몰라도 사카모토의 금발 제자는 그 이상 걸렸을 터.

지금 프란츠 수준으로 가능할 리 없다.

그러나 이렇게 애원하니 노력할 방향 정도는 가르쳐 주는 게 옳겠지.

"알겠으니까 놔."

"혀어엉."

"내일 아침 7시. 작업실로 와."

"넵!"

그간 어지간히 무대에 서고 싶었던 모양. 작곡과 편곡, 지휘만 반복했던 녀석에게도 연주자의 피가 흐르는 모양이다.

기특하게 여기며 다시 주변을 둘러보는데, 진달래와 나카무라 료코가 시엔 얀 등 단원들과 깔깔대고 있다.

진달래야 워낙 붙임성이 좋았다지만 료코가 저렇게 크게 웃는 모습은 처음 본다.

반면 바로 옆 테이블에 케르바 슈타인이 잔뜩 풀이 죽은 채 있다. 건너편의 헨리 빈프스키와 니아 발그레이도 심각한 표정이다.

"잘 지냈죠?"

다가가 인사를 건네니 믿음직한 두 감독이 고개를 설레설레 젓는다.

"도빈아."

케르바 슈타인이 갑자기 정색하여 걱정스레 의자를 빼고 앉았다.

"무슨 일이에요. 자리 옮겨요?"

"그 정도로 심각한 일이긴 해."

니아까지 그리 말하니 보통 일이 아니지 싶다.

혹시 그간 무슨 문제가 생겼던 건 아닌지 걱정되어 재촉했다.

"무슨 일인데 그래요."

"후."

케르바 슈타인이 한숨을 쉴 뿐이기에 헨리와 니아를 보자

고개를 젓는다.

"이런 일은 직접 말해야지. 케르바, 솔직하게 다 말해."

"그렇지……."

헨리가 마치 응원하듯 새 맥주잔을 앞에 놓으니 케르바 슈타인이 힘겹게 입을 열었다.

"실은 네가 선물해 준 차 있잖아."

"……차?"

순간 잊고 있던 일이 떠올랐다.

이전에 케르바 슈타인에게 선물해 준 벤츠가 떠올랐다.

"그런데요."

"실은. 하……."

"답답하게 하지 말고 빨리 말해요. 도박하다 날렸어요?"

"도박은 무슨! 나 그런 거 안 해!"

"그게 아니면 뭐가 문제예요. 망가졌으면 고치면 되고 심각하면 새로 사면 되지."

"……폐차했어."

연유를 알 수 없어 인상을 쓰고 헨리와 니아를 바라보자 헨리가 어쩔 수 없다는 듯 입을 열었다.

"죽지 않아 다행이지. 뭔 짓을 하면 아우토반에서 사고를 내."

"네?"

깜짝 놀라 케르바 슈타인의 얼굴을 붙잡고 돌렸다. 다친 곳은 보이지 않는다.

"안 다쳤어요?"

"응……. 정말 미안해. 네가 준 건데."

"지금 차가 문제예요? 어쩌다가 그랬어요. 술 마셨어요?"

"아니. 피곤해서 잠깐 졸다가……."

"참나. 너 인마, 죽을 뻔한 거야. 정신 똑바로 차리고 다녀."

헨리가 내가 하고 싶은 말을 대신 해주었다.

점잖은 니아도 한마디 거들었다.

"어쩔 뻔했어. 그 와중에 차 걱정을 해? 도빈이가 얼마나 황당하겠어."

케르바 슈타인을 노려봤다.

"정말 미안해. 다 내 불찰이야."

"미안하고 자시고. 자율주행 기능은 장식이에요? 졸리면 켜 놓고 자면 되잖아요."

"그게. 기계한테 어떻게 운전을 맡겨."

이제 고작 쉰다섯밖에 안 먹은 인간이 쉰내 나는 말을 한다.

니아와 헨리가 타박했다.

"이런다니까? 대체 뭔 고집인지."

"못 믿는 걸 어떡해."

꽉 막혔다.

"앞으로 운전 금지예요. 죠엘, 죠엘! 죠엘 왔어요?"

"네! 보스! 여기예요!"

"앞으로 이 사람한테 기사 한 명 붙여요. 케르바, 운전대 잡으면 그날로 해고예요."

"아니, 그렇게까진."

"해고예요."

"……응."

"정말 안 다쳤어요?"

"어. ……차가 좋긴 좋더라."

"웃지 말아요. 화났으니까."

하마터면 소중한 사람을 잃을 뻔했다.

"일정도 조율해요. B팀은 앞으로 정기 공연 위주로 하고 외부 활동 줄여요. 힘들면 힘들다고 말을 해야 할 거 아냐. 왜 속상하게 그러고 있어요. 혼자 감내하다 다치기라도 했으면 나나 헨리, 니아, 세프는 어떻겠어요."

"그래. 정말 전부 다 내 잘못이야."

"선생님께도 크게 혼났어."

속상한 마음에 다그치고 있자니 또 케르바 슈타인을 탓하던 헨리와 니아가 두둔하고 나서준다.

서로를 위하는 마음을 느낄 수 있어 일단은 안심이다.

"절대. 절대 그러지 마요. 헨리랑 니아도 꼭 말해줘요. 본인들도 단원 중에 무리하는 사람 있는지도."

"그래. 더 신경 써야지."

케르바 슈타인의 손등에 손을 포개어 위로하곤 자리를 옮겼다.

놀란 가슴이 진정되기도 전에 최지훈과 차채은을 볼 수 있었는데.

둘이 시체처럼 서 있다.

제법 가까이 다가갔음에도 눈치를 못 챈 듯해 부르니 고장 난 인형처럼 삐걱거리며 고개를 튼다.

"도빈이다."

"오빠다."

"……."

20년 가까이 봐 왔지만 이런 모습은 처음이라 다소 당황스럽다.

♪

한 번 반성한 뒤로는 아들을 끔찍이 여기는 최우철이 아들 군대 문제를 내버려 둘 리 없거늘.

축 처진 어깨가 의아하다.

"왜 그래? 잘 안 됐어?"

"응……."

최지훈이 힘없이 답했다.

“현역은 안 갈 수 있다며.”

“시험 못 보면 되는데 어떻게 해도 훈련은 받아야 하고 또 3년이나 못 돌아오잖아.”

확실히 대체 복무 요원이 되더라도 기초 군사 훈련을 4주간 이수해야 하는 것은 변함없다.

그보다 더 큰 문제는 훈련 기간을 포함해 2년 10개월간 활동에 제약이 생기는 것.

나로서도 베를린 필하모닉으로서도 또 팬에게도 손해가 막심하다.

“아버지는 걱정하지 말란 말씀만 계속하시고. 난 몰라. 어떡해.”

항상 올곧은 눈으로 세상을 바라보고 뿌리 깊게 내린 바른 의지로 살아가던 녀석이 당황한 모습을 보니.

안타까운 것과 별개로 조금 재밌다.

“넌 또 왜 그래?”

차채은이 입을 내밀고 있다. 가늘게 뜬 눈에서 당장에라도 눈물이 떨어질 것 같다.

“몰라.”

녀석도 복잡한 듯하다.

국방의 필요성은 충분히 인지하고 있지만 그 때문에 더 혼란스러울 것이다.

아마 국가적 책임과 개인의 희생 사이에서 무엇이 우선인지 고민하고 있겠지.

평화와 안전 없이는 음악은 물론 일상도 영위할 수 없기에 입대를 당연하게 여길 수도 있고, 모병제 국가의 사례를 들어 반론을 펼칠 수도 있다.

이 문제는 차채은도 최지훈도 나도 그리고 대한민국을 국적으로 한 모든 사람이 고민을 거듭해야 한다.

다만 어쩔 수 없이 안타까울 뿐.

아직 정해진 것이 없어 말하지 않았던 방안을 꺼냈다.

"아직 진행되지 않아서 말 안 했는데."

망가졌던 최지훈과 차채은이 고쳐졌다. 죽은 생선보다 칙칙했던 눈빛이 초롱초롱 빛난다.

"방법 있어?"

"뭔데? 응?"

"다음 달에 대한국향 가잖아."

눈썹을 모으고 고개를 갸웃하는 걸 보니 무슨 말인지 이해 못 하는 것 같다.

"그런데?"

"차명운 선생하고 이야기해 보려고. 네가 거기서 활동하게 되면 업무협력차 이쪽에서 있을 수 있게."

"그렇게 돼?"

최지훈과 차채은의 눈이 튀어나올 듯했다. 갑자기 테이블을 짚고 상체를 내민다.

"모르니까 얘기해 봐야지. 루덴도르프도 데려갈 거야. 그쪽 담당자도 만나야 할 테고 병무청에도 문의해야 하니."

두 악단이 협력 관계가 되면 아마 베를린에 상주하는 것까진 무리더라도 일정 기간 임대 형식을 취할 수 있을지도 모른다는 게 법무실장 요하임 루덴도르프의 의견이었다.

"얼마나? 얼마나 있을 수 있는데?"

최지훈이 뭐라 말하기도 전에 차채은이 한차례 얼굴을 더 들이밀었다.

겨우 진정시켰다.

"모른다고 했잖아. 아직 정해진 것도 없고 어떻게 진행해야 하는지도 몰라."

"그래도 가능성은 있으니까 하려는 거 아니야?"

"그래."

잔뜩 우울했던 녀석의 표정이 밝아졌다.

당사자인 최지훈보다 좋아하는 걸 보니 어지간히 마음 졸인 듯한데, 이해 못 할 것도 없다.

어려서부터 친하게 지내왔고.

나와 지훈이를 따라 유럽으로 올 정도며, 몇 년 전 쓰레기들에게 공격받은 뒤로 줄곧 의지해 왔으니까.

"언제쯤 정해져?"

최지훈이 물었다.

"도착하는 대로 처리할 거야. 너 입대가 언제라고 했지?"

"시험 합격하면 7월 6일."

"떨어질 거잖아. 대체 복무 말이야."

"가고 싶을 때 가면 돼. 사유만 있으면 연기할 수 있으니까."

"그럼 차명운 선생하고 병무청이랑 이야기되고 정해. 최대한 빨리 알아볼 테니까."

"응!"

최지훈이 물끄러미 쳐다보기에 슬쩍 몸을 뺐더니 아니나 다를까 테이블을 넘어와 달려들었다.

"도빈아아아아~"

"오빠!"

"숨. 막혀."

힘이 어찌나 센지 푸르트벵글러를 운동시키며 나름 단련한 몸이 조금도 저항할 수 없다.

대체 언제까지 클 생각인지 180㎝ 가까이 된 차채은도 만만치 않다.

숨이 막혀 등을 때리자 그제야 놓아주고 싱글싱글 웃는다.

"아무튼. 시험 잘 처리해."

"응. 꼭 떨어질게."

"번거롭게 꼭 거기까지 가야 해? 안 보면 그만인 걸 굳이 가서 떨어지려고."

"언론에 기사 다 나버렸는데 어떻게 그래."

하긴 직접 현역 입대 의사를 밝혔으니 시험장에 나타나지 않으면 그간 쌓아온 성실하고 순수한 이미지가 손상될 것이다.

그것을 중요하게 생각하는 최지훈에겐 선택지가 될 수 없다.

"근데 실기 시험 있잖아. 생각해 보면 오빠가 못하는 게 더 이상하지 않아?"

차채은의 말대로다.

"그것도 그렇네."

맞장구를 치니 최지훈이 사색이 되었다. 그러고는 심각한 표정으로 입을 여는데.

"맞아. 나 엄청 잘하잖아."

"……."

맞는 말이라 잠자코 있는데 차채은이 입을 벌리고 어이없다는 듯 본다.

"농담이야."

농담으로 생각하지 않지만, 농담할 정도면 괜찮은 듯하다.

"어쩔 거야?"

"괜찮아. 나도 다 계획이 있다구."

자신만만하니 녀석 말대로 생각해 둔 방법이 있는 모양.

"그러니까 처음부터 잘 알아보면 좋았잖아."

"어쩔 수 없었는걸."

최지훈이 무엇인가 떠올랐는지 사선 방향으로 시선을 올렸다가 발끈했다.

"따지고 보면 너 때문이잖아."

"……."

"그치?"

"배토벤 먹이 줄 시간인 걸 깜빡했네. 이런 낭패가."

"토벤이 밥 이틀에 한 번 먹잖아!"

"낭패랭. 누가 그런 말을 써."

달려드는 최지훈 뒤로 차채은이 웃었다.

♪

최지훈이 배도빈에게 달려들면서 시작된 파티는 늦은 시간까지 계속되었다.

베를린 필하모닉은 한 달 만에 만난 그들의 보스, 악장과 회포를 풀기도, 당분간 베를린을 떠나 있을 피아니스트에게 격려와 응원을 전하기도 했다.

다만 그 방식이 다소 과격했을 뿐이었다.

오랜만에 취하도록 술을 마신 배도빈이 두통을 느끼며 일어났다.

"으음."

그는 곤히 잠든 나윤희에게 이불을 고쳐 덮어주곤 정수기를 찾았다.

찬물을 들이켰지만 숙취가 남아 있었다.

어지러움을 느끼며 칫솔에 치약을 묻히고 나오니 나윤희가 뒤척였다.

배도빈은 그녀를 바라보며 이를 닦다가 문득 시계를 확인했다.

어제 프란츠 페터와 한 약속을 떠올리곤 세면대로 돌아갔다.

대충 씻고 나오니, 물 흐르는 소리로 반쯤 깬 나윤희가 잠에 취한 채 배도빈이 누워 있던 자리를 더듬었다.

"으응?"

"더 자. 아직 새벽이야."

"흐으아?"

"작업실. 프란츠 피아노 봐주기로 했어."

"허?"

"찰스가 내준 시험에서 떨어졌대."

"으응."

배도빈이 나윤희를 다독이곤 밖으로 나섰다.

머리가 깨질 것 같아 갖은 인상을 다 쓰며 복도 끝으로 향하니 프란츠 페터가 기다리고 있었다.

"좋은 아침이에요!"

"멀쩡해 보이네."

"네. 전 술 못 마시니까요."

"그래. 앞으로도 마시지 마."

배도빈이 작업실 문을 열고 들어서자 프란츠 페터가 쪼르르 따라붙었다.

"다음에 할까요? 너무 피곤해 보이시는데."

"괜찮아."

오늘을 넘기면 다음 기회는 두 달 뒤에나 있었다.

그렇게 되면 연수 중인 가우왕이 복귀할 테니 프란츠 페터가 나설 기회가 없을 터.

배도빈은 찰스 브라움이 내건 조건이 프란츠에게 버겁다고 생각하지만, 적어도 불가능한 일에 도전하는 자세를 높이 평가했다.

배도빈이 인터폰을 들었다.

곧 집사가 응답했다.

-네, 도련님.

"작업실로 오렌지 주스 가져다주세요."

주문하던 중 배도빈이 잠시 멈췄다. 프란츠 페터를 보곤 다시 입을 열었다.

"얼음 많이 넣어서 네 잔이요."

"저는 한 잔이면 되는데."

"그래. 네 거 한 잔."

-하하. 네, 바로 올라가겠습니다.

집사가 주스를 가져다주기 전까지 프란츠에게 손을 풀도록 지시한 배도빈은 어제 일을 떠올렸다.

기억이 듬성듬성했지만, 육아로 한동안 놀지 못했던 이승희와 한스 이안이 폭주하여 진달래와 함께 즉흥적으로 작은 밴드를 구성했고.

자신도 거기에 동참했던 일이 생각나 고개를 저었다.

'무슨 짓을 한 거야.'

마침 집사가 주스를 내왔고 배도빈은 단숨에 한 잔을 비우고 피아노 옆에 섰다.

"해봐."

"뭘요?"

"뭐긴."

배도빈 세 개의 손을 위한 피아노 소나타, '가우왕' 외에 달리 없었다.

"갑자기요?"

"시간 오늘뿐이라니까."

난데없이 최고 난도의 곡이라니.

프란츠 페터는 당황했지만 이내 배도빈의 혹독한 교육에 익숙해진 만큼 마음을 굳게 먹었다.

숨을 들이마시고.

아홉 개의 손가락으로 내려친 양손 옥타브.

포메라니안이 짖었다.

“틀려.”

배도빈이 고개를 젓고 건반에 손을 올렸다.

“강아지가 아니야. 사자야.”

허리부터 등, 어깨, 팔꿈치, 손목, 손가락에 상체 무게까지 실어 건반을 깊게 눌렀다.

그의 말대로 사자가 포효하는 듯한 울림이었다.

프란츠 페터가 입을 쩍 벌리고 있다가 정신을 차렸다.

“저는 그런 힘이 없어요.”

“힘으로 하는 게 아니야.”

배도빈이 프란츠의 팔꿈치를 잡았다. 살짝 힘을 줘 프란츠를 이끌자 스승에게 몸을 맡기던 프란츠는 자연스레 어깨와 상체 전반이 들렸다.

“팔꿈치로 드는 게 아니야. 허리 펴고 어깨 들어. 팔꿈치는 고정하고. 밀듯이 눌러 봐.”

스승이 지시한 대로 해보니 전보다 훨씬 힘이 들어가는 듯했다.

“어느 정도는 몸이 따라줘야 하지만 성인이면 충분해. 난 어렸을 때도 연주했어.”

배도빈은 작은 몸으로 연주하는 데 익숙했다.

어렸을 적 유독 체구가 작고 힘이 없었기에 과거, 빈에서의 연주를 재연하지 못했다.

그러나 차마 다시 잡은 기회를 놓칠 수 없었다.

건반을 누르면 소리가 나는 당연한 일이 그보다 벅찰 수 없었다.

아주 어렸을 땐 어쩔 수 없었으나 10살 부근부터는 그런 단점을 감수하고 연주할 수 있도록 필사적으로 임했다.

다행히 그에게는 한평생 쌓아온 경험이 있었다.

어떻게 몸을 움직여야 체중을 실을 수 있는지 알고 있었다.

페달을 밟으며 다리를 뻗을 때 자연스레 힘이 빠졌지만 팔꿈치를 더 내리며 최대한 힘을 유지했다.

"안 되는 이유만 찾아선 아무것도 못 해. 해야 한다면 할 수 있는 방법을 찾아. 러시아 금발 꼬맹이도 하잖아."

"넵."

스승의 가르침을 가슴에 새긴 프란츠가 멈칫했다.

"러시아 금발 꼬맹이요?"

"툭타미셰바."

작은 체구의 인형 같은 피아니스트가 떠올랐다.

프란츠가 고개를 끄덕였다.

스승이 이상하다는 것쯤은 오래 전부터 익히 알고 있는 사실이었다.

자신보다 아홉 살이나 더 먹은 사람을 꼬맹이라고 하는 스승을 이상하게 여기기보다, 그가 예시로 든 엘리자베타 툭타미셰바의 연주를 떠올렸다.

작은 몸으로, 여성의 몸으로 그녀는 공식 무대에서 가우왕 다음으로 세 개의 손을 위한 소나타를 훌륭히 연주해냈었다.

그녀의 연주에서 음량이 부족하단 생각은 조금도 들지 않았다.

♪

프란츠가 마음을 다잡고 연주를 이어나갔다.

"틀려."

이를 꽉 물고 집중했다.

"틀려."

반복된 연주로 손이 완전히 풀려, 최고의 컨디션이었지만.

"틀려."

두 마디 이상 연주가 이어지는 법이 없었고 굳은 결심도 조금씩 흩어졌다.

"음이 흐트러지잖아."

스승의 지적은 좀처럼 줄어들 기미가 없었다.

몸 쓰는 법을 익혀나가기 시작한 프란츠 페터의 타건은 몸시 흔들렸다.

“기초가 부족해서 생기는 일이야. 가우왕은 지금도 타건 연습을 해. 지훈이도 마찬가지고. 어떤 상황에서든 정확하게 연주할 수 있게 노력해 봐.”

“네.”

“여기는 박자를 충분히 당겨야 해. 더. 더. 그래.”

배도빈이 악보를 가리키며 지적했다.

5년 전, 악보도 제대로 읽지 못하면서 단지 천재적인 감각으로 크리크 국제 피아노 콩쿠르에서 우승했던 프란츠 페터는 진실로 자신의 부족함을 깨달았다.

배도빈을 처음 만났을 때보다는 훨씬 나아졌고, 작곡을 배우면서 여러 지식을 쌓기도 했지만.

피아노 연주 실력은 제자리였다.

“포인트가 없잖아. 이 곡 연주하면서 뭘 말하고 싶어?”

“……모르겠어요.”

하나의 곡을 자신의 것으로 만들어 새롭게 창조하는 영역은 아직 무리라고 판단한 배도빈이 질문을 고쳤다.

“그럼 내가 뭘 말하고 싶었던 것 같아?”

프란츠 페터가 악보를 유심히 보다가 입을 열었다.

“용감한 사람이요. 여기 그리고 여기도 망설이지 않고 나아가는 것 같아요.”

"그래. 그럼 어떻게 연주해야 하겠어?"

"힘차게. 그리고…… 앞뒤로 간격을 두면 좋을 것 같아요. 대조되게."

"해봐."

프란츠가 자신이 답했던 대로 연주를 시도했다.

본인이 느끼기에도 심상이 전보다 효과적으로 표현되었다.

"그런 식으로 접근하는 거야. 작은 부분에서 시작하기도 하고, 전체적인 분위기를 이해하기도 하면서 완전히 이해했을 때 좋은 연주가 나와."

"네."

프란츠 페터가 다시 용기를 얻고 악보를 넘겼다.

"아."

몇 번을 봐도 당황스러운 광경이 펼쳐졌다.

빼곡하게 이어진 음표는 가혹할 정도로 변화가 심했다. 악보에 익숙한 프란츠 페터조차 자세히 들여다봐야 어떤 구조로 이뤄져 있는지 이해할 수 있었다.

사자가 질주하는 듯한 전개부.

3년 전에 발표되었던 이 곡을 여전히 역사상 가장 난해하고 복잡한 곡으로 남긴 대목이었다.

"여긴 어떻게 연주해야 하는지 전혀 모르겠어요."

프란츠는 대체 손가락을 어떻게 운용해야 하는지 감조차 오지 않았다.

배도빈이 가우왕을 골려줄 생각으로 두 악보를 합쳐놓은 것이기에, 현재 '가우왕 소나타'로 불리는 이 악보에는 건반을 몇 번 손가락으로 눌러야 한다는 지시가 없었다.

작곡가 배도빈이 연주할 수 있다고 생각하지 않았기에 운지법을 고려하지 않은 탓이었다.

"직접 보는 게 빠르겠지."

기초부터 가르치기엔 너무나 긴 시간이 필요했다.

배도빈은 프란츠 페터의 천재성을 믿고, 할 수 있는 한 최대한 천천히 곡을 연주해 나갔다.

점차.

건반 위에 세 개의 손을 위한 소나타의 비밀이 조금씩 드러났다.

'말도 안 돼.'

그 경악스러운 기교에 프란츠 페터의 얼이 빠졌다. 입을 벌린 채, 상상도 하지 못했던 일을 그저 지켜볼 뿐이었다.

"이거."

"그래."

배도빈이 연주를 멈추고 다시 반복했다.

"왼손 엄지를 제외하고 네 손가락으로 반주. 오른손 엄지를 제외한 네 손가락으로 멜로디. 남은 두 엄지로 하나의 멜로디를 연주하는 거야."

말 그대로 세 개의 손.

프란츠 페터는 믿을 수 없었다.

다섯 손가락으로 연주할 것을 네 손가락으로 커버하는 것도 말이 안 되었다.

구조적으로 완벽한 배도빈의 곡을, 손가락 하나 없이 연주하려면 대체 얼마나 민첩하게 연주해야 하는지 알 수 없었다.

단순히 빠르다고 되는 것이 아니라, 손가락 배분을 치밀하게 해야 했다. 한순간의 실수도 용납하지 않았다.

그것을 한 손만이 아니라 양손으로 행하고.

그런 와중에 두 엄지로 또 하나의 멜로디를 연주하다니.

프란츠 페터는 왜 이 곡이 지금까지의 수많은 피아노곡 중에서도 가장 악독하다고 평가되는지 단번에 이해할 수 있었다.

'이걸 정말 사람이…….'

연주할 수 있다는 게 놀라웠고.

또 이러한 발상을 한 가우왕은 대체 어떤 세계에서 살고 있는지 의심스러웠다.

"이걸……. 아니, 이게 가능해요? 어떻게 이런 생각을. 부, 부감독님은 천재에요. 진짜, 진짜 천재요."

프란츠가 황당한 심정을 토로하자 배도빈이 건반에서 손을 뗐다.

"그래. 천재지."

중국에서의 경합 이후로 가우왕을 높이 평가하던 그가, 가우왕을 전혀 달리 바라본 계기는 둘이었다.

경합 이후 고작해야 몇 주 지났을 뿐인데, '두 대의 피아노를 위한 협주곡' 앨범 작업을 훌륭히 해낸 점.

사람이 이렇게까지 단기간에 변할 수 있나 싶었다.

가우왕은 이후로도 안주하긴커녕 끝을 모르고 달렸다.

특히 세 개의 손을 위한 소나타를 준비할 때는 기본 생활조차 신경 쓰지 않고 열중했다.

마치 피아노를 위해 사는 듯.

두 달간 수없이 실패를 반복하면서도 집착, 아니, 광기에 휩싸여 건반을 내려쳤다.

그 결과.

지금은 만인이 인정하는, 역사상 가장 위대한 피아니스트로 군림하고 있었다.

"가우왕 실력이 언제 가장 늘었을 것 같아?"

"어……. 그래도 처음 배울 때 아닐까요?"

"아니. 삼십 대부터 지금까지. 10년 전 가우왕과 지금은 비교할 수 없어."

음악을 깊이 이해하는 사람일수록.

소리를 넓게 받아들이는 사람일수록 가우왕이 얼마나 대단한 피아니스트인지 알 수 있었다.

너무나 높은 곳에 있기에.

가늠조차 할 수 없는 사람들은 알 수 없었다.

프란츠 페터도 그중 한 사람이었고, 스승에게 가르침을 받고서야 비로소 가우왕의 그림자나마 짐작할 수 있었다.

"없던 개념은 아니야. 탈베르크라고 들어본 적 있어?"

"아니요."

프란츠가 고개를 저었다.

"쇼팽, 리스트와 같은 시대 사람이야. 루트비히 이후 피아노 하면 그 두 사람만 생각하지만 지기스문트 탈베르크가 없었으면 리스트도 쇼팽도 없었어."

프란츠가 고개를 끄덕였다.

"아니지. 세 사람 다 루트비히 덕을 봤다고 정정."

"넵."

스승의 베토벤 사랑을 익히 아는 프란츠가 딴지 걸지 않고 넘어갔다.

"아무튼 그 탈베르크가 정립한 방식이야. 모세 환상곡은 알지?"

"……아니요."

프란츠가 민망해했지만 스승은 결코 모른다는 이유로 책망하지 않았다.

"시간 있을 때 익혀 놔. 탈베르크의 세 손 효과가 제대로 적용된 곡이니까. 연습할 때 도움이 될 거야."

배도빈이 짤막하게 모세 환상곡을 들려주었다.

정말 양손 각각 네 손가락, 엄지 둘로 연주하였다.

세 개의 손을 위한 소나타만큼 화려하고 복잡하진 않았지만, 결코 쉽게 익힐 수 있을 것 같진 않았다.

"예전에는 필수 교양이었어."

"네."

여전히 막막했지만 희망이 조금 보였다.

세 개의 손을 위한 소나타보다 좀 더 쉬운 모세 환상곡을 연습하면서 '세 손 효과'에 익숙해질 수 있을 것 같았다.

"계속해서."

배도빈이 건반에 다시 손을 얹었다.

그러고는 연주를 이어가는데, 어안이 벙벙하던 프란츠 페터가 또 한 번 경악하고 말았다.

등줄기를 타고 올라온 전율이 등과 어깨로 퍼져나갔다.

몸을 한차례 떨곤 다급히 물었다.

"이건, 이건 뭐예요?"

방금 설명 들었던 '세 손 효과' 연주를 이어가던 중, 연주법이 달라졌다.

네 손가락으로 멜로디를 연주하던 오른손이 다시 다섯 손가락을 모두 활용하는 한편.

왼손이 바삐 움직였다.

저음역과 그보다 낮은 음역을 오갔다. 흡사 하나의 곡을 한 손으로 연주하는 것 같았다.

"처음에는 두 사람이 연주하려고 만든 곡이었잖아."

"네."

"그러니 네 손가락으로 연주 못 하는 구간도 있어. 특히 이 부분."

배도빈이 조금 전 오른손으로 연주했던 멜로디를 다시금 들려주었다.

확실히 은하수처럼 펼쳐진 아르페지오를 네 손가락으로 소화할 순 없을 것 같았다.

"오른손이 묶이니까 왼손으로 남은 걸 연주해야지. 반주랑 멜로디도."

"그거예요! 그게 어떻게……."

두 눈으로 보고도 믿을 수 없었다.

배도빈은 왼손으로 한 옥타브를 사이에 두고 두 음역을 연주해 나갔다.

가히 도약이라 할 만했다.

1초도 안 되는 시간에 여러 번 반복하는 도약.

"이것도 없던 개념은 아니야. 파가니니 카프리스 6번 알지?"

"네. 아!"

파가니니의 카프리스를 떠올리자 뇌리에 스치는 것이 있었다.

한 줄로는 멜로디를, 다른 한 줄로는 트레몰로를 하며 홀로 멜로디와 반주를 해버렸던 니콜로 파가니니.

그는 반주자가 필요 없는 바이올리니스트였다.

그리고.

"리스트 편곡 말씀하시는 거죠?"

"그래."

파가니니의 카프리스에 감명받은 프란츠 리스트가 피아노곡으로 편곡한 '파가니니에 의한 초절기교 연습곡'.

멜로디와 반주를 홀로 소화하는 파가니니처럼, 리스트는 왼손만으로 멜로디와 반주를 소화했다.

"이것부터 하려 들지 말고 리스트 연습곡으로 익숙해져. 기초가 잡혀 있지 않으면 못 해."

배도빈이 전개부를 처음부터 다시 연주하기 시작했다.

프란츠가 쉽게 이해할 수 있도록 천천히 연주하는 것이 아닌, 그의 스타일을 한껏 살렸다.

초원을 가로지르는 백수의 왕.

바람에 휘날리는 갈기가 위엄 넘치고 도약을 반복할 때마다 거친 힘이 느껴졌다.

'말도 안 돼.'

'세 개의 손을 위한 소나타'의 비밀을 알게 된 프란츠 페터는 배도빈의 손을 눈으로 조금씩 따라갈 수 있었고.

그가 '세 손 효과'와 '한 손 연주'를 복합적으로 이용하고 있음을 알 수 있었다.

하나만 익히기에도 버거운 일을.

자유자재로 활용하는 것을 보고 있자니 머리가 터질 듯했다.

전개부를 마친 배도빈이 고개를 돌렸다.

"이 뒤는 요령만 익히면 할 수 있을 거야."

"못 할 것 같아요."

처음에는 무슨 비법이 있을 것으로 생각했다.

아무리 연주하려고 해도 손이 꼬였고, 그 탓에 방법만 알면 어떻게든 해낼 수 있다고 생각했지만 당치도 않았다.

한계, 아니, 상식의 범주를 넘어선 경지를 알게 되자 무력해질 뿐이었다.

"그래. 무리지."

항상 할 수 있다고.

노력하면 무엇이든 할 수 있다고 확신에 차 말하던 스승마저 부정하니 프란츠 페터는 의욕을 잃고 말았다.

"네가 이걸 두 달 안에 해냈을 것 같으면 애초에 날 찾지도 않았어."

배도빈이 얼음이 거의 녹은 오렌지 주스를 들이켰다.

잔인한 말이었다.

그러나 프란츠는 스승의 말이 옳다고 여겼다.

평생을 매달리더라도 가우왕 소나타를 연주할 수 있을 것 같진 않았다.

머리로 따라가기조차 힘든 음표들은 아스팔트 위로 쏟아지는 소나기 같았다.

조성 변화가 너무 많았고, 당김음 활용이 된 구간이 곳곳에 포진해 있어 리듬감을 살리는 것도 버거웠다.

운지법은 전혀 생각지도 못한 일이었다.

그 모든 것을 신경 쓰면서 몸까지 활용해야 하니 도무지 엄두가 안 났다.

"피아노만 파고든 러시아 꼬맹이도 몇 년간 안간힘을 썼어. 지훈이도 반년은 걸렸고. 이걸 쓴 나도 마찬가지고."

"……."

"그래도 결국 해냈지."

배도빈이 인상을 쓰며 빈 잔을 보았다. 잔을 내려놓은 뒤 목 근육을 풀었다.

"두 달 뒤엔 피아노 안 칠 것도 아니잖아. 계속 매달리면 언젠가 할 수 있을 거야."

그러나 해야 했다.

그 어려운 조건과 이유는 단지 가우왕 소나타를 익히기 어려운 요소일 뿐.

베를린 필하모닉 콘서트홀에서 피아노를 연주하고 싶은 마음을 접어야 할 이유는 아니었다.

프란츠가 침을 꿀꺽 삼켰다.

"네. 꼭 해낼 거예요."

얼음이 녹은 탓에 밍밍해진 오렌지 주스에 인상 쓰고 있던 배도빈이 슬며시 미소 지었다.

♪

배도빈, 나윤희, 최지훈, 차채은이 베를린 테겔 국제 공항 개인 격납고에 모였다.

배도빈이 최지훈에게 말했다.

"한국 가면 전화할게."

"응."

베를린 필하모닉에 있을 수 없다고 생각한 탓에 넋이 나갔던 최지훈이 밝게 답했다.

대체 복무를 하더라도 베를린 필하모닉 콘서트홀에서 연주할 수 있다는 희망이 생긴 덕이었다.

확실한 일은 아니었지만, 배도빈과 친분이 있는 대한국립교향악단과 차명운이라면 긍정적으로 검토해 줄 터였다.

나윤희도 최지훈을 격려했다.

"한국 돌아간 김에 푹 쉬어. 어떻게든 잘 해결될 거야."

"도빈이만 믿고 있어요."

최지훈이 장난스레 배도빈에게 부담을 지웠다.

나윤희의 말대로 이번 일이 법적인 문제로 어렵게 된다고 해도, 아버지가 어떻게든 방안을 마련해 주리라 믿기로 했다.

그때 차채은이 나섰다.

"나도 갈래."

갑작스러운 말에 최지훈이 의아히 물었다.

"한국에?"

"치, 친구. 친구 보고 싶단 말이야."

최지훈은 의문을 풀지 않았고 그것이 표정에 그대로 드러났다.

"이필호 편집장님도 만나고, 세윤 언니도 만나고."

"그런 이야기 없었잖아."

"생겼어! 내가 뭐 오빠한테 다 말하는 줄 알아?"

차채은이 버럭 소리 질렀다.

당황한 최지훈이 주춤했고 차채은을 이해하는 나윤희만 웃음을 참았다.

"그래도 이렇게 갑자기?"

"태워주기 싫으면 말아."

차채은이 스마트폰을 꺼내 표를 찾으려 하자 최지훈이 웃으며 물었다.

"여권 가져왔어?"

차채은이 눈도 마주치지 않고 가방에서 여권을 꺼내 보였다.

"같이 가. 지금 표 구해서 어떻게 가게. 집사님."

최지훈이 그의 집사에게 차채은이 함께 입국할 수 있도록 조치해 주길 요청하자 차채은이 못 이기는 척 스마트폰을 집어넣었다.

"우리 먼저 간다."

"응. 서울에서 봐."

배도빈과 최지훈이 다시 인사를 나누는 한편 나윤희도 차채은을 배웅했다.

그녀의 표정이 모든 걸 다 알고 있는 것처럼 미소 짓고 있었기에 차채은은 얼굴을 붉혔다.

"조심히 가."

"응. 언니도 잘 지내."

나윤희가 귀를 빌려달라고 손짓했다. 차채은이 의아해하며 고개를 숙였다.

"지훈이도 알고 있는 것 같아."

놀란 차채은의 눈이 튀어나올 것 같았다.

나윤희는 즐겁다는 듯 웃으며 그녀를 응원했다.

"힘내."

배도빈과 나윤희가 떠나자 최지훈도 비행기에 올랐다.

차채은은 나윤희의 말을 떠올리며 그를 빤히 보다가 발을 옮겼다.

비행기가 이륙하고 1시간.

차채은은 나윤희가 남긴 말을 잊을 수 없었다. 최지훈이 자신의 마음을 알고 있는 것 같다고 생각하니 좀처럼 평소와 같을 수 없었다.

"게임하자."

최지훈이 기분을 풀어주고자 해맑게 웃으며 게임 패드를 쥐여주었지만 웃을 수 없었다.

"안 할 거야?"

"……."

방실방실 웃는 얼굴을 보고 있자니 마음이 복잡했다.

더 같이 있고 싶은데.

더 많은 얘기하고 싶은데.

이런 마음을 아는지 모르는지 그저 싱그럽게 미소 지을 뿐이었다.

'자기도 힘들면서.'

차채은은 분위기를 풀기 위해 애쓰는 그를 생각해서라도 이대로 있어선 안 된다고 생각했다.

"안 봐줄 거야."

패드를 쥐고 배도빈과 함께 세 사람이 어렸을 적부터 함께

했던 격투 게임을 실행했다.

"괜찮아. 연습했거든."

차채은이 코웃음 쳤다.

무작정 달려드는 최약체 배도빈보다는 낫지만 최지훈도 만만치 않게 약했다.

어떻게 행동할지 뻔히 보이는 패턴이라 무적의 차채은은 물론, 진달래와 배도진에게도 이기지 못했다.

이번에도 마찬가지.

"어?"

"뻔하잖아."

"이래도?"

"응. 뻔해."

차채은이 손쉽게 게임을 이끌어나가던 중 최지훈이 입을 열었다.

"채은아."

"봐달라고 해도 안 봐줘."

"전화 자주 할게."

순간 차채은의 게임 캐릭터가 멈췄고, 그 틈을 노린 최지훈의 공격이 먹혔다.

겨우 잡아낸 기회를 놓치지 않기 위해 최지훈이 연속 공격을 이어갔다.

그러나 이미 차채은의 머릿속에서 게임 상황은 온데간데없었다. 고개를 돌려 게임에 집중하고 있는 최지훈을 바라볼 뿐이었다.

“이겼다!”

최지훈이 처음으로 차채은을 이긴 기쁨에 고개를 돌렸다. 눈물을 글썽이는 그녀를 보곤 패드에서 손을 뗐다.

“왜 울어.”

“안 울어.”

최지훈이 차채은이 떨어뜨린 눈물을 닦았다.

그녀가 고개를 돌려 그의 손을 피하곤 스스로 눈물을 닦았다.

“다시 해. 방심하게 해놓고 이기는 게 어딨어.”

“이긴 건 이긴 거지.”

“빨리 골라. 이번엔 진짜 안 봐줄 거니까.”

“이겼으니까 그만할래.”

최지훈이 한 번 이기고 빠지려고 하자 약이 오른 차채은이 항의하기 위해 시선을 옮겼다.

“뭐 하고 놀지 코스 짜자.”

“뭐래.”

“훈련소 들어가기 전까지 많이 놀려면 생각해 둬야지.”

최지훈이 스마트폰을 펼쳤다. 이것저것 검색해 보기 시작한 그를 보던 차채은이 괜히 딴지를 걸었다.

"누가 오빠랑 논댔어? 나도 볼일 있어서 가는 거야. 바빠."

"바빠?"

최지훈이 시무룩하게 되물었다.

차채은이 신경 쓰지 않고 게임을 진행하자 한마디 덧붙였다.

"난 데이트하고 싶은데."

모니터를 보고 있던 차채은의 눈이 동그랗게 되었다.

그녀는 천천히 고개를 돌렸다.

눈썹을 들어 올리고 미소 짓는 그를 눈에 담자, 겨우 다독였던 가슴이 또다시 울컥하고 말았다.

목 아랫부분이 묵직해진 탓에 차채은은 겨우 제 목소리를 냈다.

"데이트?"

"훈련소 들어가면 한 달이나 못 보잖아."

때론 장난스럽게.

때론 상냥하게.

때때로 진지하게.

그러나 항상 따뜻하게.

그는 이번에도 달콤한 말을 꺼냈다.

차채은이 결국 참았던 눈물을 쏟고 말았다.

큰 눈망울에서 닭똥처럼 떨어지는 눈물에 최지훈이 당황했다.

"왜 울어. 응?"

차채은이 소리 내 울고 싶은 걸 참고자 입을 꾹 닫았다.

"데이트 싫어?"

싫다니. 그럴 리가 없었다.

차채은은 자기가 왜 울고 싶은지 조금도 모르는 최지훈이 원망스러웠다. 울기 싫어서 꼭 다물고 있던 입술 사이로 꺽꺽 울기 시작했다.

"끅. 대체 끄으읍. 왜 그래? 끕."

"뭐가? 응?"

최지훈이 손수건을 꺼내 눈물을 닦아주려 했지만, 그녀에게 빼앗기고 말았다.

최지훈의 손수건으로 눈물을 훔친 차채은이 울먹이며 따졌다.

"알면서. 왜 그러냐고."

그는 하루에도 수십 번씩 그녀를 들었다 놓았다.

갑자기 손을 잡는다든지, 얼굴을 들이민다든지, 아무렇지도 않게 마시던 음료수를 가져가 마신다든지.

이유도 없이 무엇을 선물하기도.

원고에 파묻혀 있을 때 불쑥 나타나 어깨와 머리를 주물러 주기도 했다.

마치 속마음을 들여다보고 있기라도 하듯.

손을 잡고 싶을 때면 따뜻한 온기를 전해주었고, 멍하니 그를 보고 있을 때면 싱긋 웃으며 얼굴을 가까이 내밀었다.

마주한 그 눈이 참 좋았다.

보고 싶을 때마다 찾아와 전해주던 유치한 물건이, 뭉친 근육을 풀어주던 어설픈 손놀림이.

번번이 그녀를 설레게 했다.

자주 전화한다는 말도.

데이트하자는 말도 마찬가지였다.

"정말 몰라서 그래. 내가 뭐 잘못했어?"

최지훈은 자신이 무엇을 잘못했는지 궁금해 미칠 지경이었다.

그녀가 우는 것이 싫었다.

무엇이든 고칠 수 있었다.

함께 웃을 수 있다면 무슨 일이라도 할 수 있었다.

"헷갈리게 왜 그러냐고! 왜 자꾸 잘해주는데! 왜 자꾸!"

차채은이 간격을 두었다.

친하니까. 친구니까. 동생이니까.

그런 대답을 들을까 봐 겁먹어 묻지 못했던 말을 마침내 꺼냈다.

"그렇게 놀리면 재밌어? 좋아하지도 않으면서 왜 사람 헷갈리게 하는데!"

차채은의 외침에 쿠키를 가지고 오던 집사가 멈칫하더니 슬쩍 뒤돌아 왔던 길로 돌아갔다.

귀를 쫑긋 세우고 있던 승무원들은 집사가 눈치를 주어 자리를 피했다.

단둘이 남은 객실.

차채은은 요동치는 가슴을 진정시키려 애썼다. 마침내 속에 담아두었던 말을 꺼낸 탓에 이젠 어쩔 도리가 없다고. 그리 생각하면서 손을 떨었다.

최지훈의 얼굴에는 웃음기가 사라졌다.

"내가 놀리는 것 같아?"

그녀는 답하지 못했다.

화를 내는 그는 처음 보았다.

목소리도 그의 눈도 너무나 올곧아서 가슴이 터질 것 같았다.

"좋아하지도 않으면서 그러는 사람이라고 생각했어?"

차채은은 입을 뻐끔거릴 뿐, 이번에도 답하지 못했다.

"그러면 너는? 나 좋아하는 거 아니었어? 좋아하지도 않으면서 왜 자꾸 웃어? 왜 그렇게 걱정스럽게 봐? 왜 항상 듣고 싶은 이야기 해주는데?"

최지훈이 차채은의 양팔을 붙잡았다.

언제부터였을까.

시작은 피아노를 잘 치는 아이였다.

수줍음이 많고 눈물도 많고 가끔 엉뚱한 말을 꺼내기도 했다.

함께하는 시간이 많아지다 보니 조금씩 귀여운 점을 발견할 수 있었다.

그러나 어디까지나 아는 동생이었을 뿐.

학교를 마치면 배도빈과 함께 음악을 말하면서, 게임을 하면서 성장했다.

죽이 잘 맞은 탓일까.

셋은 곧 서로에게 더할 나위 없이 소중한 친구가 되었다.

어렸을 적부터 음악가로 활동한 탓에 또래 친구가 없던 배도빈에게도, 모든 것에 완벽해야 했던 탓에 마음을 붙일 친구가 없었던 최지훈에게도, 수줍음이 많아 또래 사이에선 항상 조용했던 차채은에게도.

셋이 함께하는 시간이 너무도 즐겁고 편하게 느껴졌다.

그러다 문득.

최지훈은 자신을 보며 웃는 차채은에게 눈을 빼앗기고 말았다.

걱정하며 건넨 말에 가슴이 뛰었다.

주고받은 메시지를 몇 번이고 반복해 읽게 되었다.

최지훈이 피아니스트로 자리 잡고.

차채은이 칼럼을 쓰면서 함께하는 시간은 줄어들었다.

그 무렵부터 최지훈은 오늘은 차채은에게 무슨 일이 있었는지, 어떻게 지냈는지 궁금했다.

잠들기 전 보낸 메시지는 끊임없이 이어졌고, 손가락을 움직이는 것도 힘들면 전화를 했다.

무엇이 그리도 즐거운지.

몇 시간씩 재잘대다가 통화가 이어진 핸드폰을 켜두고 잠든 날이 헤아릴 수 없었다.

어느 순간 손을 잡고 싶었고.

어느 순간 입술이 눈에 들어왔다.

그러다 항상 턱선에 머물러 있던 그녀의 곱슬머리가 어깨에 닿고, 가슴을 덮었을 때야 자신의 마음을 알 수 있었다.

"좋아해."

차채은의 동공이 확장되었다.

♪

가슴속에서 터진 감정이 온몸으로 번져나갔다.

지금껏 경험하지 못한 기분이었으나 그것이 기쁨의 한 종류라는 것만은 알 수 있었다.

안도와 다행.

그것을 넘어서 전율과 환희에 벅차오른 마음이 그녀를 움직였다.

차채은이 최지훈을 안았다.

"나도."

자신의 등을 감싸는 그의 온기를 느끼며 말했다.

"나도 좋아. 좋아해."

최지훈이 숨을 길게 내쉬고 눈을 감은 채 할 수 있는 한, 그녀를 소중히 안았다.

몰래 그 광경을 지켜보고 있던 집사가 눈물을 훔쳤다.

태어났을 때부터 그를 지켜봐 왔던 그는 비록 고용된 입장이었으나 진실로 그를 대했다.

자신을 친할아버지처럼 따르는 최지훈이 성장하는 과정을 지켜보며 때론 안쓰러워하기도, 때론 자랑스레 여기기도 했다.

그리고 지금 비로소 오랫동안 키워온 사랑을 확인하니 기쁘기 그지없었다.

잠시 후.

최지훈과 차채은은 슬며시 손을 풀었다. 벅차올랐던 감정이 조금 진정되자 쑥스러움과 함께 민망해졌다.

괜히 가죽 시트에 실밥이 몇 개 있는지 세어본다든지 목이 마르지도 않으면서 물을 홀짝였다.

"게, 게임 계속할까?"

"어, 어."

두 사람은 부끄러움을 잊기 위해 멈췄던 게임을 다시 시작했다.

집중할 수 없었다.

게임은 하는 둥 마는 둥 하다가 슬쩍 시선을 옮겼고 그러다 눈이 마주치면 황급히 모니터를 보게 되었다.

“왜, 왜 자꾸 봐.”

“자기도 봤으면서.”

“오빠가 보니까 그렇지.”

“내가 언제?”

툭툭 던진 말과 쑥스러워하는 얼굴에 풋풋함이 묻어나왔다.

그 광경을 조심히 훔쳐보던 승무원과 집사는 그저 흐뭇할 뿐이었다.

인천 국제공항에 도착할 때까지 티격태격한 최지훈과 차채은은 한국에 도착한 뒤로도 어색하게나마 함께했다.

아침 일찍 최지훈의 집에서 만나 차를 마시고, 게임을 했다.

점심을 먹고 난 뒤에는 차를 몰고 서울을 벗어나 드라이브를 즐겼다.

한적한 곳에서 내려 주변 경치를 감상하면서 걸었다.

따스한 햇볕 아래 초목이 푸른 6월의 숲은 때때로 작은 바람이 불었다.

나뭇잎이 바람과 재잘댔고.

발을 내디딜 때마다 모래가 간지럽다며 웃었다.

두 사람은 대화를 나누는 사이마다 그 소리를 정겹게 즐겼다.

한시도 쉬지 않고 떠들던 전과는 달랐다.

서로의 마음을 확인한 뒤로는 대화 사이에 조금씩 간격이 생겼다.

싫지 않았다.

그저 그를, 그녀를 곁에 두고 걷는 것만으로도 기뻤다.

하고 싶은 말을 했고.

그러지 않을 땐 목소리가 아닌 눈으로, 냄새로, 촉감으로 그녀를, 그를 느꼈다.

나란히 걷는 두 사람의 손등이 스쳤다. 그럴 때마다 차채은의 가슴은 터질 것만 같았다.

이마에 땀이 송골송골 맺힐 즈음, 그녀의 부드러운 피부를 갈망한 최지훈이 손을 잡았다.

차채은은 입을 꾹 다물고 고개를 숙였다.

좋다. 이상했다.

어색했다. 기뻤다.

한동안 또 말없이 걷던 중 차채은이 입을 열었다.

"내일 진짜 괜찮아?"

대체 복무도 걱정되었지만 우선 코앞으로 다가온 군악대 선발시험에서 떨어져야 했다.

"응. 연습했어."

최지훈이 고개를 끄덕이며 장담하니 차채은이 놀라 고개를 돌렸다.

“그럼 어떡해. 못 쳐야 하잖아.”

“응. 틀리는 연습.”

“어?”

“틀리려고 해봤는데 잘 안 되더라구. 지금까지 정확하게 연주하려고만 했으니까.”

두 사람이 걸음을 멈췄다.

“그래서 틀리게 고친 악보로 연습했어. 이제 그게 진짜인 거 같아.”

“그게 뭐야.”

차채은이 웃었다.

군악병 피아노 부문의 과제는 베토벤 피아노 소나타 중 한 곡과 초견곡(악보를 처음 본 상태로 연습 없이 연주하는 곡) 하나였다.

후자의 경우 어쩔 수 없었지만 과제곡 하나는 미리 준비할 수 있었다.

베토벤 피아노 소나타의 경우 손에 익을 대로 익어 좀처럼 틀리게 연주하기 어려웠다.

달리 연주하려 해도 자꾸만 몸이 먼저 반응했다.

때문에 최지훈은 애초에 몇몇 부분을 어색하게 고쳤고, 그 악보로 다시금 손에 익혔다.

틀리기 위해 연습해야 한다니.

도대체 그전까지 얼마나 몸에 익혔기에 가능한 일인지 알 수 없었다.

'같은 곡도 악보별로 연습했을 정도니까.'

차채은은 다른 피아니스트가 조금 전 최지훈이 한 말을 들으면 크게 좌절하지 않을까 생각했다.

다시 걷기 시작했다.

"그럼 내일은 시험만 보는 거야?"

"성신 형이 차 마시자고 했어. 오후에는 끝날 것 같으니 잠깐 보고 오려고."

차채은은 고개를 끄덕일 뿐 말하지 않았다.

최지훈이 빙그레 웃으며 맞잡은 손을 크게 휘둘렀다. 그 나름대로 기쁜 마음을 표현한 행동이었지만 차채은은 주변에 누가 보고 있진 않은지 두리번거렸다.

아무도 없는 걸 확인하자 최지훈이 하는 대로 몸을 맡겼다.

"참. 아버지한테 자랑해도 돼?"

"뭘?"

"우리 사귀는 거."

차채은의 얼굴이 붉어졌다.

잠시 고민하더니 퉁명스레 말했다.

"……사귀자고 하지도 않았으면서."

최지훈은 서로의 마음을 확인한 것으로 충분했지만 차채은은 좀 더 확실하길 바랐다.

그의 미소와 온기, 다정한 말로도 충분히 사랑받고 있음을 알 수 있었지만 그를 향한 마음은 만족을 몰랐다.

타오르는 불꽃처럼 더 많은 것을 양분으로 삼고 싶어 했다.

좋아한다는 말을 듣고 싶었고.

더 많이 같이 있고 싶었고.

더 가까이 있고 싶었다.

메시지를 나눌 때 하트도 넣고 싶었고 같이 찍은 사진을 방에 놓고 싶기도 했다.

최지훈이 멈춰 섰다.

손을 놓지 않은 탓에 차채은이 반쯤 돌아섰고 눈을 마주했다.

"나 네 남자친구 하고 싶은데. 넌?"

차채은이 입을 꾸물거렸다. 바보처럼 웃을 것 같아 필사적으로 표정을 관리했다.

"글쎄?"

차채은이 손을 좌우로 움직였다.

그간 일을 생각하며 한 번 놀려줄 생각이었지만, 최지훈은 조금도 동요하지 않았다.

본인의 마음을 확신하듯.

그저 방실방실 웃을 뿐이었다.

괜히 심술이 났다.

"훈련소 다녀오면 생각해 볼게."

"싫어."

차채은이 도도한 척했지만 소용없었다. 최지훈이 손을 놓고 그녀를 뒤에서 안았다.

귓가에 그의 목소리가 깊고 아늑하게 울렸다.

"내 여자친구 돼 줄 거지?"

차채은의 완패였다.

그녀가 다죽어 가는 목소리로 패배를 시인했다.

"……응."

♪

군악병 선발시험 심사위원들은 병무청장과 장성급 인사, 국회의원들로부터 크게 압박받고 있었다.

심사위원들에게는 그들만으로도 충분히 압박이었지만, 그 뒤에 누가 있는지 쉽게 예상할 수 있는 탓에 걱정이 이만저만 아니었다.

최지훈의 경우 이름은 들었어도 잘 모르는 사람도 있는 반면.

그의 부친 최우철을 모르는 사람은 없었다.

한때 WH전자와 어깨를 나란히 했던 EI전자에 사원으로 입사.

배경도 자본도 없이 재직 19년 만에 사장직에 오른 최우철은 현재 영국과 유럽 시장을 장악한 거물 중의 거물이었다.

최우철이 어떻게 그 자리에 올랐는지, 무슨 짓을 했는지 아는 사람은 없었다.

그러나 그를 아는 사람 모두 최우철을 위험한 사람으로 여기고 두려워했다.

심사위원 중 한 사람이 불만을 토로했다.

"굳이 이걸 공개해야 합니까? 대체 왜요?"

"쓰읍. 거, 말조심하게. 다 생각이 있으시겠지."

"제가 뭐 다른 마음 먹고 말씀드립니까? 비공개로 하면 쉽게 떨어뜨릴 수 있잖습니까. 공개했다가 더 난리 나요. 최지훈 피아노 잘 치는 거 어느 누가 모른다고. 안 그래요?"

"그리하라고 하시는데 뭐 어쩔 거야. 자네도 말씀 못 드리니까 여기 와 있는 거 아니야."

불만을 꺼냈던 심사위원의 말문이 막혔다.

그의 말대로 위에 건의하기 두려웠기에 그저 답답한 심정이나 풀고자 꺼낸 이야기였다.

"그쪽도 생각이 있으면 적당히 하겠지. 불평할 시간 있으면 그럴싸한 이유나 생각해 둬."

심사위원들이 다들 공감했다.

내부에서는 이미 최지훈의 탈락을 정해두었지만 적어도 외부에 그렇게 비쳐서는 안 되었다.

그들은 그저 최지훈이 의심받지 않을 정도로 적당히 연주해 주길 바랐다.

그런 뒤에 애석함을 내비치며 그럴듯한 이유로 탈락시킬 생각이었다.

분명 그리 생각했는데.

모든 일이 틀어지고 말았다.

♪

"최지훈 씨, 첫 순서예요."

"네."

안내를 받아 발을 옮겼다.

낡은 체육관에서 연주하는 건 처음인데 울림이 어떨지 모르겠다. 소리가 반사되는 게 심해서 음량을 적당히 조절해야 할 것 같다.

'아, 이러면 안 되지.'

오늘은 잘하는 거 금지.

이런 생각을 하게 될 줄은 몰라서 나도 모르게 웃고 말았다.

단상에 서자 가장 앞에 심사 보시는 분들이 앉아 계시고 그 뒤에 참가자들과 그 가족들이 함께 있다.

'콩쿠르랑 똑같네.'

장소가 생소할 뿐.

다들 진지한 표정이라 콩쿠르에 참가하고 다닐 때가 생각났다.
지금도 그때도 너무나 즐거웠다.
오늘은 그런 시간을 위해서라도 못 쳐야 한다.
"안녕하세요. 최지훈입니다."
심사위원분들께 인사하자 한 분이 마이크를 잡으셨다.
"베토벤 소나타 1번?"
"네."
"……들어보죠."
왜 선택했는지, 어떻게 해석했는지 이것저것 물어보실 줄 알았는데 바로 연주하는 모양이다.
질문을 예상해 보고 답변을 준비했는데 아쉽다.
오늘은 베토벤 피아노 소나타 1번 F단조. 조금 틀린 것.
이 상황이 조금 재밌어서 자꾸만 웃게 된다.
'나비 말고 다른 피아노 연주하는 건 오랜만이네.'
나비를 데려올 걸 그랬다.
"흐음."
숨을 깊게 들이마시고 천천히 내뱉어 가슴을 다독이곤.
건반을 눌렀다.
지붕을 타고 떨어지는 빗방울.
책상 앞에서 악보와 씨름하던 베토벤이 문득 고개를 들었다.
창문을 두드리는 불규칙한 소리가 마치 누군가의 눈물처럼,

하소연처럼 울렸다.

'얘는 좀 지친 것 같아.'

피아노 소리가 탁하다.

조율은 되어 있지만, 소리가 미세하게 흩어지는 것이 오랜 시간 무리하게 다뤄진 것 같다.

조금 더 상냥하게 다뤄야지.

손가락 끝에 힘을 주지만 손목과 팔꿈치는 풀었다.

소리가 명확하게 나되 다치지 않도록.

이제, 괜찮은 것 같다.

오늘 처음 만난 피아노가 제법 베토벤의 이야기를 잘 들어주었다.

옷이 맞지 않아 불편하면 어쩌나 싶었는데, 핀을 꽂는 정도로 충분히 멋진 태를 낸다.

'베토벤은.'

피아노 소나타 1번을 스승 하이든에게 헌정했다.

아이러니하게도 그는 아버지를 여읜 뒤에야 비로소 빈에서의 음악 생활을 할 수 있었고.

당대 최고의 대가였던 요제프 하이든에게 음악을 배울 수 있었다.

도빈이 말로는 두 사람이 그렇게 친하지는 않았던 모양이다.

하이든은 베토벤이 만든 악보를 보려고 하지 않았다고 한다.

그것에 불만을 가진 베토벤이 숙제를 똑같은 악보로 제출하니, 하이든이 크게 화를 냈다고.

생각해 보면 인정받고 싶었던 제자와 너무나 아끼면서도 티 내고 싶지 않았던 스승 같다.

도빈이는 하이든을 탓했지만 내가 보기엔 두 사람 모두 귀여운 구석이 있다.

그렇게 티격태격하던 중.

베토벤이 스승에게 헌정한 곡이 바로 이 1번 소나타.

그의 삶을 모두 알 순 없어도.

이 곡만으로도 당시의 그가 얼마나 슬퍼했는지, 실의에 빠져 있는지 알 수 있다.

피아노와 침대, 책상뿐인 방에서 악보를 고치길 반복했던 그에게 빗소리가 어떻게 들렸는지 전해주는 곡이다.

그에게 빗소리는 이렇게나 처량하고 안타깝다.

1악장의 알레그로(allegro: 빠르고 경쾌한).

이렇게 가슴 아픈 멜로디를 빠르고 경쾌하게 연주하라니.

그만큼 그가 힘들었다거나.

어쩌면 그 슬픔을 벗어나고 싶은 마음이었는지도 모르겠다.

♪

최지훈은 흡족하게 연주를 마쳤다.

너무 완벽하게 연주하면 탈락할 수 없고, 혹시나 떨어져도 참가자들이 이상하게 여길 터였다.

반면 너무 못하면 되레 의심받을 것 같았다.

그래서 네 개 악장에서 하나씩 엉뚱한 음표를 넣어두었다.

연주하면서도 거슬렸지만 그래도 나름 타협점을 잘 찾은 것 같았다.

병무청에서 제시한 초견곡도 적당히 어설프게 연주한 것 같았다.

그런데.

연주를 마친 최지훈은 당황하지 않을 수 없었다.

'어?'

참가자 대기석에 앉아 있던 이들과 그 가족들이 박수를 보냈다.

클래식 음악은 공연자를 존중하는 문화가 있기에 어느 정도의 호응은 당연하지만 몇몇은 눈물을 훔치기도, 참가자로 보이는 몇몇은 좌절한 듯 고개를 숙이기도 했다.

깊이 감동한 그들의 진심 어린 박수가 최지훈을 당황하게 했다.

아니나 다를까.

심사위원들도 마찬가지였다.

'차라리 합격시키라고 했으면 안 보고도 해줄 텐데.'

'쯥. 욕깨나 먹게 생겼어.'

'생각 있으면 못 칠 거라며.'

'이런 연주를 어떻게 떨어뜨리라는 건지. 거참.'

'장군님 지시만 아니었으면 꼭 들이고 싶은데.'

심사를 맡은 군악대 지휘자, 관악 지도자, 선별되어 지원 나온 대학교수들은 최지훈이 의도한 엉뚱한 음표를 크게 생각지 않았다.

복귀 이후 단 한 번의 실수도 스스로 용납하지 않았던 최지훈에게는 큰일이었지만.

본디 실연에서 타건 미스는 으레 있는 일이고 공연의 일부로 취급되었다.

다만 뛰어난 연주자는 실수를 저질렀을 때 그것을 자연스레 승화시켰다.

생각지 않은 곳에서 몇 번의 오류가 있었지만, 최지훈의 연주는 그 작은 실수로는 덮을 수 없이 훌륭했다.

시험 장소를 고려해 소리가 겹쳐 울리지 않도록 했으며, 피아노 상태를 따져 음을 단단하게 잡았다.

그뿐이랴.

눈을 감고 있으면 소나기 내리는 날 창가에 앉아 깃펜을 놀리던 악성이 떠올랐다.

창가에 떨어진 소리가.

땅에 닿아 부서진 빗방울이 그가 속으로 흘린 눈물처럼 들렸다.

피아노 특기병을 지원한 사람 모두 같은 생각이었다.

최지훈이 나섰단 소식을 들었을 때와 조금도 달라지지 않았다.

'일단 한 자리는 비워두고.'

'잘하긴 진짜 잘한다.'

'최지훈이 미스를 냈으면 컨디션이 안 좋다는 건데, 그런데도…….'

최지훈은 퀸 엘리자베스 국제 피아노 콩쿠르에서 중도 하차한 뒤로 재활에 힘썼다.

1년 넘게 공백을 가지고 돌아온 그는 스승 크리스틴 지메르만의 이름을 계승하듯 완전무결한 연주를 해냈다.

그 많은 공연을 하면서 단 한 번의 실수도 없었다.

피아니스트 사이에서는 가우왕이나 최지훈이나 괴물이긴 마찬가지였다.

그 누구도 가우왕, 막심 에바로트, 배도빈, 엘리자베타 툭타미셰바와 함께 현세대 최고의 피아니스트 다섯 명 안에 꼽히는 최지훈을 경쟁 상대로 생각하지 않았다.

그런 그가 몇 번 미스를 냈으니, 참가자들 대부분은 바쁜 일정 중에 무리하게 참가한 탓으로 여길 뿐이었다.

'이러면 안 되는데?'

탈락 이유를 찾을 수 없어 낙심한 심사위원.

처음부터 그를 경쟁 상대로 여기지 않아 감격한 응시자들.

그런 그들을 바라보는 최지훈의 동공이 크게 흔들렸다.

그날 저녁.

심사를 마친 위원들의 고민은 깊어졌다.

응시자 모두 학부생 또는 이미 프로 피아니스트로 활동 중이었기에 결코 기량이 떨어지지 않았다.

되레 반드시 군악대에 들어가겠단 일념으로 평소 기량 이상을 뽐낸 사람도 있었다.

그러나 최지훈에 비할 바는 아니었다.

그를 탈락시킬 이유를 만들어 보려고 머리를 모았으나 마땅한 답이 나오지 않았다.

최고 점수와 최하 점수를 제외한 나머지 점수의 평균 점수로 순위를 매겼기에 한 사람이 독박을 쓰는 방법도 할 수 없었다.

그렇다고 최지훈의 연주를 폄훼하자니 군악대 지휘자와 교수들은 그들의 명예 때문에 꺼려졌다.

방법은 하나뿐.

한 사람이 입을 열었다.

"돌립시다."

"예?"

"다 최고점 줘버려요. 모두 기준선 이상의 기량을 보여줬다고. 그래서 빵빵이 돌리면 그나마 덜 욕먹을 거 아닙니까."

"그게 무슨."

다들 그의 제안이 말이 안 된다고 생각했다.

분명 정해진 인원이 있었고 최고 득점자부터 선발하는 것이 원칙이고 관례였다.

더군다나 모든 응시자에게 최고점을 주는 건 심사위원들의 자질에 문제가 있음을 보이는 일이었다.

"다는 좀 그렇고. 7명 뽑으니까 딱 10명만 최고점 줍시다. 탈락할 3명 중에 최지훈을 넣고."

고민은 깊었으나 반론은 없었다.

그보다 나은 방법이 없었다.

"그렇게 합시다."

심사위원단이 추첨 조작을 계획하기 시작했다.

♪

선발 시험 결과 발표일.

일주일간 불안에 떨던 최지훈이 차채은과 함께 병무청 홈페이지를 확인했다.

잔뜩 긴장한 채 마우스를 누르자 최지훈이 받은 점수가 떠올랐다.

그의 눈이 튀어나올 듯 커졌다.

"어?"

차채은이 모니터를 잡고 얼굴을 가까이 댔다.

눈을 비비고 봐도 모든 심사위원에게서 만점을 받았단 사실은 달라지지 않았다.

"왜 만점이야?"

차채은이 소리쳤다.

틀리게 고친 악보로 연습까지 했다던 남자친구가 현역으로 입대하게 생겼으니 마른하늘에 날벼락이라도 맞은 듯했다.

"틀렸다며. 어떻게 된 거야? 어?"

최지훈이 천천히 고개를 돌렸다.

입꼬리가 한껏 내려간 그의 얼굴은 당장에라도 울 것 같았다.

"틀렸단 말이야."

"그럼 왜 점수가 이런데? 대체 어떻게 한 거야? 제대로 틀렸어?"

"응. 네 군데나."

"네 군데?"

"응. 악장마다 음 하나씩 다르게 넣었단 말이야."

차채은이 기가 막혀 자리에 털썩 주저앉았다.

"이상하다."

최지훈이 페이지 새로고침 버튼을 반복해 눌렀다.

"프로도 그보단 많이 틀리겠다! 어떡할 거야! 군대 가면 힘들다잖아! 막 훈련하고 그런다잖아!"

차채은이 바둥바둥 댔다.

최지훈을 못 보는 것도 싫었고 그가 고생하는 것도 싫었고 이 피아노 바보가 기껏 음표 네 개만 틀릴 줄은 상상도 못 한 자신이 싫었다.

"지금 웃을 때야?"

차채은이 금세 웃는 얼굴로 돌아본 최지훈에게 역정을 냈다.

"봐봐."

최지훈이 손으로 모니터 한쪽을 가리켰다.

[군악병 입대 선발 시험 관련 공지]

피아노병 선발 시험에 응시한 장병 여러분, 수고하셨습니다.

국군은 7월 6일 입대하는 장병 중 육군 5명, 해군 1명, 공군 1명 총 7명을 피아노 특기병으로 선발하고자 지원 인원을 모집, 6월 10일에 선발 시험을 치렀습니다.

응시자 47명이 보여준 뜨거운 열정에 심사단은 숙고하였으나 기준에 훌륭히 부합한 상위 10명의 응시자 중 우열을 가릴 수는 없었습니다.

10명 중 7명을 추첨하오니 익일 오전 중으로 발표될 합격자 명단을 확인해 주시기 바랍니다.

차채은이 공지문을 보곤 눈썹을 좁혔다.

"만점 받은 사람이 10명이나 되는 거야?"

"그런가 봐. 아, 동점인 사람이 있어서 그럴 수도 있겠다."

"그러네. ……아니지. 그럼 오빠는 합격해야 하는 거 아니야? 만점이면 동점이라도 1등이잖아. 추첨하더라도 마지막 자리만 두고 해야 하지 않아?"

상황을 보면 상위 10명이 점수가 같아야만 했다.

"추첨도 이상한데. 왜 굳이 추첨으로 하지? 동점이 나오는 게 더 이상한데."

"다들 잘하긴 하더라. 기준이 생각보다 낮은가 봐."

입장상 어떻게든 좋게 생각하려는 최지훈이었다. 차채은도 마찬가지라 이내 의심을 접었다.

반면 응시자 사이에서는 말이 나오고야 말았다.

10명의 점수가 같은지, 어떻게 같을 수 있는지 항의성 질문이 병무청으로 쇄도했다.

그러나 누구도 최지훈에게 비리가 있다고는 생각하지 못했다.

그가 만약 비루한 실력의 피아니스트였다면 이러한 방식을 이용할 수 있다고 의심했겠지만, 6월 10일 시험장에 있었던 모든 응시자가 그의 연주를 들었던 탓에 조금도 의심하지 못했다.

그렇게 실체 없는 의심은 금방 시들해졌고.

최지훈이 떨어진 것이 확정되면서 추첨에서 떨어진 두 사람도 권력자의 아들 최지훈도 떨어질 정도로 공정했다며 스스로 위로했고.

모든 참가자는 그들이 본래 받은 점수로 합격 여부가 정해진 사실을 알 수 없었다.

"만세!"

"만세!"

이틀간 추첨에서 떨어지게 해달라고 빌고 또 빌었던 어린 커플은 두 손을 번쩍 들고 기뻐했다.

♪

한국에 잠시 방문한 최우철은 만나자마자 군악병 선발 시험을 준비하고 결과가 나오기까지 얼마나 긴장되었는지 역설하는 아들을 흐뭇하게 바라보았다.

"정말 운이 좋았어요. 하마터면 큰일 날 뻔했다니까요?"

"그렇구나."

"정말이에요. 다른 참가자들이 잘해줘서 정말, 정말 다행이에요."

최우철이 웃음을 흘렸다.

때마침 틀어둔 TV에서 뉴스가 전해졌다.

-한편, 얼마 전 화두에 올랐던 배도빈 베를린 필하모닉 악단

주, 최지훈 피아니스트와 관련하여 대체 복무 제도에 개선이 필요하다는 목소리가 높아지고 있습니다.

본인 이야기가 나오자 최지훈이 TV 화면에 시선을 두었다.

-한 인권 단체는 과거 바른청년단이 군에 입대해야 했던 일이 반복되어서는 안 된다는 견해를 내놓고 있습니다.

뉴스 보도에 집중한 최지훈이 젓가락질도 멈추었다.

-또 한국 클래식 음악 협회에서는 과거 손흥진 선수가 기초 군사 훈련을 이수하고 팀 활동을 받을 수 있었다는 점을 예로 들며, 최지훈 피아니스트가 베를린 필하모닉에서 활동할 수 있게 조처해 달라고 진정을 넣었습니다.

최지훈이 다시 손을 움직이기 시작했다.

"고마우신 분들이네요."

"그러게나 말이다."

최우철이 씩 웃으며 수저를 들었다.

-일각에서는 최지훈 씨의 대체 복무 지역을 결정하는 것은 병무청장의 권한이며, 반드시 한국 내에서 복무해야 할 법적 근거가 미비하단 주장을 이어나가고 있습니다.

최우철이 덤덤하게 이야기를 꺼냈다.

"이제 걱정은 접어두고 돌아갈 생각만 해. 대체 복무 이야기 해 두었으니까."

"네?"

"이 아빠가 아들 가만히 내버려 둘 줄 알았느냐. 훈련소 4주만 참아라. 무리하지 말고."

"아버지!"

최지훈이 벌떡 일어나 최우철을 껴안았다. 다 큰 아들이 와락 안자 그의 기분이 썩 좋아졌다.

잔뜩 신난 최지훈이 스마트폰을 펼쳐 배도빈과 차채은에게 메시지를 보냈다.

"그렇게 좋으냐?"

"네! 계속 같이 있을 수 있잖아요. 팬들도 계속 볼 테고."

최우철이 고개를 주억거리며 식사를 이어나갔다.

비록 아직 순진하고 어설픈 구석이 있지만 적어도 자기가 좋아하는 분야에서 꾸준히 노력해 나가는 아들이 자랑스러웠다.

최지훈도 다시 숟가락을 들었다가 아버지의 기분이 좋은 걸 확인하곤 입을 뗐다.

"저도 좋은 소식 하나 있는데요."

최우철이 말해보라는 뜻으로 눈을 껌뻑이자 최지훈이 쑥스러워했다.

"채은이랑 사귀어요."

"그래?"

최우철이 덤덤하게 되물었다.

축하받을 것으로 생각했던 최지훈은 예상과 다른 반응에

다소 실망했다.

“날짜를 잡아야 하겠구나.”

“무슨 날짜요?”

최지훈이 시무룩하게 국을 뜨며 물었다.

“상견례는 해야 하지 않겠니. 차승현이 번호가 어디 있더라.”

“큽!”

최지훈이 잽싸게 손으로 입을 막아 식탁을 지켰다. 물을 마셔 사레들린 목을 달래고 소리쳤다.

“무슨 말씀 하시는 거예요!”

♪

[The B, 또다시 전율의 무대]

[콘세르트허바우에서 노래하는 블러드 와인]

[배도빈, 전설을 넘어서]

6월 28일, 베를린 필하모닉의 배도빈, 나윤희가 로얄 콘세르트허바우 오케스트라와 합동 공연을 펼쳤다.

2천만 명의 시청자를 기록한 이 음악회는 뛰어난 퍼포먼스로 팬들을 즐겁게 했다.

배도빈은 베토벤 교향곡 9번 D단조(합창) 1악장을 피아노곡으로 편곡해 연주하였다.

뒤이어 바이올리니스트 나윤희가 불새를 연주할 때는 피아노로 반주를 맡으며 사랑을 과시하기도 했다.

지휘자 마리 얀스는 그가 피아노의 모든 가능성을 끄집어낸 듯하다며 칭찬을 아끼지 않았다.

한편 나윤희는 불새를 연주해 객석을 흥분의 도가니로 몰았다가 뒤이어 잠자는 숲속의 공주를 연주함으로써 관객들을 또다시 재우고 말아, 그 명성을 이어나갔다.

로얄 콘세르트허바우의 악장이자 정상급 바이올리니스트 리비우 프루나루는 나윤희의 불새가 더욱 과감해져 폐부를 관통당한 듯하다고 소감을 남겼다.

한편 지난달 체코 필하모닉 오케스트라와 함께했던 배도빈, 나윤희는 다음 달 대한민국의 대한국립교향악단과 함께할 예정이다.

-이시하라 린(아사히 신문)

[마리 얀스 지휘 중 벨소리 울려]

배도빈과 나윤희가 연주자로 참여, 마리 얀스가 지휘한 6월 28일 공연에서 전화가 울리는 일이 있었다.

사랑하는 사람의 전화를 기다리는 설렘을 표현한 발랄한 프랑스풍 폴카, 에두아르두 스트라우스의 전화(Op.165)가 연주되던 중이었다.

전화 소리가 나자 순간 연주가 멈추었고 관객들은 당황했다.

이내 오케스트라는 연주를 다시 시작했지만 또다시 벨이 울리며 객석에서는 작은 동요가 있었다.

이 곡을 마친 뒤 지휘자 마리 얀스는 그것이 의도된 상황이었으며 오늘 사랑하는 사람에게 전화를 건네보는 것이 어떻겠냐고 제안했다.

이 색다른 시도에 공연을 관람한 관객들은 즐거운 경험이었단 글을 커뮤니티 사이트에 올리기도 했다.

한편 베를린 필하모닉 악단주 배도빈은 관객과 소통하고 그들을 즐겁게 해주는 것이 마리 얀스와 로얄 콘세르트허바우 오케스트라가 사랑받는 이유라는 호평을 남겼다.

[링크]배도빈 인터뷰 보러 가기

-한스 레넌(그래모폰)

[공연장에서 만난 반가운 얼굴, 니나 케베리히]

[니나 케베리히, "그의 피아노는 언제나 영감을 불어넣어 준다."]

[가우왕, 예나왕 부부 화려한 패션 뽐내]

[워스트 드레서 가우왕, 결혼 후 달라져]

[가우왕, "배도빈의 음악성은 그 어떤 테크닉보다 앞선다."]

[가우왕, "내 옷이 뭐가 어때서."]

[나윤희, "암스테르담의 퍼포먼스가 인상적. 많이 배웠다."]

[격돌! 시카고와 로스앤젤레스]

-07.01.2028

오늘 오후 2시, 시카고 심포니 오케스트라와 로스앤젤레스 필하모닉이 합동 공연을 하기로 발표했다.

배도빈과 체코, 암스테르담의 협연이 큰 호응을 끌면서 이에 대한 대응책으로 풀이된다.

시카고 심포니 오케스트라는 아리엘 얀스 감독과 엘리자베타 툭타미셰바를 위시한 LA 필하모닉을 상대로 북미 최고의 스타 니나 케베리히를 영입했다.

이들의 공연은 8월 20일부터 3일간 관람할 수 있다.

배도빈, 니나 케베리히, 엘리자베타 툭타미셰바가 왕성히 활동하는 한편 최지훈의 공백은 아쉬움을 사고 있다.

4주 군사 훈련을 받은 뒤 활동을 정상적으로 재개할 수 있다고 알려진 최지훈은 7월 20일 훈련소 입소를 앞두고 있다.

-사라 제인(리스텀)

♪

7월 10일.

암스테르담에서의 활동을 성공적으로 마친 배도빈과 나윤희가 대한민국으로 향했다.

둘은 배도빈이 첫 정규 앨범 'Dobean Bae: 피아노와 바이올린을 위한 모음곡'의 수익으로 구매했던 예전 집에서 하루를 묶고 인사차 유장혁 회장을 찾았다.

손자가 예비 손자며느리를 데려왔단 소식에 유장혁이 버선발로 마중 나왔다.

"아가!"

유장혁의 우렁찬 부름에 나윤희가 깜짝 놀라 고개를 푹 숙였다.

"안녕하세요!"

나윤희는 유장혁의 우람한 신체에 당황하지 않을 수 없었다.

초면은 아니었으나 90세가 넘은 나이를 고려하지 않을 수 없었거늘.

유장혁 회장의 탄탄한 근육은 삼베옷이 터질 듯 불끈거렸다.

"갑자기 찾아 봬서 죄송합니다."

"아니다. 이제 가족인데 무얼 신경 쓰느냐. 어서. 어서 들어가자."

"이, 이거 몸에 좋다고 해서……."

나윤희가 조심스레 종이봉투를 들었다.

어떻게 해서든 그의 환심을 사고 싶은 사람이 산을 이뤘지만, 유장혁은 마음의 빚을 지지 않기 위해 모든 선물을 일절 거절해 왔었다.

그러나 눈에 넣어도 아프지 않을 장손의 배우자가 될 아이만큼은 예외였다.

"그래, 내 손자며느리가 주는 거니 받으마. 고맙다."

배도빈은 최대한 예의 바르게 보이기 위해 노력하는 연인과 입이 귀에 걸린 외할아버지를 만족스럽게 지켜보았다.

"잘 지내셨죠?"

"그래. 이 기특한 녀석아. 숙맥인 줄 알았더니 할 때는 하는구나."

유장혁이 배도빈의 엉덩이를 툭툭 다독였다. 워낙 힘이 좋은지라 배도빈이 앞으로 밀려 나왔다.

"잘했다. 참 잘했어."

배도빈이 헛웃음 지으며 물었다.

"대교향곡 만들었을 때도 이렇게 좋아하진 않았잖아요."

"암. 저 아이 데려온 게 네가 한 일 중에 제일 기특하지."

배도빈은 황당하기도 하고 또 그렇게 좋은가 싶어 웃었다.

"그래, 식은 언제 올릴 테냐."

"아직 안 정했어요."

"그럼 쓰나. 서둘러야지."

"준비할 것도 있고 해야 하는 일도 있으니까요."

"그보다 중한 게 어디 있다고!"

유장혁이 버럭 소리 질렀다.

"이 할애비가 천년만년 사는 것도 아니고 죽기 전에 증손주는 봐야 할 거 아니냐."

배도빈이 유장혁의 팔뚝을 지그시 바라보았다.

돌덩어리도 이렇게 단단하진 않을 것 같았다.

손자의 시선을 따라 자신의 팔뚝을 확인한 유장혁이 괜히 엄살을 부렸다.

"이거 다 쓸데없다. 늙으면 아무리 관리해도 고장이 나요. 봐라. 허리가 예전 같지가 않잖느냐."

"누가 할아버질 92살로 봐요. 60대라 해도 못 믿겠구만."

쌀쌀맞은 손자에게 동정받기 어렵다고 판단한 유장혁이 예비 손자며느리를 압박했다.

"아가, 하고 싶은 거 있으면 이 할아버지한테 다 말하거라. 뭐든 괜찮으니 더도 말고 덜도 말고 딱 아들 하나, 딸 하나만 낳자꾸나."

"할아버지!"

어쩔 줄 몰라 하는 나윤희를 대신해 배도빈 나섰다.

"알았다. 알았어. 고놈 목청 한번 크네."

가족들이 집 안으로 들어가려 하자 비서가 유장혁 곁으로 다가갔다. 나윤희가 전한 선물을 대신 들려고 하니 유장혁이 손을 들어 보이곤 굳이 본인이 챙겼다.

나윤희는 유장혁 회장의 자택에 어리둥절했다.

영화에서처럼 광활한 정원을 보유한 대저택은 아니었으나 처음 보는 것들로 가득했다.

깔끔하게 정돈된 내부에서는 알 수 없는 고풍스러운 분위기가 났다.

정말 이곳에 있어도 되는지 부담스러웠지만, 그를 향한 마음이 굳건한 만큼 적응해야 한다고 생각했다.

다만 실수하지 말자고 스스로 경계할 뿐이었다.

다행히 상차림은 평범하게 좋았다.

여러 음식이 정성스레 준비되었지만 적어도 그녀가 모르는 음식은 없었다.

“감사히 먹겠습니다.”

“어서 들어라. 배고프지?”

한편 유장혁은 나윤희가 입에 음식을 넣는 것만 봐도 흐뭇했다.

배도빈이 입을 열었다.

“해운 사업 확장할까 싶어요.”

“음. 어떻게 말이냐.”

베를린 필하모닉은 온전히 배도빈의 소유라 그가 바라는 대로 운영하고 있었지만.

WH 해운의 경우는 조금 달랐다.

WH 해운의 지분은 WH 생명이 11%, 국민연금 공단이 10.7%를 차지하고 있었고 배도빈이 5.7%를 보유하고 있었다.

최대 주주였으나 해운 사업에 지식이 충분치 못한 탓에 사업 전반은 전문 경영인을 두고 있었다.

실질적으로 WH 해운은 가장 많은 지분을 차지하고 있는 WH 생명 소유자 유장혁의 지시를 받아, 전문 경영인이 꾸려 나가고 있었다.

"크루즈를 우리 악단만 운영하니까 기껏해야 적자 안 보기에 급급하잖아요. 요새 크루즈 여행 다니는 사람도 적고."

"흠."

배도빈의 말대로 해운 산업 자체가 오랜 침체기를 겪고 있었다.

WH 해운의 실적이 매해 감소하는데 마땅한 타개책이 없는 것이 사실이었다.

"이번에 암스테르담에 갔더니 거기에서 묻더라고요. 크루즈 운용하는 데 어떤 어려움이 있냐고."

"관심이 있구나."

"네. 그 자리에서 이야기했어요. 크루즈 구입하기 부담스러우면 임대해 주겠다고. 암스테르담 말고도 원하는 곳이 있을 테니 그런 곳에 임대하면 좋을 것 같아요."

배도빈의 말대로 정박해 둔 크루즈를 임대 형식으로나마 가동할 수 있다면 적자 폭이 확실히 줄어들 수 있었다.

"그래. 나쁘지 않겠구나."

유장혁이 손자를 기특히 여기며 국을 떴다.

“그러고 보니 아가 연주가 참으로 듣기 좋더구나. 덕분에 잘 자고 있다.”

유장혁이 수면제 기능의 4할을 보이면서도 그 어떤 부작용도 없는 잠자는 숲속의 공주를 칭찬하자 나윤희가 웃으며 고개를 숙였다.

“감사합니다.”

나윤희는 예의를 지키면서도 최대한 자연스럽게 행동하려 했지만 어색하지 않을 수 없었다.

그러나 유장혁은 그 모습마저 풋풋하고 순진하게 여겼다.

‘적어도 남 해하며 살 아이는 아니야. 저 꽉 막힌 녀석이 좋아하기도 하고.’

“괜찮으니 편히 먹고. 더 먹어라.”

“네. 이거 너무 맛있어요.”

“생선 좋아하니?”

“네. 저…….”

“할아버지라고 해라.”

“아.”

“어서.”

“하, 할아버지는 어떤 거 좋아하세요?”

대화가 자연스럽게 이어지진 못했다. 서로 아는 바가 많이 없으니 묻고 답하고, 그 이상 대화가 진전되질 않으니 자꾸 새로운 주제를 찾게 되었다.

그것만으로도 즐거웠다.

식사를 마친 세 사람이 서재에서 차를 마시며 좀 더 친근해진 분위기로 대화를 이어나갔다.

"그래. 내일 지훈이랑 채은이 만난다고?"

유장혁이 최우철과 차승현을 떠올리며 물었다.

"네. 훈련소 들어가기 전에 한번 보려고요. 아, 둘이 사귄대요."

배도빈이 툭 하고 던진 말에 유장혁이 눈을 휘둥그레 떴다.

"그 두 녀석이 말이냐?"

"네."

"허. 최우철이 그놈 소원 하나 이뤘구나."

"네?"

배도빈이 의아해하며 물었다.

곁에 앉은 나윤희도 상황을 이해하지 못하는 건 마찬가지였다.

최우철이 EI전자의 정권을 틀어쥐는 데 결정적인 역할을 했던 차승현을 영입하기 위해 재계 전체가 움직였던 건 그들만이 아는 일이었다.

그중 유장혁과 최우철도 마찬가지였다.

'설마 차승현이 때문에 결혼시키는 건 아니겠지.'

최우철의 음흉한 모습만 알고, 아들을 끔찍이 여기는 아버지 최우철은 모르는 유장혁으로서는 그가 또 뭔가 꾸미고 있는 건 아닌지 신경 쓰였다.

“아니다. 신경 쓰지 마라. 참, 도진이 그 녀석은 왜 요즘 전화를 안 하더냐.”

“제 눈 고쳐준다고 공부하고 있어요.”

“그거 기특하구나. 그래도 할애비가 적적하니 전화 좀 자주 하라 해.”

“그럴게요.”

배도빈이 덤덤히 대답했다.

유장혁은 고개를 돌려 나윤희를 안심시켰다.

“아가는 아무 부담 말고 몸 건강하기만 해라. 이 녀석이 속상하게 하면 말하고. 아주 혼구녕을 내줄 테니.”

“네. 전화 자주 드릴게요.”

나윤희가 웃으며 냉큼 대답했다.

♪

다음날.

아침 일찍 식사한 배도빈과 나윤희가 밖으로 나섰다.

“어디 들르려고?”

나윤희가 차에 오르고 물었다.

최지훈, 차채은과 만나기로 한 시간은 오후 1시.

일찍 가서 기다린다고 하기엔 8시도 안 된 이른 시간이었다.

"장인, 장모님께 인사드리려고."

"아."

배도빈이 예전 나윤희에게 들었던 봉안당 이름을 기억해 내비게이션에 입력했다.

차가 천천히 주행하기 시작했고 나윤희는 손가락을 꼼지락댔다.

"일부러 안 그래도 되는데."

"하나밖에 없는 딸 시집보내시는데 얼마나 걱정하시겠어. 가서 인사드리고 허락도 받아야지."

배도빈이 다정히 말했다.

나윤희가 작게 미소 지었다.

봉안당에 도착하기까지 두 사람은 여러 이야기를 나눴다.

두 달을 꼬박 함께 있었지만 무엇을 함께할지 대화하다 보면 시간 가는 줄 몰랐다.

나윤희가 차명운이 제안한 아이들을 위한 음악회를 언급했다.

"대한국향도 아이들 신경 많이 쓰나 봐. 동요랑 만화 주제가 하자고 하시는 거 보면."

"시장을 확보해야 하니까."

국립 오케스트라 대한 교향악단은 재단법인을 설립하면서 재정적 자립을 위해 부단히 애써왔다.

나라에서 보조해 주고 여러 단체에서 후원을 받았지만 그 탓에 그들이 바라는 형태로 운영하기 어려웠다.

차명운과 대한국립교향악단은 같은 돈을 얻더라도 온전히 그들이 하고 싶은 음악으로 자유롭게 활동하고 싶었다.

그러기 위해서라도 고객층을 넓혀야만 했고, 베를린 필하모닉의 웃고 떠드는 밴드를 벤치마킹하여 어린 팬을 유치하고 있었다.

"응. 근데 선정 곡 보면 부모들이 더 좋아할 것 같아."

차명운과 대한국립교향악단이 제안한 곡은 지금 아이들이 알고 있는 만화영화가 아니었다.

현재 어린아이를 둔 80년대, 90년대생이 어렸을 적 즐겼던 것들이었다.

나윤희가 후보곡을 떠올렸다.

"달빛 천사 정말 재밌었는데."

<달빛 천사>, <캐릭캐릭 체인지>, <작은 눈의 요정 슈가>, <다! 다! 다!>, <미소의 세상>, <세일러문>, <빨간 망토 차차>, <프리큐어>, <리리카 SOS> 등등 모두 친구가 없었던 그녀에겐 소중한 추억이었다.

단지 배도빈이 모를 뿐이었다.

그가 눈썹을 좁히자 나윤희가 깜짝 놀라 물었다.

"달빛 천사 몰라?"

배도빈이 고개를 저었다.

배도빈이 아는 만화영화는 어렸을 적 한때 영혼을 빼앗겼던 안경 펭귄과 배영빈이 보던 매니악한 부류뿐이었다.

그나마 가장 대중적인 것이 가랜드 시리즈였다.

"말도 안 돼. 그 명작을 어떻게 안 볼 수 있어?"

배도빈은 달빛 천사 이야기를 시작한 나윤희를 보며 피식 웃었다.

그녀가 음악 외에 이렇게까지 열정을 보인 적은 처음이라 조금도 관심 없는 이야기에 귀 기울였다.

흥분했던 그녀가 결국 마음을 먹었다.

"안 되겠어. 돌아가면 달래하고 얘기해서 공연할 거야."

"걔가 알까?"

배도빈은 자신보다 한 살 많은 진달래가 90년대에 방영했던 애니메이션을 알 수 없다고 생각했다.

"그럼. 모를 수가 없어."

나윤희가 스마트폰을 꺼내 진달래에게 메시지를 보냈다.

베를린은 새벽 1시 정도로 밤이 깊었지만, 평소 늦게 자는 진달래가 곧장 답했다.

{국향에서 만화 주제곡 하기로 했어}

{돌아가면 우리도 할래?}

08:17 {달빛 천사 하자}

[그게 모야??]

[나 대감 보고 싶엉ㅠㅠ] 08:19

배도빈이 메시지를 확인한 순간 굳어버린 나윤희에게 물었다.

"알고 있대?"

나윤희가 입꼬리를 내리곤 고개를 저었다. 잔뜩 풀이 죽은 모습이 배도빈에게는 너무나 귀여웠다.

"어차피 들어봐야 하니까. 뉴튜브에 있으려나?"

"응. 있을 거야."

나윤희가 추억 속의 만화영화를 검색했고 각 주제가를 틀었다.

"이건 모티프 잘 땄는데."

달빛 천사의 'Eternal Snow'를 들은 배도빈이 음악적 개념으로 접근했다.

"그치! 막 눈이 내리는 것처럼."

"이미지가 선명하네. 가사가 없어도 충분히 전달되겠는데."

비록 서로 다른 시간대에서 성장했지만 두 사람은 음악으로 이어질 수 있었다.

그렇게 얼마간.

두 사람을 태운 차가 입력된 주소에 이르렀다.

차에서 내려 꽃이라도 살까 고민하던 나윤희가 배도빈이 뒷좌석 문을 열자 의아해했다.

반대편으로 돌아간 그녀는 배도빈이 종이가방을 들고 있는 것을 볼 수 있었다.

"뭐야?"

"빈손으로 오기 뭐해서."

무엇인지는 알 수 없었지만 배도빈이 따로 무엇을 챙겼다고 하니 마음이 동했다.

나윤희가 싱긋 웃으며 팔짱을 꼈다. 천천히 발을 옮긴 두 사람이 어느 한 곳에 이르렀다.

나병욱, 조숙자.

두 고인이 안식하고 있었다.

배도빈은 허리를 숙여 인사했다.

무슨 생각을 하는지.

나윤희는 배도빈이 속으로 부모님께 무슨 말을 하는지 알 수 없었다. 그저 꽤 오래 고개를 숙이고 있는 그를 지켜볼 뿐이었다.

배도빈이 천천히 자세를 바로 하고 종이가방에서 조화를 꺼냈다.

린덴 꽃의 새하얀 꽃잎과 노란 수술, 암술이 청아한 자태로 가득했다.

"좋아하실까?"

나윤희가 울컥 눈물이 나오려는 걸 참으며 고개를 끄덕였다.

배도빈이 유리창을 열어 조화를 두고 다시 종이가방에 손을 넣었다.

액자였다.

그와 나윤희가 프라하에서 함께 찍은 사진이 담겨 있었다.

카를교 위에서 미소 짓는 두 사람은 더할 나위 없이 행복해 보였다.

배도빈이 유리창을 닫고 나윤희의 손을 잡았다.

그녀는 손을 떨었다. 벅차오른 눈물을 뚝뚝 흘릴 뿐이었다.

그가 비록 행복하게 살겠다는, 잘 살겠다는 말을 꺼내지는 않았지만 알 수 있었다.

어쩐지 화가 난 듯한 표정을 짓고 무뚝뚝하게 말하는 그는 겉으로 드러내지 않아도 이토록 다정했다.

자신을 대할 때만큼은 그 어떤 디저트보다 달콤하게 속삭였다.

사랑받고 있음을 알 수 있었고.

그를 향한 사랑이 걷잡을 수 없이 부풀었다.

행복했다.

이제는 말할 수 있었다.

행복하다고. 걱정하지 말라고. 편히 쉬시라고.

굼뜨고 바보 같던 딸 걱정은 그만하라는 말을 되뇌고 또 되뇌었다.

"윤희는."

배도빈이 입을 열었다.

"따님은 정말 멋진 사람입니다."

나윤희가 고개를 돌렸다.

그는 차분히 그리고 분명한 어조로 말하고 있었다.

"누구에게도 인정받지 못하고 구박받으면서도 자신을 가꿔 왔습니다. 저는 그 용기가 좋습니다."

가장 오래된 기억에서도.

그녀는 느린 행동과 어눌한 말투 때문에 무시 받았다. 유치원에서도, 초등학교에서도 또래들 사이에서 그녀는 그저 답답한 아이였다.

선생들도 그녀를 그저 조용한 아이로 여겼다.

그 어린 마음에 외롭지 않을 리 없었다. 무섭지 않을 리 없었다.

그래도 그녀는 바이올린을 켰다.

"겁이 많으면서도 해야 할 일은 반드시 하는 용기 있는 사람입니다."

배도빈은 김덕배가 전해 준 이야기를 똑똑히 기억하고 있었다.

슈퍼 슈바인에서 일하던 진달래가 무례한 사람에게 위협받았을 때 몸을 벌벌 떨면서, 그 작은 몸으로 그녀를 감싼 나윤희를 기억했다.

"말을 더듬어도 할 말은 하는 용기를 가졌습니다."

네이즈 엔터테인먼트에서 그녀를 회유하려 했을 때도, 세계적 규모의 매니지먼트에서 거액을 제안했을 때도 그녀는 자신을 분명히 했다.

"아무리 어려운 일이라도 굴하지 않는 용기도 가졌습니다."

첫 오케스트라 대전.

그녀에게 불새 협주곡의 어려움은 그렇게 중요하지 않았다.

공연을 포기해야 하는 이유는 차고 넘쳤지만, 그러고 싶지 않았다.

당당히 노래하고 싶었고.

끝내 증명해냈다.

"따님과 함께 있으면 그 용기에 힘을 얻습니다. 베를린 필하모닉의 모든 직원이 따님을 따르고 존경합니다."

배도빈이 나윤희의 손을 좀 더 꼭 쥐었다.

"강인하고 현명한 따님과 함께할 수 있어 기쁩니다. 사랑합니다."

배도빈이 시선을 옮겨 나윤희와 눈을 마주했다.

"행복하게 사는 모습 많이 보여드리자."

나윤희가 고개를 격하게 끄덕였다.

그 무뚝뚝한 사람이.

이렇게 민망한 말을 할 줄은 몰랐다.

이 상냥한 사람이.

자신을 사랑해 줄 거라곤 생각지 못했다.

배도빈이 진심을 담아서 한 간지러운 말이 그녀에게는 세상에서 달콤하고 멋지게 들렸다.

♪

"끄허어엉."

"울지 마. 왜 자꾸 울어."

"억억어억억꺼헉."

7월 20일.

최지훈을 배웅하기 위해 훈련소에 이른 배도빈은 최지훈에게 달라붙어 오열하는 차채은을 신기하게 보았다.

저렇게 곡을 해대는 것은 처음이었다.

차채은의 심정을 충분히 이해하는 나윤희만이 같이 마음 아파해 줄 뿐이었다.

최지훈이 웃으며 차채은을 달랬다.

"괜찮아. 4주뿐인걸. 다녀올게."

"흐으으어으."

이제 곧 들어가야 했기에 떨어지지 않으려는 차채은을 밀쳐낼 수도 없는 최지훈이 난감해했다.

나윤희가 차채은에게 다가가 위로하자 이번에는 나윤희에게 달라붙어 서럽게 울었다.

배도빈이 머리를 바짝 민 최지훈에게 말했다.

"보기 좋네. 짧은 게 낫다."

"너도 밀래?"

"싫어."

의미 없는 농담을 주고받은 형제가 피식 웃었다.

배도빈은 명예를 세우기 위해 입소하는 형제가 자랑스러우면서도 한편으로는 걱정되었다.

그 모순된 마음이 입 밖으로 나왔다.

"다치지 마. 무리하지도 말고."

"응. 가볼게. 누나, 와줘서 고마워요. 공연 잘해요."

"응. 너도 조심해."

"끄으허응어헉."

차채은이 나윤희에게서 떨어져 최지훈을 꽉 안았다.

"건강해야 해?"

"응. 너무 걱정하지 마. 사람 사는 곳이니까."

"끄으으응. ……전화해야 해?"

"응."

최우철이 그 모습을 아주 흡족하게 바라보다가 입을 열었다.

"시간 되었다."

배도빈, 차채은, 나윤희는 아버지와 함께 천천히 오르막을 오르는 최지훈을 응원했다.

저 멀리서 전투복을 입은 누군가가 허겁지겁 뛰어 내려와 최우철에게 깍듯이 인사하는 것도 볼 수 있었다.

♪

입소 6일 차.

최지훈은 생전 처음 경험하는 일도 긍정적으로 받아들이고 있었다.

처음에는 정말 식사라고 할 수 있나 싶었던 배식도 남김없이 먹게 되었고, 생활관 동기들의 코 고는 소리에도 어느 정도 적응해 나갔다.

몸을 제대로 씻지 못하는 것과 잔뜩 더러워진 옷, 아무리 털어도 먼지가 나오는 모포는 불쾌했지만 애써 힘냈다.

'군인은 이렇게 힘들게 나라를 지키는구나.'

자신이 그동안 정말 좋은 환경에서 살았음을 깨달은 최지훈은 앞으로 받게 될 훈련이 기다려졌다.

비록 현역 군인이 아니더라도 4주 훈련만큼은 성실히 최선을 다해 임하고 싶었다.

때마침 조교가 생활관 안으로 들어왔다.

"너."

"78번 훈련병! 김진우!"

"미술했다며."

"예, 그렇습니다!"

"복도에 서 있어."

최지훈을 비롯한 훈련병들이 몇몇 훈련병이 복도에 모이는 걸 의아하게 보았다.

'무슨 일이야?'

'그림 그리는 애들은 왜 부르지?'

무슨 일인가 싶어 서로에게 눈짓으로 물었으나 아무도 답을 몰랐다.

"가자."

김진우 훈련병 외 4명은 2열 종대로 발맞춰 조교를 따라가던 중 연병장에 이르렀다.

조교가 중사 계급의 남자에게 경례했다.

"충성."

"애들이야?"

"예. 그렇습니다."

"자, 지금부터 연병장에 라인을 그릴 거다. 저거 끌고 흐려진 곳 채워 넣어."

미대 출신 훈련병들이 중사가 가리킨 라인기를 보고 황당해했다.

석회 가루가 가득 담긴 라인기로 트랙을 선명히 하는 일과 미술이 무슨 관련이 있는지 알 수 없었다.

생활관에서 연병장을 보던 최지훈과 훈련병들이 황당해했다.

그리고 다음 날.

삑- 삑- 삑- 삑-

삑- 삑- 삑- 삑-

최지훈은 음악을 한다는 이유로 호루라기를 불어야 했다.

'여기 이상해.'

훈련병들은 그의 정확한 박자에 따라 제식 훈련을 받았고 점차 군대가 어떤 곳인지 인지해 나갔다.

9악장

파우스트

"자기가 널 왜 만나야 하냐고 하더라니까?"

배도빈은 히무라가 전한 말에 크게 웃었다.

음악을 한다던 홍승일의 손녀를 만나보고자 했으나 멋지게 거절당하고 말았다.

'얘가 이렇게 웃을 줄 알았나?'

히무라 쇼우는 오랜만에 만난 배도빈이 변했음을 느꼈다.

감정을 표현하는 데 거리낌 없는 건 예전이나 지금이나 크게 다르지 않았다.

단지 어느 순간 웃음이 많아졌고.

행복해 보였다.

마음에 안 든다고 멜로디언 호스를 던진다든가, 어린이용 피아노를 보고 역정을 냈던 성질머리 더러운 만 세 살, 배도빈을 기억한 히무라가 씩 웃었다.

"즐거워 보이네."

"네. 재밌는 친구네요."

히무라는 굳이 말의 본뜻을 언급하지 않았다. 배도빈이 행복하다면 그것으로 되었다.

"아무튼 그래서 전에 말했던 시간에 나오라고 했어."

배도빈이 의아해하자 히무라가 설명을 덧붙였다.

"너 후원해 주는 사람이니까 고맙단 인사 정도는 해야 하지 않겠냐고 했지."

배도빈이 헛웃음 지었다.

"뭐 하러 그랬어요."

"널 왜 만나야 하냐고 물어서 대답해 준 것뿐이야."

배도빈이 절레절레 고개를 저었다.

홍주희가 거절한다면 굳이 강요하고 싶지 않았는데 히무라가 이렇게까지 할 줄은 몰랐다.

"그래서 나온대요?"

"어. 맞는 말 같대."

배도빈은 어이가 없었다.

만날 이유가 없다며 거절했으면서 히무라가 설득하니 금방 생각을 돌린 듯했다.

주관이 뚜렷한 건지 건방진 건지.

그러면서도 남의 말을 받아들일 수 있는 점 또한 홍승일을 연상케 했다.

"그래요. 수요일에 봐요."

배도빈이 차를 한 모금 마셨다.

"선영 누난 잘 지내요?"

"요즘엔 여유가 생겼지. 실무를 조금씩 놓고 있거든. 전에는 집에 돌아오면 쓰러지듯 자기 바빴어."

히무라가 목을 풀었다.

"인수인계 끝나고 다음 달엔 조용한 곳에서 좀 지내보려고. 한 달쯤. 이데랑 제수씨도 같이."

"좋네요."

절친인 나카무라 부부와 함께라면 수년간 쉬지 않고 달려온 그들에게 좋은 시간이 될 터였다.

"생각해 둔 곳 있어요?"

"글쎄. 비에이에 한 번쯤 가보고 싶긴 한데."

"처음 들어보는데요."

"홋카이도에 있는 곳이야. 호수도 꽃도 아름답지. 설경도 좋고. 메이다 신조 작가 작품 배경이었어."

배도빈은 고개를 끄덕이기도, 때론 호응하며 히무라의 말에 귀 기울였다.

"은퇴하면 한 번쯤 살고 싶다고 생각했지. 생각해 보니 그러기 전에 가보는 게 좋겠어."

조금씩 자신이 일선에 나설 필요가 없어지고 있음에 은퇴를 생각하고 있던 히무라가 마음을 정리하듯 말했다.

그의 말이 그런 느낌 풍겼기에.

배도빈이 슬쩍 입을 열었다.

"조용한 곳이라니 쉬다 오기엔 좋겠네요. 살아볼 생각도 있으면 더 그렇고요."

"그렇지?"

배도빈이 고개를 끄덕였다.

"한 달이든 두 달이든. 다녀오고 일 하나 해볼 생각 있어요?"

"일?"

히무라가 눈을 위로 떴다.

배도빈이 가져오는 일은 대부분 무리한 일이었기에 이번에는 또 무슨 폭탄이 날아올지 경계했다.

배도빈이 웃으며 이야기를 꺼냈다.

"프로듀서로 활동한 지 오래되었잖아요. 앨범 기획 하나 해볼래요?"

엑스톤의 총괄 프로듀서였던 히무라 쇼우는 배도빈의 정규 앨범 1집 이후로 음악 활동을 중단했었다.

대신 배도빈이 좀 더 자유롭게 활동할 수 있도록 매니저 역할을 자처했는데, 배도빈은 그런 그에게 고마워하면서도 음악가 히무라 쇼우가 이대로 사라지는 것을 아쉬워했다.

"지금 와서 뭘. 아니야."

"찰스 브라움이랑 가우왕을 동시에 부리는 기회가 많지 않을 거예요."

배도빈이 미끼를 던졌다.

"윤희도 지훈이도."

이 시대 최고의 피아니스트 두 사람과 가장 사랑받는 바이올리니스트 두 사람을 데리고 앨범을 제작하라니.

그 제안을 거부할 수 있는 사람이 있을 리 없었다.

"자세히 말해봐."

"웃고 떠드는 밴드 이름으로 앨범을 내려고 해요. 주기적으로. 곡은 프란츠가 쓸 텐데 프로듀싱할 사람이 필요해요. 히무라가 맡아준다면 걱정 없을 텐데."

히무라가 배도빈이 찻잔을 들어 입에 가져가기도 전에 대답했다.

"언제부터?"

배도빈이 속으로 기뻐하며 답했다.

"파우스트 끝나고 바로 시작하면 좋겠어요."

"그럼 올해 연말이나 내년으로 넘어가자마자 해야겠네."

히무라가 머릿속으로 대충 일정을 정리했다.

"오케이. 이거 좀 신나는데."

히무라가 의욕적으로 몸을 들썩였다.

재단도, 샛별 엔터테인먼트 운영도 중요하지만 배도빈은 활동 기간 6년 만에 세계적인 인지도를 쌓았던 히무라 쇼우가 자기의 능력을 마음껏 발휘하길 바랐다.

♪

수요일.

배도빈이 도빈 재단 사무실을 찾았다. 히무라 쇼우의 집무실에서 기다리고 있자니 밖에서 대화 소리가 났다.

"이사님, 배도빈 이사장님 와 계십니다."

"네. 안으로 차 부탁해요."

"네."

"전 콜라가 좋아요."

"……서현 씨, 콜라 있어요?"

"아뇨. 지금 다녀오겠습니다."

"없으면 됐어요."

히무라, 비서 그리고 아마도 홍주희로 예상되는 아이의 대화에 배도빈이 헛웃음을 터뜨렸다.

'당돌하네.'

히무라 쇼우가 문을 열었다.

배도빈은 히무라 옆에 서 있는 키 작은 학생을 살폈다. 한국 고등학교 하계 교복을 입은 홍주희는 와이어리스 헤드폰을 목에 걸친 채 핸드폰을 들고 있었다.

"대박. 진짜 배도빈이네."

홍주희가 배도빈과 시선을 맞추고 물었다.

"아저씨, 저 영상 하나만 찍어도 돼요?"

"……아저씨?"

배도빈이 눈썹을 찌푸렸다.

다시 태어난 뒤로 단 한 번도 듣지 못한 말이었다.

배도빈은 꺼리는 것 하나 없는 18살 꼬마가 어떻게 행동하는지 지켜보았다.

히무라가 홍주희를 나무랐다.

"인사부터 해야지."

"아. 안녕하세요."

홍주희가 허리 숙여 인사했다.

"제 채널에 올리게 영상 찍게 해주시면 안 돼요?"

"도빈이 영상 올리면 네가 지금까지 뉴튜브로 번 돈 다 게워내야 할걸?"

홍주희가 입을 내밀고 핸드폰을 주머니에 넣자 한숨을 푹 내쉬곤 자리에 앉았다.

"너도 앉아."

"서서 들을래요. 왜 부르셨어요?"

히무라가 홍주희를 탓하려 했지만 배도빈이 말리고 나섰다.

"뉴튜브 한다며? 이 곡 듣고 한번 보고 싶었어."

배도빈이 홍주희의 뉴튜브 채널에 접속해 그녀의 곡을 재생시켰다.

잔불이라는 제목의 피아노곡이었다.

배도빈과 히무라 쇼우가 음대 진학을 설득하고자 자신을 불렀다고 생각한 홍주희가 내심 놀랐다.

"아저씨가 듣기에도 좋았어요?"

"……아저씨?"

"네. 23살이면 아저씨죠."

배도빈이 미간을 모았다.

"주희야, 아저씨가 아니라 이사장님이라 하는 거야. 너 장학금 주는 여기 주인이라고 했잖아."

"어려운 말 몰라서 그랬어요. 죄송합니다, 이사장님."

"아니. 편한 대로 불러."

다시 태어난 뒤로 줄곧 꼬맹이 취급만 받았던 그는 아저씨라는 말이 몹시 신선하게 느껴졌다.

이놈이고 저놈이고 머리에 피도 안 마른 녀석들이 갓난아기 취급하는 데 적응하기까지 힘든 나날을 보냈던 그로서는 썩 마음에 들었다.

"그래서 어땠어요?"

"엉망이야."

잔뜩 기대하고 물었던 홍주희가 붕어처럼 뻐끔거리기만 했다.

"라흐마니노프 좋아해?"

"……그런데요."

라흐마니노프 소나타 2번의 강렬한 도입, '파미레시 파레시 파미레시'로 이어지는 음형은 홍주희에게 큰 인상을 주었다.

그녀는 그것을 모티브 삼아 곡을 만들었고 그것이 잔불이었다.

"모티프를 따서 다르게 써보는 건 좋아. 원곡과 어떻게 다른지 비교해 보는 건 좋은 공부법이니까."

배도빈이 홍주희를 응시하며 이야기를 계속 이어나갔다.

"그런데 이런 수준에 만족할 거라곤 생각 못 했어. 댓글에 칭찬이 많던데 너도 정말 그렇게 생각하는지 의문이었고."

손을 파르르 떠는 홍주희를 상대로 물었다.

"어때. 잘 만든 것 같아?"

히무라가 눈을 깜빡였다.

홍주희의 곡을 듣고 제법이라고 했던 것이 불과 얼마 전의 일이었다.

'무슨 생각이 있겠지.'

히무라는 차를 마시며 상황을 지켜보았다.

"그랬다면 실망이야. 어설프게 익힌 지식으로 적당히 생각나는 음 짜 맞췄는데 사람들이 좋아하니까 공부할 필요성을 못 느꼈겠지. 대회 나가는 것보다 댓글 읽는 게 더 좋고."

신랄한 분석에 홍주희의 얼굴이 붉으락푸르락해졌다.

"그래서 어떤 앤지 보고 싶었어. 그런데."

배도빈이 홍주희의 치마 주머니를 보았다.

"음악보단 뉴튜브 크리에이터를 하고 싶은 모양이네."

녹음기능을 켜두었던 홍주희가 당황했다.

"나쁘지 않아. 영상 콘텐츠를 만들고 싶으면 해야지. 누가 뭐라 하든 귀담아듣지 말고 계속해. 하지만 그런 너를 도울 이유는 없어."

홍주희가 배도빈의 시선을 피했다.

자신을 꿰뚫어 보기라도 하는 듯한 눈을 계속 마주할 수 없었다.

다만 분할 뿐이었다.

자기가 최선을 다해 만든 곡이 저렇게 말할 정도로 별로였는지 묻고 싶었다.

"뭐가 어떻게 나쁜데요."

홍주희가 중얼거리듯 물었다.

배도빈은 내심 웃으며 입을 열었다.

"뭐가?"

"잔불. 별로였다면서요. 어디가 별로였냐고요."

"박자는 밋밋하고 화음은 과했어."

배도빈이 자리에서 일어나 히무라의 키보드 앞으로 향했다.

그리고 홍주희의 잔불을 그만의 방식으로 연주했다.

"이렇게 박자를 당기고 늘리는 것만으로도 훨씬 나아지잖아? 고민을 덜 했단 뜻이야."

"……."

홍주희는 아무 말도 할 수 없었다.

그의 말대로 자신이 연주했던 것보다 배도빈의 연주가 나았다.

그의 말대로 잘 쓴 것 같아서 빨리 자랑하고 싶었다.

다 옳은 말이라서, 아무 변명도 할 수 없는 자신에게 화가 났다.

홍주희가 분을 이기지 못하고 눈물을 떨어뜨렸다.

"아저씨가 어떻게 알아. 내가 최선을 다했는지 안 했는지."

씩씩대며 따지는 그녀는 배도빈의 대답에 말문이 막혔다.

"이건 제법 괜찮았으니까."

배도빈이 홍주희가 가장 처음 업로드했던 영상을 재생했다.

할아버지의 피아노란 제목의 소나티네는 공백이 많았지만 섬세하게 배치된 음들이 아득한 그리움을 남겼다.

기억에 없는 할아버지의 유품.

그것을 연주하며 자란 홍주희가 할아버지를 보고 싶은 마음을 담은 곡이었다.

가장 순수했던 시절 만든 곡이.

가장 어렸을 때 만든 곡이 가장 좋다니.

홍주희는 혼란스러웠다.

"음대 안 가도 돼."

그때 배도빈이 입을 열었다.

"콩쿠르도 안 나가도 되고. 뉴튜브 계속해도 돼. 널 장학생으로 둔 이유는 네가 음악을 할 수 있도록 돕기 위함이었어. 네 채널 운영하면서 음악을 한다면 그걸로 충분하지."

배도빈은 홍주희가 어떤 방식으로 활동하든 상관없었다. 이 어린 음악가가 음악을 하는 게 중요했다.

자신을 성찰하고 타인을 관찰하여, 서로를 이해해 나갈 수 있다면. 그 대화가 원활해진다면 얼마든지 도와주고 싶었다.

그러나 그 노력을 게을리하고 단지 조회 수에 만족하고 음을 가지고 노는 일만 한다면 그러고 싶지 않았다.

홍승일의 손녀라도.

또한 홍승일의 손녀이기에.

"이번 달 말일까지 시간을 줄게. 네가 음악을 하고 있다는 걸 증명해. 곡을 쓰든 연주를 하든."

홍주희가 눈물을 훔치곤 고개를 끄덕였다.

잠시 후.

홍주희가 떠나자 히무라가 한숨을 쉬었다.

"저 녀석 성격에 대들고 나설 줄 알았는데 의외로 순순하네."

배도빈이 피식 웃었다.

"자기도 아는 거예요. 그동안 음악보단 돈 벌려고 했던 걸."

배도빈은 히무라가 홍주희를 소개하며 전한 이야기에 안타까워했다.

홍승일이 죽고.

적지 않은 유산을 물려받은 장남 홍인호는 직장을 그만두고 사업체를 설립했다.

처음 반년은 지인들 덕에 어떻게든 꾸려나갔지만, 상황은 갈수록 나빠졌다.

회사를 유지하기 위해 빚을 지게 되었고 그렇게 홍인호와 그 가족들의 생계는 어려워졌다.

유장혁이 오랜 벗의 아들에게 기회를 주었기에 겨우 파산 위기를 넘겼지만, 홍인호의 회사는 좀처럼 나아지지 못했다.

배도빈은 그런 상황에 놓인 홍주희가 집에 부담을 주고 싶지 않았을 것으로 생각했다.

도빈 재단이 장학금을 지급하고 있었지만 한 달에 100만 원.

적지 않은 금액이었지만 음악 대학을 다니기에는 부족했다.

더욱이 한창 또래와 어울릴 나이에 용돈 받는 것조차 눈치 보였을 테니, 스스로 돈을 벌고 싶었을 것이다.

배도빈은 어린 음악가가 자신이 처한 상황 때문에 자신을 속이는 걸 바라지 않았다.

친구 홍승일을 생각해서라도.

"당돌하니까 분해서라도 증명하려 할 거예요. 홍인호가 사업을 말아먹든 뭘 하든 관심 없지만 적어도 그 애가 꿈을 포기하게 두고 싶진 않아요."

뉴튜브를 통해서 음악을 할 수 있다면 그것으로 충분했다.

다만 동영상 조회 수를 높이기 위해 스스로도 만족하지 못하는 곡을 급히 올리는 일은 없었으면 했다.

히무라는 예전 홍승일과 배도빈의 관계를 떠올리며 미소 지었다.

콩쿠르에 나가야 한다고, 선의로 경쟁하여 더욱 음악에 힘써야 한다고 했던 그 마음이 어쩜 이렇게 똑같을 수 있는지 알 수 없었다.

"홍 선생님이랑 똑같네."

히무라의 말에 배도빈이 울컥했다.

"제가 낫죠. 적어도 하고 싶지 않은 거 하라고 하진 않으니까."

"그런가?"

"그럼요."

"그래. 네가 낫다."

히무라는 홍주희의 부모 계좌로 지급되고 있는 장학금을

홍주희 개인 계좌로 돌리고, 금액을 인상하라는 배도빈의 요청을 떠올리며 웃었다.

도와주기로 이미 정해두었으면서.

그녀를 몰아붙인 걸 보면 정말 많이 컸다는 생각이 들었다.

"그러고 보니 사람 살살 굴리는 실력이 늘었던데?"

"단원들 상대하다 보니 늘더라고요."

히무라가 크게 웃었다.

♪

홍주희는 자존심이 상했다.

적어도 음악에 관해서는 또래는 물론 한두 살 많은 사람, 선생님도 그녀를 무시하지 못했다.

그랬는데.

배도빈에게는 아무런 대꾸도 할 수 없었다.

자신이 없었던 탓이었다.

덜 완성되었단 건 잘 알고 있었다. 다만 주기적으로 영상을 올려야 뉴튜브 채널이 성장할 수 있었다.

돈을 벌어야 했으니까.

음악 이전에 살기 위해선 돈이 필요하니까.

할아버지의 피아노 앞에서 고민하던 그녀가 기분을 전환하고자 침대에 누웠다.

핸드폰을 열고 뉴튜브를 켰다.

댓글과 조회 수를 확인하고 추천 영상을 내리니 배도빈과 나윤희가 대한국립교향악단과 콜라보 공연을 한다는 영상이 제법 올라와 있었다.

뚱한 표정으로 그중에 하나를 눌렀다.

영상은 배도빈의 공연을 들어볼 마지막 기회라는 식으로 과장되어 있었다.

관심을 끌려는 얄팍한 수법이었지만 홍주희의 눈에는 들어오지 않았다. 그저, 어제 그런 말을 한 사람은 어떤 음악을 하는지 직접 확인해 보고 싶었다.

'뭐가 이렇게 비싸?'

홍주희는 8만 원에 판매되는 R석에서 눈을 떼지 못했다. S석이 6만 원, 가장 저렴한 C석은 1만 5천 원이었다.

그녀는 잠시 고민하더니 화면을 내리고 자신의 계좌를 확인했다.

뉴튜브 채널에서 수익이 발생하고 5개월간 한 푼도 쓰지 않고 모은 돈 311만 9,031원이 고스란히 있었다.

음악 작업을 하고, 좋은 영상을 만들기 위해서는 좋은 컴퓨터가 필요했고 그것을 사기 위한 돈이었다.

입술을 깨물며 한참을 고민하던 홍주희가 거실로 나갔다.

"엄마."

"응?"

"토요일에 놀러 갈래?"

"놀러는 무슨. 너 갔다 와."

홍주희가 입을 내밀었다.

거실에 앉아 마늘종을 다듬고 있는 엄마는 무릎 나온 바지에 목이 늘어난 낡은 셔츠를 입고 있었다.

힘없이 웃으며 거절하는 엄마의 모습과 어렸을 때 놀러 가고 싶다면 재밌게 놀다 오라며 만 원을 쥐여주던 엄마가 겹쳐 보였다.

"그게 아니라. 공짜 티켓 두 장 생겼는데 엄마랑 가고 싶어서."

"공짜 티켓?"

"응. 대한국립교향악단. 배도빈 나오는 거."

홍주희의 모친 최지윤은 잠시 생각에 빠지더니 피식 웃었다.

"오랜만에 듣네. 예전에 할아버지가 도빈이 이야기 많이 하셨어."

"또 그 얘기. 오백 번은 들었겠다."

최지윤이 씁쓸하게 웃곤 물었다.

"도빈이 공연이면 표가 귀할 텐데 어디서 구했어?"

미처 거기까지는 생각하지 못한 홍주희가 멋쩍게 웃었다.

"으이구. ……표 얼마나 하는데?"

"하나도 안 비싸. 만오천 원이면 갈 수 있어. 내가 살게."

"네가 돈이 어디 있다고 그래."

최지윤이 다듬던 마늘종을 내려놓았다. 남편이 사업에 실패하고, 딸 대학을 보내기 위해 일하며 모았던 돈이 조금 있었다.

딸에게 보고 싶은 공연 정도는 들려주고 싶었다.

홍주희가 나섰다.

"아니야. 나 돈 있어. 봐."

딸이 내민 구형 스마트폰에는 311만 9,031원이 표시되어 있었다.

"이 돈이 어디서 났어?"

"뉴튜브. 나 돈 많이 모았지."

많다면 많고, 적다면 적은 돈이었지만 18살 딸이 모았다고는 생각할 수 없었다.

"공부는 안 하면서 그것만 하고 있었구나?"

"히."

"그거 모아서 뭐 하려고?"

"컴퓨터 사려고. 음악 작업하고 영상 화질 좋게 하려면 비싼 거 사야 해."

최지윤의 속이 타들어 갔다.

기특하기도 하면서 컴퓨터 하나 사기 위해 저 돈을 얼마나 아끼고 있었을지 생각하면 마음이 아팠다.

다른 것도 아니고 음악을 하고 싶다는데.

전처럼 사 줄 수 있는 형편이 아니라 더욱 그러했다.

"잘 챙겨둬. 허튼 데 쓰지 말고."

"허튼 데 안 써. 컴퓨터 살 거란 말이야. 그래도 삼만 원 정도는 공연 보는 데 쓸 수 있잖아. 삼백만 원이나 있어."

"엄마 젊었을 때 표가 칠만 원 정도 했는데 어떻게 삼만 원으로 두 장을 사니."

"아니야. 진짜야. 봐. C석 만오천 원이라잖아."

몇 년간 옷 한 벌 사 달라는 말도 안 했던 착한 딸, 속 깊은 딸이 스스로 보러 가자고 할 정도면 어지간히 가고 싶었을 터.

그나마도 형편을 생각해서 무대가 제대로 보이지도 않는 곳을 말했다.

최지윤은 목이 메어 침을 삼켰다.

"엄마가 구해볼 테니까 가 있어."

"왜애."

"표 잘 구하시는 분 아니까 그리 알아. 그리고 그 돈 아빠한테는 말하지 말고."

홍주희는 괜히 엄마에게 부담을 준 것 같아서 마음이 불편했다.

조금 더 참을걸.

보고 싶은데.

두 마음 모두 진실이었다.

그러던 차 홍주희의 핸드폰이 울렸다. 잔뜩 풀 죽어 있던 홍주희가 메시지를 보곤 소리쳤다.

"엄마! 히무라 아저씨가 표 줬어!"

"이사님이?"

"응! 재단에서 장학생들한테 다 주나 봐. 2인 티켓 두 장이야. 아빠도 가면 되겠다!"

다 큰 아이가 엉덩이를 씰룩이며 좋아하는 걸 보며.

최지윤은 유장혁과 배도빈, 히무라에게 받은 은혜를 다시 한번 가슴에 새겼다.

♪

"헐. 사람 개많아."

"주희야, 말 이쁘게 해야지."

"어머. 만물의 영장분들이 정말 많아요."

홍주희의 말에 최지윤이 어이가 없어 헛웃음 지었다.

신이 난 홍주희는 음악의 전당을 둘러보며 엉덩이를 들썩였다. 그러다 아빠의 표정이 좋지 못한 걸 보고 말을 걸었다.

"아빠, 여기 와 봤어?"

"예전에. ……아빤 음악 별로 안 좋아해."

홍인호의 말에 홍주희가 잠시 시무룩해졌다가 이내 밝게

말했다.

"그래도 배도빈 나오잖아. 할아버지랑 친했다며."

"그랬지. 여기서부턴 걸어가야겠다."

차에서 내린 홍주희가 주차장을 가로질러 뛰었다.

"애 앞에서 그러지 좀 마. 오랜만에 웃는 애 기분 상하게 무슨 짓이야?"

최지윤이 남편을 쏘아붙였다.

"그러니까 안 온다고 했잖아. 내가 지금 한가하게 공연이나 보러 다니게 생겼어?"

"자기가 잘못해 놓고 왜 딸까지 힘들게 하냐고. 주희가 뭘 잘못해서 공연 한 번 보는 것도 당신 눈치를 봐야 하는데?"

"엄마! 아빠! 빨리! 빨리!"

딸이 재촉하자 두 사람이 말다툼을 멈췄다.

"담배 하나 피우고 갈 테니 먼저 가."

최지윤이 끓어오르는 화를 한숨과 함께 내뱉곤 딸에게로 발을 옮겼다.

홍인호는 씁쓸한 마음에 흡연 장소를 찾았다. 숨을 깊게 빨아들이며 담배에 불을 붙인 그는 음악의 전당을 올려다보았다.

그는 아버지 홍승일이 마지막 혼을 불살랐던 이곳을 의도적으로 찾지 않았다.

아버지가 남겨준 재산을 몽땅 말아먹은 자신을 용서할 수 없었고, 아버지와 관련된 것을 볼 때마다 죄스러웠다.

'아버지.'

그는 더 이상 어떻게 살아가야 할지 알 수 없었다.

나이는 자꾸만 먹어서 어느덧 쉰둘.

쉰두 살의 아버지는 인생에 통달한 듯했지만 막상 그 나이가 되어 보니 자신은 변한 게 없었다.

단지 나이만 먹었을 뿐.

아버지가 남긴 재산과 아버지의 친구분이 도와주신 돈까지 잃을 위기에 처한 그는 답을 알 수 없었다.

더 큰 문제는 딸 주희.

아버지를 닮았는지 음악에 재능이 있었다. 장학금도 타오는 자랑스러운 딸 주희에게 좋은 악기는 사 주지 못하더라도 새 옷, 새 신발 정도는 마음껏 사 주고 싶었다.

공연 같은 거 몇 번이고 보여주고 싶었다.

수학여행 갈 때는 마음껏 놀라고 용돈도 두둑이 주고 싶었다.

주희를 낳고 잘 다니던 직장을 그만둔 아내가 자기 몰래 청소 아르바이트를 하는 걸 보았을 땐 가슴이 무너졌다.

아버지가 살아계셨더라면 조언이라도 구했을 텐데.

홍인호는 요즘 그런 생각이 잦아졌다.

한편.

객석에 앉은 홍주희는 흥분을 감추지 못했다. 이렇게 큰 무대에 와 본 적은 처음이었다.

더군다나 히무라 쇼우가 따로 준비해 준 특별 티켓 덕에 따로 안내를 받으니 괜히 우쭐해졌다.

팸플릿을 펼쳐서 프로그램을 확인한 홍주희가 물었다.

"엄마, 이거 무슨 곡인 줄 알아?"

"어머. 세상에 이게 다 뭐람."

프로그램 리스트를 확인한 최지윤이 신기해하며 설명했다.

"엄마 어렸을 때 했던 만화야. 그땐 정말 재밌게 봤는데."

"만화?"

홍주희가 되묻기가 무섭게 차명운 지휘자와 배도빈, 나윤희가 무대에 모습을 드러냈다.

"빈! 빈! 빈! 빈!"

콘서트홀을 가득 채운 박수 소리에 홍주희가 깜짝 놀랐다.

그들의 설렘이 그대로 전달되었다.

배도빈과 나윤희의 연주를 애타게 기다렸던 사람들은 때때로 큰 목소리로 두 사람을 불렀다.

클래식 공연이라 다소 차분할 것 같다고 생각한 홍주희에게는 뜻밖의 일이었다.

차명운이 관객들을 향해 입을 열었다.

"오늘은 특별한 분을 모셨습니다. 다들 잘 알고 계실 텐데, 피아니스트 배도빈 군과 바이올리니스트 나윤희 양입니다."

관객들이 다시 한번 크게 환호했다.

"특별한 분을 모신 만큼 색다른 무대를 준비했습니다. 오늘은 자유롭게 즐겨주시기 바랍니다."

굳이 대답하는 사람은 없었지만 분위기만으로도 관객들이 얼마나 기대하고 있는지 알 수 있었다.

배도빈이 피아노 앞에 앉았고 그 옆에 나윤희가 섰다.

바른 자세로 차분히 앉은 배도빈에게선 알 수 없는 품격이 느껴졌다.

'달라.'

홍주희는 무대 위의 그가 저번에 만난 불량하게 생긴 아저씨가 맞는지 의심스러웠다.

순한 인상으로 기억하던 나윤희도 전혀 다르게 보였다.

선홍빛 바이올린을 든 그녀는 세상 그 누구보다도 고혹적이었다.

'프로는 다르구나.'

두 사람이 차명운과 시선을 교환하고 준비를 마쳤다.

오늘 처음 연주할 곡은 마법사 니라 Try의 오프닝 곡을 탱고풍으로 편곡한 협주곡.

배도빈이 건반을 누르며 연주가 시작되었다.

장렬히 시작한 피아노 뒤에 나윤희가 현을 뜯었다.

블러드 와인이 애수 짙은 눈물을 떨어뜨리자 아이들과 함께 콘서트홀을 찾은 부모들이 깜짝 놀랐다.

잊고 있던 멜로디를 듣는 순간.

TV 앞에서 만화영화를 보던 그때 그 순간으로 돌아간 것만 같았다.

홍인호와 최지윤도 마찬가지였다.

'좋잖아.'

홍주희는 선명하고 그윽한 선율에 공연을 즐기다가 문득 고개를 돌렸다.

아빠와 엄마가 고개를 끄덕여가며 연주를 즐기고 있었다.

부모님도 설레게 하는 연주라니.

확실히 편하게 즐길 수 있으면서도 잘 조율된 무대였다.

여러 만화영화 주제곡 사이에 안경 펭귄 주제가가 나왔을 땐 객석이 한 번 크게 웃고 말았다.

상어 동요가 나왔을 땐 노래를 부르는 사람도 있었다.

홍주희도 아는 곡이 나오자 웃으며 따라 불렀다.

분위기가 한껏 달아올라, 홍주희는 정말 오랜만에 행복했다. 추억을 상기해준 공연과 딸이 좋아하는 모습을 본 덕에 최지윤도 덩달아 기분이 나아졌다.

어렸을 적.

아무 걱정도 없었던 시절로 돌아갔던 홍인호도 마찬가지였다.

다 큰 애가 무슨 만화를 보냐며 타박하면서, 나중에는 나란히 앉아 주인공을 응원했던 아버지를 떠올릴 수 있었다.

'아버지.'

행복했던 시절을 지켜주었던 아버지.

사무치게 그리운 아버지를 떠올림으로써 그는 사업과 관련한 일로 무거웠던 마음을 잠시나마 내려놓을 수 있었다.

건강하고 기운찼던 아버지.

돌아가시기 몇 년간 어린 주희에게 과일과 과자를 주는 낙으로 사셨던 아버지.

비록 재산을 잃었어도.

그분이 남겨준 삶의 자세와 사랑만은 잃을 수 없었다.

'어?'

공연을 즐기던 홍주희가 문득 고개를 떨어뜨리고 울고 있는 아빠를 발견했다. 아버지가 우는 모습은 처음이라 당황했다.

언제나 걱정하지 말라고.

무슨 일이 있어도 우리 딸은 아빠가 지켜준다던 그 강인한 아빠가 너무나 힘들어 보였다.

두 시간에 걸친 공연이 성황리에 마무리되고, 음악의 전당에서 나온 홍주희 가족은 말없이 낡은 차에 올라탔다.

홍인호가 애써 목을 풀곤 밝은 척 말했다.

"공연도 봤으니까 오늘은 맛있는 거 먹으러 갈까?"

"떡볶이!"

홍주희가 앞쪽 좌석으로 몸을 쭉 내밀고 답했다.

"떡볶이는 많이 먹었잖아. 스테이크 먹을래?"

"아니~ 난 떡볶이가 좋은데? 떡볶이 먹자! 김말이도!"

그 순간 홍인호의 눈에서 굵은 눈물방울이 뚝 하고 떨어졌다.

최지윤도 소리 죽여 흐느꼈다.

깜짝 놀란 홍주희가 다급히 말을 바꿨다.

"알겠어. 아빠 먹고 싶은 거 먹어. 스테이크 먹어. 왜 울고 그래."

"미안해액. 주희야아아. 엄마가 미안해."

부모님의 눈물에 홍주희도 서러움이 올라왔다.

자기는 괜찮은데, 자기 때문에 엄마, 아빠가 더 힘든 것 같아서 죄송했다.

"왜 울어! 괜찮다는데! 아무렇지도 않은데! ……씨잉."

가족은 한동안 차 안에서 움직이지 않았다. 아무 말도 하지 못하고 그저 쌓인 설움을 달랬다.

♪

[음악의 전당에 울려 퍼진 추억]

[차명운, "가족을 위한 무대였다."]

[배도빈, 희망을 안기다]

지난 금요일, 음악의 전당에서 반가운 두 음악가를 만날 수 있었다

체코 프라하, 네덜란드 암스테르담을 거쳐 서울에 이른 베를린 필하모닉 악단주 배도빈과 나윤희 악장이 대한국립교향악단과 함께한 것.

오랜 기다림에 보답하듯, 두 사람은 지휘자 차명운과 함께 특별한 무대를 선보였다.

이날 공연의 주제는 가족.

배도빈 악단주와 차명운 지휘자는 부모 세대와 자녀들이 즐겼던 만화영화 주제곡을 편곡해 연주했다.

반응은 폭발적이었다.

대화가 단절되었던 가족들은 음악을 통해 이야기 나눌 수 있었다.

두 거장이 편곡한 추억의 곡에 관심을 가진 아이들은 어떤 만화에 나온 곡인지 물었다.

부모님과 어떤 대화를 해야 하는지 몰랐던 아이들이 질문을 던지자, 마찬가지로 아이에게 무슨 말을 해야 하는지 몰랐던 부모들은 반색했다.

["아이와 그렇게 오래 대화한 건 정말 오랜만이었어요."]

["아들 녀석이 커가면서 제대로 마주치지도 못했는데, 오늘 녀석이 노인탐정의 팬이라는 걸 처음 알았죠. 집에 가면 1권부터 모아두었던 만화책을 꺼내 보려고요."]

공연을 관람한 여러 가족이 밝혔듯, 배도빈·나윤희, 대한국립교향악단은 음악을 매개체로 두 세대를 성공적으로 연결했다.

지금껏 마땅한 해결책 없이 문제로 남았던 가족 구성원 사이의 대화 단절 문제가 이들의 공연으로 해소된 것.

어쩌면 우리 가정의 문제는 단지 서로 공감할 수 있는 주제를 찾지 못했기에 생긴 것 아닐까.

인류의 희망으로 불리는 배도빈이 또 한 번 우리에게 희망을 안긴 듯하다.

-정세윤(관중석)

ㄴ반가운데 왜 이렇게 슬프냐.

ㄴ그러니까.

ㄴ어제 야근하느라 공연은 못 가고 틀어놓고 일하는데 좀 울컥하더라. 그땐 그렇게 좋아했는데 어떻게 까맣게 잊고 있을 수 있는지.

ㄴ사는 데 치이다 보면 그럴 수도 있지.

ㄴ추억팔이라고 해도 가끔은 이런 것도 좋다.

ㄴ신기한 게 그 만화영화 내용은 기억에 거의 없거든. 근데 그거 방송할 때 있었던 일은 생생하더라. 퍼스트 피스에서 너구리 동료로 들어오는 날에 우리 아버지 쓰러지셨거든. 난 그것도 모르고 만화 보고 있었어. 아버지 보고 싶다.

ㄴ힘내. 아버지도 너 보고 싶을 거야.

ㄴ내가 사이트를 잘못 찾아왔나? 평소에 미친 소리 하던 분들이 아닌데?

ㄴ오늘 좀 센치해.

정세윤 기자의 감상평처럼 배도빈·나윤희와 대한국립교향악단의 공연은 큰 인기를 끌었다.

특히 부모 세대를 위로하였다.

열심히 살아가고 있지만 현실이 너무나 고되기에 가끔은 가장 행복했던 때로, 아무 걱정 없던 때로 돌아가고 싶기도 했다.

물가는 오르는데 임금은 제자리고.

무섭게 치고 올라오는 후배들에게 밀려, 버티다 버티다 쫓기듯 나와 창업했지만 새로운 일을 시작하는 게 쉬울 리 없었다.

하청받은 곳에서 또 하청을 내리고 하루 벌어 하루 먹고 사는 사람은 최소한의 임금으로 그저 버틸 뿐이었다.

생산자보다 유통사에게 높이 배당된 수익 배분율.

프랜차이즈 기업들은 점주의 상황은 조금도 고려하지 않고 대규모 할인을 진행하고, 그 부담을 각 지점에 넘겼다.

50퍼센트 이상 할인하면 매출은 오르는데 남는 돈은 오히려 적을 때가 수두룩했다.

매출은 오르니 식자재를 파는 본사는 더 큰 이익을 얻을 수 있었다.

전체 매출에서 떼 가는 로얄티도 마찬가지였다.

해마다 수천 또는 억 단위 금액이 들어가는 인테리어를 강요하고 그로 인해 발생하는 수익을 챙겼다.

직장인도 자영업자도.

택배 기사도, 경비원도 단지 가족을 지키고 싶을 뿐인데 그마저도 허락되지 않는 경우가 있었다.

차명운이 준비한 공연은 그런 이들을, 우리 모두를 위한 것이었다.

대한국립교향악단은 배도빈·나윤희의 협조를 구해 해당 공연 영상을 무료로 풀었고.

삼 일간 치른 공연 수입 전액을 어려운 이들에게 기부하였다.

제아무리 어려운 상황일지라도 다시 한번 힘내자고, 버티다 보면 분명 좋은 날이 올 거라고.

함께 일어나자고 말해왔던 루트비히는, 배도빈은 자신과 같은 뜻을 가진 이들과 함께하여 흡족해했다.

♪

한국에서의 일정을 마친 배도빈, 나윤희는 한가한 한때를 보내고 있었다.

느지막이 일어나 산책을 했고 그러다 배가 고파지면 눈에 띄는 식당에서 아침과 점심을 겸했다.

귀가한 뒤에는 씻은 뒤 찾아오는 나른함에 기대어 그간 못 봤던 영화를 보다가 잠들었다.

노을이 질 즈음 일어나 저녁을 함께 준비했고 늦은 밤까지 악기를 연주하며 웃고 떠들었다.

그렇게 사랑을 나누며 지친 몸을 달래다 보니 어느새 최지훈의 수료식 일자가 다가왔다.

내일 아침 일찍 최지훈을 데리러 가기로 약속한 배도빈과 나윤희는 평소보다 이른 시간에 잠들 준비를 했다.

배도빈의 스마트폰에서 잘 시간과는 다소 어울리지 않는 활기찬 분위기의 음악이 흘러나왔다.

나윤희가 침대에 오르며 물었다.

"무슨 곡이야?"

"홍주희 신곡. 어때?"

"좋다. 발랄한데?"

배도빈도 그녀와 같은 생각이었다.

잔뜩 멋을 부린 최근 몇 곡보다 훨씬 솔직하고 선명하게 느껴졌다.

어깨에 지고 있던 짐을 조금은 내려놓은 듯했다.

배도빈이 프란츠 페터에게 홍주희의 신곡을 링크 걸어주곤 스마트폰을 덮었다.

옆으로 돌아누우니 서로 웃음이 터졌다. 장난스럽게 입술을 맞추고 사랑스럽게 대화했다.

"다들 놀랄 거야. 파우스트."

"그러지 않으면 서운하지."

배도빈은 대교향곡 이후 가장 큰 규모의 공연을 준비함에 꽤 많은 공을 들였다.

세 곳의 오케스트라를 경험하면서 얻은 지식을 어떻게 적용할지도 고민했었다.

나윤희의 말대로 놀라고 기뻐할 터였다.

“곡이 좋아서도 그렇지만, 나쁜 쪽으로.”

“나쁜 쪽으로?”

나윤희는 각 등장인물을 상징하는 악기의 수석들을 진심으로 안쓰럽게 여겼다.

불새에서의 본인과 찰스 브라움.

대교향곡에서의 왕소소와 같았다.

〈파우스트〉에서 각 악기에 할당된 파트는 절정의 기교를 보여야 하면서도 단순히 빠르고 복잡한 것만은 아니었다.

느리고 단순한 곡일수록 훌륭히 연주하기 어려운 만큼 쉽게 익힐 수 없었다.

파우스트의 찰스 브라움.

메피스토펠레스의 가우왕.

그레트헨의 나윤희.

발로틴의 다니엘 홀랜드.

호문쿨루스의 피콜로를 맡을 플루트 수석 앙드레아스 블라우.

헬레네의 왕소소.

메넬라오스의 스칼라.

그 외에도 악기별 수석은 짧고 긴 개인 분량을 책임져야 했다.

수많은 작곡가 중에서도 표현하기 어렵기로는 베토벤과 나란히 손꼽히는 배도빈의 곡이기에 더욱 부담스러울 터였다.

"다들 좋으면서 솔직하지 못해."

배도빈이 그럴 리 없다고 단정 지었다.

자부심 하나로 한평생을 살아온 그들이 어렵다는 이유로 원망할 리 없었다.

단원들을 향한 배도빈의 신뢰는 흔들리지 않았다.

"훙."

배도빈의 말에 나윤희가 웃고 말았다. 의아해하는 그에게 어떻게 설명하면 좋을까, 고민하던 중 좋은 예가 떠올랐다.

"맛있는 음식 먹는 건 좋잖아."

배도빈이 고개를 끄덕였다.

"장 보고 요리하고 설거지하는 건 싫어할 수도 있지 않을까?"

나윤희의 질문에 배도빈이 고민했다. 재료를 고민하여 구매하고 조리하는 건 즐거웠으나 설거지는 귀찮았다.

"다들 좋아서 하지만 그렇다고 힘들지 않은 건 아니니까."

나윤희의 말대로였다.

음악을 너무나 사랑하고, 무대를 무덤으로 여기는 그들이지만 힘들지 않은 건 아니었다.

되레 '음악이 힘들지 않았던 적은 없었다'고 말한 배도빈과 마찬가지로 매일 위기였다.

도망치고 싶고.

잠시 쉬고 싶기도 했다.

가끔은 막막해서 도저히 해낼 수 없을 것 같기도 했다.

배도빈이 어떻게 하면 단원들이 좀 더 즐겁게 <파우스트>를 준비할 수 있을까 고민하다가 입을 열었다.

"숙달하는 과정은 어쩔 수 없고."

나윤희가 고개를 끄덕였다.

새로운 곡에 익숙해지기까지의 고난은 모든 단원이 마땅히 받아들여야 한다고 생각했다.

다만 그렇게 훌륭한 자세를 갖춘 그들마저도 버티기 어려운 강도의 문제였다.

"연습 중간에 간식 시간을 넣는 건 어때?"

배도빈의 제안에 나윤희가 눈을 크게 떴다.

단 것을 좋아하는 그다운 발상이었지만 나쁘지 않았다.

당분은 스트레스를 감소해 주고 적당한 휴식으로 피로도 회복할 수 있으니 좋은 방법 같았다.

"소소가 좋아하겠다."

두 사람은 다정하게 대화를 이어나갔다. 배도빈은 나윤희의 얼굴을 소중히 쓰다듬었다.

"파우스트 다음엔 뭐 할 거야?"

"음. 올림픽 주제곡도 남아 있고, 노이어한테 줄 곡도 있고."

"응."

"그거 말곤……. 취미 하나 가지고 싶어."

"취미?"

모든 시간을 곡을 쓰거나, 피아노를 치거나, 바이올린을 연주하는 것도 아니면 음악을 감상하는 데 썼던 그에게서 취미라는 단어가 나올 줄은 몰랐다.

그의 손길을 느끼며 잠을 청하던 나윤희가 몸을 일으켰다.

"김 사장님한테 카레 만드는 법을 배우려고. 그리고 카레집을 내는 거야. 미테 외각에. 이름은 도진 카레로."

예비 신랑의 큰 꿈에 나윤희가 다시 몸을 눕혔다.

"엄청 노력해야겠네?"

"즐겁겠지."

배도빈이 웃으며 또다시 나윤희의 얼굴에 손을 가져갔다.

나윤희가 그의 정중한 손길을 느끼며 물었다.

"뭐 하나 물어봐도 돼?"

배도빈이 당연한 걸 묻느냐는 듯 고개를 끄덕였다.

"얼굴 만지는 거 좋아?"

배도빈이 습관처럼 얼굴을 만졌기에 나윤희는 전보다 얼굴 피부에 훨씬 많은 공을 들이고 있었다.

조금 민망하지만.

나름 자신하는 피부가 좋아서 만진다든지, 아니면 예뻐서 만진다든지 하는 대답을 기대했다.

배도빈이 그녀의 얼굴에서 손을 떼고 속삭였다.

"예뻐서."

나윤희가 싱그럽게 웃곤 베개에 얼굴을 파묻었다.

예뻐서.

사랑스러워서.

혹시라도 다시 시력을 잃는 날이 올까 봐. 다시는 그녀를 눈에 담지 못할까 봐.

배도빈은 버릇처럼 그녀의 얼굴을 기억하고자 했다.

소리를 잃어가던 시기.

음감마저 잃지 않기 위해 피아노의 C음을 반복해 눌렀듯이.

♪

"잠시만요. 퇴소하시는 건가요? 최지훈 씨 훈련소 생활은 어땠는지 한 말씀 부탁드립니다."

"혹시 최지훈 씨와 같은 생활관 쓰셨나요?"

기자들이 훈련소를 나서는 사람들에게 최지훈에 관련한 질문을 쏟아내는 한편.

기자들과 팬들로 가득한 주변을 경계한 배도빈과 나윤희는 차 안에서 최지훈을 기다리고 있었다.

함께 온 차채은은 초조한 듯 망상에 빠져 버렸다.

"왜 안 나와? 다 나오는데 왜? 다친 거 아니야? 군대에서 다치면 은폐한다던데!"

"어제도 통화했잖아. 괜찮을 거야."

"정말? 그치? 괜찮겠지?"

나윤희가 고개를 끄덕였다.

잠시 진정하는가 싶더니 그새를 못 참고 차 밖으로 나섰다.

차채은이 위병소와 훈련소 안쪽을 살피길 얼마간.

"오빠!"

퇴소식을 마친 최지훈이 훈련소 밖으로 나오자 차채은이 후다닥 뛰어갔다.

최지훈도 호응하여 서로를 격하게 끌어안았다.

조용히 입소한 탓에 좋은 기삿거리를 놓쳤던 기자들이 진을 치고 있었고, 덕분에 두 사람의 포옹 장면은 수백 장의 사진으로 남았다.

"얼굴이 왜 이래. 왜 이렇게 탔어."

차채은이 최지훈의 얼굴을 살피며 울먹였다. 최지훈은 그런 그녀가 그저 귀여웠다.

"밖에 있었으니까. 살도 쪘어. 건강해진 거 같아."

"밥이 넘어갔냐! 아니, 밥은 잘 챙겨 먹어야지. 잘했어!"

"무슨 말 하는 거야. 좀 마른 거 같은데? 밥 잘 먹으라고 했잖아."

한편 기초 군사 훈련 수료를 축하하기 위해 나왔던 최지훈의 팬들은 충격에 빠지고 말았다.

최지훈과 차채은이 어렸을 적부터 친하게 지내온 사이라는 걸 모르는 사람은 없었지만, 도저히 소꿉친구로는 볼 수 없는 애틋함이 전해졌다.

최지훈이 잠시 인터뷰에 응하자 질문이 쇄도했다.

"훈련소 안에서는 어떻게 지내셨나요? 어떤 기분이셨나요?"

"불편한 점은 없었습니까?"

"복귀 시기는 언제로 계획하십니까? 베를린 필하모닉에서의 활동이 베를린에 국한된 건가요?"

이미 그러한 질문은 팬들에게 중요하지 않았다.

한 기자가 분위기를 읽어 질문했다.

"퇴소 축하드립니다! 차채은 평론가와 뜨겁게 인사하셨는데, 무슨 의미였습니까?"

차채은이 그제야 당황했다. 슬금슬금 최지훈과 떨어지려고 했다.

최지훈이 차채은의 손을 낚아채곤 말했다.

"제 여자친구예요."

"꺄아아아!"

"아."

환호하는 팬도, 정신이 아득해져 쓰러지는 팬도 있었다.

최지훈은 인터뷰를 짧게 마치고 찾아와 준 팬들과 한 명, 한 명 인사를 나눴다.

그의 오랜 매니저이기도 했던 집사에게 부탁하여 준비한 파인애플사의 이어폰을 하나씩 나눠주었다.

선물을 잔뜩 가지고 왔던 팬들은 최지훈의 역조공에 깜짝 놀랐다.

"히~ 이거 왜 주세요?"

"여기까지 와주셨잖아요. 뭐라도 보답해 드리고 싶었어요."

"이런 거 주지 말고 맛있는 거 드세요!"

"저 돈 많아요."

"그럼 잘 받을게요. 너무너무너무 감사합니다."

한 팬의 솔직한 반응에 최지훈도 줄을 서고 있던 다른 팬들도 웃고 말았다.

"아, 잉잉 님. 와주셔서 감사합니다."

"축하해요. 바로 활동하시죠?"

"네. 모레 베를린으로 가요."

"한국에서 공연 한 번만, 아니, 여러 번 해주시면 안 돼요?"

"꼭 그럴게요."

최지훈은 오랫동안 자신을 응원했던 팬들의 카페 닉네임을 기억하며 인사했고.

그중에는 처음 보는 사람도 있었다.

고등학생에서 대학생 정도로 보이는 앳된 여성이었다.

"이름이 뭐예요?"

"혜주요. 김혜주."

최지훈이 사인을 한 종이를 건네자 그녀가 간절한 얼굴로 물었다.

"오빠, 진짜 아니죠? 사귀는 거 아니죠?"

"맞아요. 많이 좋아해요."

최지훈이 울상이 된 그녀를 달랬다.

"채은이랑. 또 도빈이랑 함께할 수 있어서 행복해요. 혜주 씨도 소중한 사람과 함께하길 바랄게요."

"오빠가 젤 좋아요. 사귀고 싶어요."

최지훈이 깜짝 놀라서 눈을 크게 떴다.

여러 팬과 만났지만 이런 말을 들은 적은 처음이었다.

단 한 번도 대화를 나눈 적 없는 사람에게 이렇게까지 사랑받을 수 있다고는 생각지 않았다.

"고마워요."

그러나 최지훈에게는 그것이 최선이었다.

홀로 마음을 키워왔던 그녀는 최지훈을 만난 순간 너무나 기뻤다.

설렜다.

안 될 걸 알면서도 마음을 전하고 싶었다.

그러나 고맙다고 말할 뿐인 그의 눈을 보니 사진을 통해, 영상을 통해 수천 번, 수만 번 봤던 그가 낯설게 보였다.

오늘, 처음 만난 사이라는 걸 깨달았다.

좋아하는 마음이 잘못되었다고 할 수 있을까.

좋아하는 마음을 전했을 뿐인데, 그마저도 안 되는 것 같았다.

팬들 사이에서 쏟아지는 눈총을 느낀 김혜주가 고개를 숙였다.

"죄송해요."

고개를 숙인 채 자리를 떴고 최지훈은 다른 팬들을 상대하면서도 안타까워했다.

♪

"웅덩이에 던지는데 물이 막 몇 미터씩 올라오고 엄청났어."

서울로 올라가는 차 안에서 최지훈이 수류탄을 던졌던 경험을 풀었다.

"막 땅이 울리더라니까?"

"정말?"

최지훈이 무슨 이야기를 하든 차채은은 적극적으로 반응해 주었고 배도빈과 나윤희도 군대 관련한 이야기는 처음이었기에 그의 말에 귀 기울였다.

손바닥보다 더 큰 나방을 봤다든지 는 다소 믿기지 않은 말도 했다.

“나방이 어떻게 손바닥보다 커.”

“정말이야. 팅커벨이라고 한다구! 그렇죠, 집사님?”

“하하하. 있지요.”

일행 중 유일하게 군대를 다녀온 집사가 고개를 끄덕였다.

“밤에 별이 그렇게 많은 건 처음 봤어. 공기가 깨끗해서 그런지 엄청 잘 보이더라.”

생전 처음 해본 경험을 쏟아내는 최지훈을 보던 배도빈이 슬며시 웃으며 물었다.

“힘들진 않았어? 몸은 괜찮고?”

“응. 다들 친절했어. 아, 밥이 진짜 맛없었어. 배고프니까 다 먹었지만. 나 이제 설거지 잘해.”

배도빈과 나윤희가 웃었다.

한 마디 던지면 말이 줄줄이 이어졌다. 그간 얼마나 답답했으면 저럴까 싶었다.

“의외네. 군기 잡는다고 힘들 줄 알았는데.”

“응. 훈련은 힘들었는데 다들 열심히 하니까 같이 하게 되더라. 대대장 아저씨가 자꾸 부르는 건 귀찮아서 그만 좀 부르라고 했어.”

"대대장이 뭐야?"

"훈련소가 신병교육대대인데 대대의 장."

"그 사람이 널 왜 불러?"

"심심한가 봐. 자꾸 먹고 싶은 거 없냐고 묻고 자기랑 테니스 치자고 하고 골프 치러 갈까 묻더라구. 친구도 없나 봐. 훈련 나가야 한다고 해도 자꾸 붙들어서 좀 그랬어."

집사는 할 말이 많았지만 하지 않았다.

"할 일 없는 아저씨네."

"응. 좀 눈치 없어 보였어."

최지훈이 자기를 껴안고 있는 차채은에게 물었다.

"저녁 같이 먹을래? 아버지하고."

차채은이 얼굴을 파묻은 채 고개를 끄덕였다. 당분간은 계속 이럴 것 같아 최지훈이 미소 지었다.

"같이 먹자. 누나도요."

"오늘은 가족끼리 보내. 네 아버지가 티는 안 내도 신경 많이 쓰시는 거 알잖아."

"히."

배도빈이 종이봉투를 하나 꺼냈다.

"메일로도 보내놨는데 일단 받아."

최지훈이 의아해하며 봉투를 받았다. 엉겨 붙은 차채은 때문에 열어보기 힘들었다.

"채은아, 잠깐만."

차채은이 잠시 떨어졌다가 최지훈이 악보를 꺼내자 다시 달라붙었다. 그가 팔은 자유롭게 움직일 수 있도록 이번에는 몸통을 감쌌다.

그 모습에 최지훈은 기뻐서 웃고 배도빈은 어이가 없어 웃었다.

"엄청 많은데? 총보야?"

그러나 이내 악보를 살핀 최지훈은 웃을 수 없었다.

"……이게 뭐야?"

"파우스트 삽입곡."

삽입곡이라고 할 수준이 아니었다.

악보를 집는 순간 총보라고 착각할 만큼 방대한 분량이었는데, 최지훈은 페이지를 빠르게 넘겨 그것이 전부 피아노 악보라는 걸 확인했다.

"분위기 잡는 역할이야. 공연 내내 연주하는 사람은 너뿐이야."

배도빈이 자랑스레 말했다.

그랜드 심포니와 파우스트는 그가 염원하다가 미처 이루지 못한 작품이었다.

이제 파우스트만이 남은 상황에서 형제와 함께할 생각을 하니 뿌듯했는데, 최지훈에게는 청천벽력과도 같은 소식이었다.

"이걸 다 외우라고?"

난도의 문제가 아니었다.

음악성의 문제가 아니었다.

배도빈이 말하길 파우스트의 공연 시간은 100분. 대작 중의 대작으로 최지훈은 단 한 번도 쉬지 않고 연주를 해야 했다.

"나도 외우잖아. 할 수 있어."

배도빈이 별일 아니라는 듯 말했다.

실제로 피아니스트들은 여러 악기 연주자 중에서도 뛰어난 기억력을 요했다.

짧게는 20분, 길게는 1시간 가까이 되는 곡도 많았다.

최지훈이라면 무리 없이 해낼 거라고 판단했다.

다만 이런 작업을 한 번도 해보지 않았던 최지훈으로서는 부담스러웠다.

"……이러니까 악마라고 하지."

최지훈이 툴툴대며 악보를 좀 더 자세히 살폈다.

배도빈이 그 열정을 쏟은 곡인 만큼 확실히 매력적이었다. 악보를 보는 것만으로도 〈파우스트〉가 어떻게 흘러가는지 알 것 같았다.

욕심이 났다.

훈련소 안에서 피아노를 연주하지 못해 안달이 났던 그를 충분히 만족시킬 것 같았다.

"치사해."

최지훈이 봉투에 악보를 집어넣자 배도빈이 씩 웃었다.

♪

[최지훈 퇴소. 활동 재개는 언제?]

[배도빈, 나윤희, 최지훈 베를린 복귀]

[배도빈, 대작 예고. 그랜드 심포니를 뛰어넘을 수 있을까?]

[배도빈의 새로운 도전. 단 한 명이 노래하는 오페라.]

얼마 전 베를린 필하모닉으로 복귀한 배도빈 악단주가 또 하나의 대작을 예고했다.

〈투란도트〉, 〈그랜드 심포니〉와 같은 걸작을 발표했던 그를 향한 관심이 높아지는 가운데, 그가 오랜 세월 준비한 오페라 〈파우스트〉를 언급한 것이다.

배도빈 악단주는 각 악기가 등장인물을 상징하며, 가수는 해설로 소프라노 진달래(23)만 존재한다고 밝혔다.

배도빈 악단주의 새로운 시도가 어떤 방식으로 관객들에게 다가갈지 아직은 의문이다.

한 평론가는 지금껏 세계를 깜짝 놀라게 한 베를린 필하모닉도 서사성이 중요한 오페라를 가수와 가사 없이 표현하긴 쉽지 않을 거라는 의견을 내놓았다.

[악단주의 복귀를 반기는 베를린]

[마누엘 노이어, "빌헬름 푸르트벵글러가 어떤 위인인지 잠시 잊고 있었다. 배도빈의 복귀를 환영한다."]

-09.03.2028

[마누엘 노이어, "빌어먹을 악마가 돌아왔다. 세프와 보스 때문에 겨우 자란 내 머리가 몽땅 빠질 지경. 내 탈모는 산재다."]

-09.05.2028

♪

Es irrt der Mensch, solang' er strebt.

인간은 노력하는 한 방황하는 법이니라.[6)]

♪

배도빈, 나윤희, 최지훈이 복귀하고 베를린 필하모닉은 본격적으로 오페라 〈파우스트〉를 준비해 나갔다.

연주자가 곡을 충분히 이해해야 한다는 이유로 기술적인 연습에 들어가기 전, 단원들은 때아닌 교양 수업을 들어야 했다.

6) 요한 볼프강 폰 괴테, 『파우스트』, 1831. 신과 악마의 대화 中

"선생님! 질문 있습니다!"

진 마르코가 손을 번쩍 들었다.

배도빈이 질문을 반겼다.

"인간은 노력하는 한 방황하는 법이라니. 무슨 뜻인지 잘 모르겠어."

파우스트를 읽지 않은 진 마르코는 그 말이 무슨 뜻인지 이해할 수 없었다. 마치 노력하지 말라는 말로 들렸다.

배도빈이 작중 신의 대사가 나오게 된 배경을 설명했다.

"신과 메피스토텔레스의 내기에서 나온 말입니다. 메피스토텔레스는 갖은 향락을 다 안겨주면 파우스트가 반드시 타락할 거라고 말하죠."

진 마르코가 고개를 끄덕이며 수업에 성실히 임했다.

"반면 신은 노력하는 인간에게 방황은 당연히 따라붙는다며, 단지 흔들릴 뿐. 파우스트가 끝끝내 자신의 길을 걸어갈 거라고 합니다. 방금 이 문장처럼요. 즉 메피스토텔레스에게 파우스트를 타락시켜 볼 테면 해보라는 뜻이죠."

"신이 잘못했네."

피셔 디스카우의 발언에 단원들이 잠시 웃었다.

배도빈이 강의를 이어나갔다.

"이 대화는 파우스트를 관통하는 주제이기도 합니다. 노력하는 사람은 역경이 따르고 방황하지만 끝내 이겨낼 수 있다는 말이에요."

그것은 루트비히 판 베토벤의 정신과도 맞닿아 있었다.

18세기 유럽에 퍼지기 시작한 계몽주의는 험난한 현실을 자각하면서 시작되었다.

삶이 아무리 힘들어도 쓰러진 채로는 아무것도 변화하지 않는다며 스스로 일어나자고 다독였던 사상이었다.

그 상냥한 사상은 루트비히 판 베토벤의 지탱하는 힘이었으며 곧 그 자신의 삶과 같았다.

그리고.

현대를 살아가는 이들에게 가장 필요한 일이었다.

다시 태어난 그는 수많은 사람이 싸워 이겨온 지금이야말로 그가 바라던 신세계가 도래했다고 생각했다.

그러나 현대에 적응하며, 눈부시게 성장한 사회가 아직도 많은 부조리를 안고 있음을 깨달았다.

달라진 것 같지만, 가진 자가 부를 독식하는 현상은 조금도 달라지지 않았다.

사람들은 노력해도 변하지 않는 삶에 조금씩 지쳐갔다.

'쟤는 머리가 좋잖아.'

'나도 수천만 원짜리 과외받으면 저 정도는 하겠다.'

'흙수저로 태어나 봐. 실패 한 번이면 인생 끝이야. 노력은 몇 번을 실패해도 괜찮은 애들이나 하는 거지.'

‘물만 마셔도 살찌는데 어떡하라고.’

남과 다른 상황에 기대어 자신의 삶을 바꾸기 포기하는 사람도 있었다.

배도빈은 진실로 그들이 자신에게 주어진 상황에서 보다 나은 방향으로 걸어가길 바랐다.

결코 의미 없지 않다고.

포기하는 순간 변하는 건 없다고.

노력을 이어나가는 과정이 끝이 없고 험난해도 끝끝내 나아가면 분명 얻는 것이 있다고 다독여 주고 싶었다.

그의 모든 곡이 항상 희망차게 끝나는 것도 모두 그 때문이고, 그가 파우스트를 오페라로 만들려고 했던 이유도 마찬가지였다.

배도빈이 스크린에 다음 문장을 띄웠다.

Das ist der Weisheit letzter Schluß:

Nur der verdient sich Freiheit wie das Leben, Der täglich sie erobern muß.[7)]

“파우스트는 자유도, 생명도 그것을 매일 갈구한 자만이 누

7) 지혜의 마지막 결론은 이것이다:
자유도 생명도 그것을 매일 싸워 얻는 자만이 누릴 자격이 있다.

릴 수 있다고 결론 지었습니다."

단원들이 고개를 끄덕였다.

자유는 누구도 부여할 수 없었다.

본디 가지고 태어난 것을 스스로 지켜나가는 일이었다.

평생을 음악에 빠져 살아온 그들은 파우스트를 통해 괴테가 말하는 이야기에 깊이 공감했다.

배도빈의 파우스트 강연은 점점 무르익었고 적당한 시간을 두고 휴식과 간식이 주어졌다.

단원들은 어렵지 않게 그들의 보스가 달라졌음을 눈치챘다.

"연수 다녀오시더니 다른 악단은 휴식 시간을 갖는 걸 보셨나 봐."

"난 우리 보스가 무엇이든 배우는 게 가장 존경스러워. 솔직히 보스가 뭐가 부족해서 스스로 연수를 가겠어."

단원들은 체코 프라하에서 공수해 온 꿀 케이크의 달콤함에 취해 보스를 찬양했다.

"다시 시작하죠."

15분간의 휴식 뒤 단원들은 마음을 다잡고 강의에 집중했다.

파우스트의 주제를 비롯하여 등장인물과 대략적인 스토리를 이해한 그들은 각자 맡은 역할을 배정받았다.

악보를 수령한 일부 단원의 눈이 튀어나올 듯했다.

예상하지 못한 바는 아니었으나 치밀하게 작성된 악보는 그의 독특한 필체에 익숙한 그들로서도 한눈에 알아보기 힘들었다.

때때로 느슨하게 배치된 곳도 있었지만 지시문이 많아 어떻게 연주해야 할지 감이 오지 않았다.

단원들이 당황하던 중.

"보스."

마누엘 노이어가 조용하고 묵직하게 배도빈을 불렀다.

배도빈과 막역한 그가 직책으로 부른 만큼 단원들은 심상치 않은 분위기를 읽었다.

"내가 왜 콘트라바순을 연주해야 하는지 물어도 될까?"

바순 수석으로서 40년 가까이 재임한 마누엘 노이어는 분개했다.

그에게는 콘트라바순 악보가 주어졌고, 이를 이상하게 여긴 마누엘 노이어는 부수석으로 20년을 재임한 루펜 자텔마이어의 악보를 확인했다.

그가 바순 독주를 맡은 사실을 알게 된 노이어의 자존심은 크게 상처받았다.

"노이어가 적임자니까요."

배도빈의 대답에 노이어가 눈을 꿈틀거렸다. 침을 삼킨 그는 배도빈에게 배신감을 느꼈다.

"……그렇군."

그러나 작곡가이자 지휘자의 판단.

마누엘 노이어는 끓어오르는 화를 꾹 누르고 악보를 내려다보았다.

'벌써 뒷방 늙은이 취급인가?'

바순과 콘트라바순은 생김새는 유사하나 다른 악기였다.

크기가 전체적으로 훨씬 컸고 관이 길어졌으니 호흡량도 그만큼 늘려야 했다.

호흡량이 많이 필요하니 음정 유지하는 법도 큰일이며, 운지법은 관악기 중에서도 가장 높은 난도를 자랑했다.

이름만 콘트라바순이고 전혀 다른 악기였다.

만약 바순을 사용하지 않는 곡이라서 콘트라바순으로 첼로 등과 어울리라고 했다면 모를까.

엄연히 바순 전담 파트가 있는 곡에서 다른 악기를 연주하라니.

지금까지 쌓아온 그의 자존심을 무너뜨리는 처사였다.

"노이어."

배도빈이 그를 불렀다.

노이어가 고개를 들자 배도빈이 평소와 같이 덤덤히 말을 전했다.

"우리 악단에서 노이어보다 콘트라바순을 잘 연주하는 사람은 없어요."

"당연하지."

그러나 별개의 일이었다.

"그리고 난 당신을 믿어요."

배도빈은 달리 설명을 덧붙이지 않았다. 그저 믿는다고 말을 남겼을 뿐, 악보를 설명하기 시작했다.

"그럼 배경부터 갑니다. 지훈아."

"응."

"이미 말했지만 곡 전체의 분위기. 배경음을 맡아줘."

단원들이 이를 의아히 여겨 최지훈 부수석을 바라보았고 이내 경악을 금치 못했다.

그가 들고 있는 악보는 두툼하다 못해 제대로 들기도 버거워 보였다.

단원들은 이번 프로젝트의 최대 희생양이 최지훈임을 직감했다.

"다음은 주인공. 찰스."

찰스 브라움이 고개를 끄덕였다.

"파우스트역을 맡아줘야 해요. 2악장 후반에 따로 독주도 있고요. 지훈이 다음으로 많은 분량이에요. 할 수 있겠어요?"

악장 역할은 물론.

웃고 떠드는 밴드의 책임자이자 베를린 음악교육원 원장이며 베를린 음대 학과장 교수이기도 한 찰스 브라움은 악단 내에서 가장 많은 역할을 맡고 있었다.

배도빈뿐만 아니라 다른 단원들도 개인 공연까지 하는 그가 이 이상 무리하면 안 된다고 생각했다.

그러나 찰스 브라움의 답은 정해져 있었다.

"물론이지."

찰스 브라움은 배도빈 바이올린 소나타 13번, '영원한 여성'을 확인한 이상 포기할 수 없었다.

바라던 곡을 쥐었으니 절대로 놓칠 리 없었다.

"좋아요. 가우왕."

"여기."

"메피스토펠레스. 찰스만큼 활동해야 해요. 교활하고 끈질기게 잘 표현해 주리라 믿어요."

"교활한 건 뭐야."

가우왕이 눈썹을 좁히며 악보를 살폈다.

멜로디만 봐서는 아주 달콤한 분위기가 될 듯한데 배도빈은 몇몇 곳에 교활하고 끈질기게 연주하라는 지시문을 남겼다.

그는 이것을 어떻게 표현해야 할지 고민에 잠겼다.

"나윤희 악장."

"네."

"그레트헨 역과 삽입 소나타를 맡아주세요."

단원들은 배도빈과 나윤희의 대화에 의아해했다.

'일부러 저러나?'

‘그러겠지. 둘이 아주 좋아 못 살더만.’

“발로틴에 다니엘 홀랜드. 호문쿨루스에 앙드레아스. 헬레네에 왕소소. 메넬라오스의 스칼라. 모두 다음 주까지 맡은 역할을 충분히 이해할 수 있도록 하세요.”

“네.”

배도빈은 이후로도 각 악기 수석들에게 각자의 배역을 맡겼다.

단원들은 그들이 직접 ‘등장인물’로 나서는 무대가 처음이었기에 좀처럼 감을 잡지 못하면서도 이 새로운 시도가 어떻게 완성될지 기대했다.

그러던 중 바순 차례가 왔다.

“루펜.”

바순 부수석 루펜 자텔마이어가 대답했다.

“나중에 확인해 보면 알겠지만 바순은 모두 같은 악보가 지급되었습니다. 코러스를 넣는다고 생각하고 바순 주자를 이끌어주세요. 이번에는 바순이 일곱 명 배정됩니다.”

바순 연주자들이 깜짝 놀랐다.

보통 두 명에서 네 명 사이로 배치되던 바순이 그렇게까지 많이 배정될 이유를 알 수 없었다.

“신의 목소리와 함께하는 일곱 대천사를 의미합니다. 여러분은 그에 따라주세요.”

배도빈이 고개를 돌려 마누엘 노이어를 보았다.

'삐졌네.'

속으로 피식 웃은 그가 고개를 숙이고 악보만 내려다보고 있는 그를 불렀다.

"노이어."

악보에 신경이 팔린 마누엘 노이어가 배도빈의 목소리를 듣지 못했다.

"노이어."

"어?"

한 번 더 부르자 멍한 표정으로 고개를 들었다.

"무슨 일 해야 하는지 이해한 것 같네요."

"잠깐."

"콘트라바순은 신 역할을 맡습니다. 자애롭고 근엄하게 표현해 주세요. 바순이 코러스를 넣으며 더 보완할 테니 서로 함께하는 일이 잦을 거예요."

"잠깐만. 이거."

"노이어를 믿어요."

악보를 자세히 살핀 노이어가 사색이 되었다.

곡이 어려운 걸 떠나서 모호한 의미의 지시문이 너무도 많았다.

음색을 자애롭게 하며 음은 단단하게 하라는 등, 기존 콘트라바순이 가진 묵직하고 부드럽게 퍼지는 음색과는 맞지 않는 지시도 있었다.

게다가 크기만큼 둔한 탓에 호통치듯 나가는 부분에서는 과연 연주할 수 있을지 의문이었다.

"잠깐만. 믿는 건 알겠는데. 이거 호흡량 달리면 큰일 나. 나보단 스벤이 어울릴 것 같은데."

마누엘 노이어의 말에 바순 주자 스벤 울라이히가 깜짝 놀랐다.

"무슨 말씀이세요. 우리 중에 콘트라바순 다룰 수 있는 사람 저랑 수석뿐인데, 이런 중요한 역할은 당연히 수석이 맡아야죠!"

"언제까지 어리광부릴 거야? 너도 이제 큰일 해봐야지!"

"수석보다 잘했으면 제가 먼저 하고 싶다고 했어요!"

"닥쳐! 신이잖아! 주목받을 거 아니야! 젊은 놈이 왜 이렇게 욕심이 없어?"

"방금만 해도 삐져 있던 분이 그렇게 말씀하셔도 안 믿습니다!"

노이어와 스벤이 옥신각신하던 것을 단원들이 뜯어말렸다.

배도빈이 입을 열었다.

"콘트라바순은 노이어가 맡습니다. 달라지는 건 없어요. 아까 소리치는 거 보니 폐활량은 여전하던데요. 뭘."

마누엘 노이어가 얼이 빠졌다.

그렇게 모든 악기에 대한 주의사항을 전달한 배도빈이 질문을 받았다.

단원들은 가수가 단 한 명 등장하는 배도빈의 〈파우스트〉가 정녕 오페라라고 할 수 있는지 궁금했다.

"여러분 모두 각자의 역할을 맡을 거예요. 가수가 노래하는 것과 조금도 다르지 않죠."

"아무리 그래도 가사가 없으면 서사를 이어가기 힘들 것 같은데."

찰스 브라움이 턱을 쓸며 말했다.

"최소한의 해설은 달래가 해줄 거예요. 저는 이 오페라가 단 하나의 뜻으로 해석되길 바라지 않아요."

배도빈은 괴테의 파우스트가 하나의 이미지로 접근되길 바라지 않았다.

음악으로 전달한 감성을 관객 각자가 자신만의 방식으로 받아들이길 바랐다.

그들의 삶은 너무나 다양하고.

〈파우스트〉가 말하는 바를 달리 적용해야 한다고 생각하기 때문이었다.

"그럼 다음 달 둘째 주 화요일까지 파트별로 연습하고 모이겠습니다. 이상."

"감사합니다!"

♪

OOTY 오케스트라 대전 영광의 더블 원.

가장 빠르게 판매된 앨범, '그랜드 심포니-베를린 필하모닉에 의한 광시곡'.

라이든샤프트 시대를 열어젖힌 선구자.

배도빈과 베를린 필하모닉 앞에는 그 어떤 수식어가 붙어도 부족했다.

클래식 음악 시장을 폭발적으로 성장시킨 주역이었으며, 2020년대 이후로는 단 한 번도 정상에서 내려오지 않았다.

배도빈뿐만이 아니었다.

베를린 필하모닉은 솔로 연주자로서도 충분히 활약할 단원으로 가득했다.

니아 발그레이, 케르바 슈타인, 헨리 빈프스키, 이승희, 다니엘 홀랜드, 마누엘 노이어, 찰스 브라움, 가우왕, 나윤희, 왕소소, 최지훈, 스칼라, 진 마르코, 피셔 디스카우, 앙드레아스 블라우 등 각 악기에서 둘째가라면 서러운 이들이 한 악단에 모여 있었다.

오케스트라는 하나의 악기.

정점에 선 연주자들이 자처하여 부속품이 된 것이었다.

혹자는 그들이 오케스트라에 남아 있는 것을 이해하지 못했다.

솔로로 활동하면 더 큰 인기와 부가 보장된 이들이 왜 오케스트라 대전에 남아 있는지 알 수 없었다.

때문에 단원들은 종종 그런 질문을 받곤 했다.

이승희의 경우만 하더라도 그랬다.

20대의 이승희는 이미 역사에 기록될 연주자로 호평받았다. 인기 또한 대단하여 당시 가우왕, 찰스 브라움은 한참 아래로 평가받았다.

세계를 매료시킨 그녀는 장 피에르 뒤포르가 사용해 그의 이름이 붙은 스트라디바리우스 첼로 '뒤포르'를 영구대여 받기도 했다.

그런 그녀가 베를린 필하모닉에 입단한다고 했을 때 팬들은 도저히 믿을 수 없었다.

'베를린 필하모닉이 최고의 오케스트라라고는 하지만 활동에 제약이 생기지 않을까요? 자유롭지 못한다든가.'

한 기자가 던진 질문에 이승희는 어깨를 으쓱였다.

'지금 하고 싶은 음악은 마에스트로 푸르트벵글러가 지휘하는 베토벤이에요.'

간단한 이유였다.

하고 싶은 음악을 하는 것이 좋았다.

단지 그 욕구를 빌헬름 푸르트벵글러와 배도빈이 채워줄 뿐이었다.

그리고.

가슴 속에 담아둔 웅대한 세계를 펼치고 싶었던 푸르트벵글러와 배도빈에게도 마찬가지였다.

지휘자에게도, 연주자에게도.

세계 어디를 뒤져도 베를린 필하모닉만 한 곳은 없었다.

♪

[파우스트, 그랜드 심포니의 아성을 넘을 것인가]

[장담하는 배도빈. 배우로 등장하는 악기들]

[브루노 발터, "배도빈의 파우스트는 실험정신으로 평가되어야 한다. 끊임없이 나아가려는 배도빈과 베를린을 응원한다."]

└솔직히 그랜드 심포니 기록 넘어서긴 힘들지.

└아닌데! 우리 도빈이가 그랜드 심포니만큼 대작이라고 했음!

└그거 얼마나 팔린 줄 알고 하는 말이야? 디지털 싱글 앨범 포함해서 6,000만 장 팔림.

└우리 도빈이 대단해 ㅠㅠ

└그래. 대단하지. 나온 지 1년도 안 된 앨범이 6천만 장 팔리는 게 말이 되냐?

└그 말이 안 되는 걸 우리 도빈이가 했어 ㅠㅠ

ㄴ그니까. 아 얘 왜 이렇게 산만하냐?

ㄴ아무튼. 그랜드 심포니 나오기 전까지 세계에서 가장 많이 팔린 앨범이 6,800만 장 팔렸던 스릴러였음. 82년도에 나온 앨범이 6,800만 장이었다고. 디지털 싱글 앨범이 보편화 된 지금이랑 그때를 비교할 순 없지만 발표된 지 46년 된 앨범이랑 비비는 게 말이 되냐?

ㄴ응응. 말이 안 돼. 우리 도빈이 어떡해 ㅠ 말도 안 되는 일 했어ㅠ

ㄴㅋㅋㅋㅋㅋㅋㅋㅋㅋㅋ엄청 긍정적인 애넼ㅋㅋㅋㅋ

ㄴ설명하는 애 키보드 부수겠닼ㅋㅋㅋㅋㅋ

ㄴ그러니까 다시 나오기 힘든 수치라고. 배도빈은 뭐 곡을 뚝딱 만들겠냐? 매번 사람들 취향에 맞추겠어?

ㄴ응. 난 도빈이 곡 다 좋아.

ㄴ사실 지금까지 실패한 적이 없긴 하지. 그나마 A108이 부진했는데 그것도 최지훈이 녹음한 건 200만 장 넘게 팔림.

ㄴ맞아. 도빈이가 곡 못 쓸 리가 없잖아.

ㄴ그런 말을 하는 게 아니라. 배도빈은 더 발전하겠지. 근데 그게 항상 호응받을 순 없다고. 라디오헤드가 Creep 넘어서려고 이 악물고 해도 안 됐던 것처럼 실력이랑 성적은 정비례가 아니야.

ㄴ저게 맞지. 파우스트가 성공하기야 하겠지만 그랜드 심포니는 넘사벽임. 오케스트라 대전 특수도 누렸고.

배도빈이 파우스트를 예고하고.

언론은 그와 베를린 필하모닉이 그들 스스로 세웠던 그랜드 심포니의 대기록을 넘어설 수 있을지에 관심 가졌다.

세계에서 가장 영향력 있는 예술인 배도빈이 또 한 번 신화를 이어갈지 궁금한 팬들의 마음을 읽은 것이었다.

팬들은 기대하는 한편, 그랜드 심포니 때와 같을 순 없다는데 생각을 모았다.

배도빈은 <파우스트>가 오페라 형식을 취하고 있으면서도 가사를 최소화하여 악기가 곧 등장인물이라고 설명했다.

브루노 발터를 비롯해 많은 음악가가 배도빈의 이러한 시도를 실험정신으로 받아들였다.

배도빈의 곡이 전반적으로 서사성이 뛰어나다곤 하나, 언어로 전달할 수 있는 정보와 소리로 느끼는 감성에는 차이가 있었다.

말은 모든 것을 표현할 수 없었고.

악기는 명확히 표현할 수 없었다.

오랜 세월 기악을 다뤘던 음악가들은 배도빈이 <파우스트>를 통해 음악이 이야기를 얼마나 정확히 전달할 수 있는지 시험한다고 생각했고.

팬들도 그저 배도빈이 시도한다는 그 신기한 일을 기대할 뿐이었다.

그러한 의견은 <파우스트>를 준비하는 배도빈과 베를린 필하모닉에게 좋은 자극제가 되었다.

"기사 봤어?"

"무슨 기사?"

"발터 영감도 힘들다고 하던데?"

"그분이야 말씀 좋게 하시는 편이지. 토스카니니 봐. 말 같지도 않은 소리 한다잖아."

"그 말 같지도 않은 일 해내면 얼마나 통쾌할까."

단원들도 알고 있었다.

연습을 진행하고 배도빈이 소리를 조율해나갈수록 작년 오케스트라 대전이 <파우스트>를 위한 준비 단계처럼 느껴졌다.

서라운드 효과를 주기 위해 모든 악기가 하나의 소리를 내고자 노력한 덕분에 베를린 필하모닉은 소리를 다루는 일에 타 오케스트라보다 한두 걸음 앞서 있었다.

경쟁 악단인 빈 필하모닉, 로스앤젤레스 필하모닉, 암스테르담 로얄 콘세르트허바우 오케스트라도 베를린 필하모닉만큼 음을 섬세히 다루진 못했다.

그리고 지금.

배도빈은 그렇게 세공한 그들의 감각을 활용하고자 했다.

각 등장인물을 심도 있게 분석해 그들이 느끼는 감정과 하고 싶은 말 그리고 본인의 사상을 어떤 방식으로 연주해야 전달할 수 있을지 고민했다.

각 악기 연주자들도 의견을 더하며 <파우스트>는 점차 완성되어갔다.

그러다 어느 순간 덜컥 한계를 느꼈다.

아무리 잘 표현하려고 해도 명확한 정보를 전달할 순 없었다.

그러나 배도빈은 그것으로 족하다고 했다.

'우리의 목적은 파우스트를 전달하는 게 아닙니다. 그러려면 소설을 권하는 쪽이 낫죠.'

'그럼?'

'파우스트를 통해 얻은 것을 표현하면 됩니다. 파우스트와 음악은 관객과 대화하는 수단일 뿐이죠.'

그렇게 단원들도 조금씩 배도빈의 의도를 이해하게 되었다.

"산타, 뭐 하고 있어?"

일과를 마치고 퇴근 준비를 하던 피셔 디스카우가 연습실에 남은 산타 웨인을 발견했다.

의자에 앉은 채 손으로 책상을 치고 있었다.

'죠엘 기다리고 있나?'

불러도 반응이 없기에 가까이 다가가자 산타가 파우스트의 큰북 악보를 보고 있었다.

디스카우는 비록 악보를 제대로 읽을 순 없지만 이런 식으로 노력하는 산타가 기특했다.

어린이 타악 교실에 다닐 때보다 상태가 많이 호전되긴 했지만.

한 곡을 익히기까지 남들보다 오래 걸렸기에 무대에 자주

오르진 못했다.

그래도 산타는 실망하는 법이 없었고 그에게 주어진 기회에 최선을 다했다.

이번에 참여하게 된 파우스트도 마찬가지였다.

"공부하는 거야? 좀 알려줄까?"

산타가 고개를 저었다.

악보에 시선을 고정한 채 끊임없이 중얼거리며 책상을 쳤다.

피셔 디스카우는 곧 산타가 박자를 익히고 있음을 알 수 있었다.

'가르쳐 줬을 텐데.'

악보 읽는 것에 미숙한 나머지, 산타는 피셔 디스카우의 연주를 그대로 따라 하는 방식으로 연습을 해왔었다.

파우스트를 준비하는 과정도 마찬가지였는데, 이런 경우는 처음이었다.

"틀."

틀렸다고 지적하려던 피셔 디스카우가 입을 닫았다.

틀린 박자를 더듬더듬 다시 찾아가고 있음을 알 수 있었다.

디스카우는 산타에게 방해되지 않도록 떨어져 앉아, 턱을 괸 채 그를 지켜보았다.

한 시간쯤 지나고 죠엘 웨인이 다급히 연습실을 찾았다.

"미안. 누나가 많이 늦었지?"

죠엘이 연습실에 앉아 있는 피셔 디스카우를 발견했다.

그가 피식 웃으며 손을 흔들었고 산타는 누나가 와서야 주변을 살폈다.

죠엘 웨인이 디스카우에게 인사했다.

"산타 봐주고 계셨던 거예요?"

"아니야. 그냥 뭐 하나 지켜보고 있었어. 자식, 기특한데?"

"기특해."

디스카우가 주먹을 내밀자 산타가 웃으며 마찬가지로 손을 뻗었다.

"녹음한 거 잃어버렸어? 새로 해줄까?"

디스카우는 혹시나 산타가 녹음 파일을 잃어버려서 말도 못 하고 혼자 끙끙댔나 싶었다.

"있어요."

그러나 산타가 핸드폰을 꺼냈다.

파우스트 큰북이란 파일로 저장된 100분 14초짜리 파일이 그대로 있었다.

피셔 디스카우가 의아히 물었다.

"그럼 왜 악보 보면서 연습했어?"

산타가 부끄러운 듯 힛 하고 웃었다. 몸을 배배 꼬며 누나 뒤에 숨었다. 그리고 작은 목소리로 더듬거렸다.

"알고 싶어서요."

디스카우는 순간 산타의 말을 이해하지 못했다.

그러나 여태 타마키 히로시 협주곡을 제외하고 한 번도 악보를 보지 않았던 산타의 행적을 떠올리니 그가 무슨 말을 하는지 알 수 있었다.

"알 것 같아?"

산타가 고개를 끄덕였다.

피셔 디스카우가 책상에 놓인 악보를 가리키며 물었다.

"아까 여기 밀었지? 왜 그랬어?"

"화 많이 나면. 어."

서툰 말솜씨로 자신의 생각을 설명하기 시작한 산타는 어느새 누나에게서 떨어져 있었다.

"말 잘 안 나오고. 응. 말이 잘 안 나오고. 어. 화 많이 나니까."

"그래. 여기가 화난 것 같았어?"

죠엘 웨인은 고개를 끄덕이는 동생을 보며 기적이 따로 있지 않음을 느꼈다.

무엇인가를 두드리는 걸 좋아해서.

식당에 가서도 남에게 피해를 주어서 고민이었던 버릇이 지금은 그를 자랑스러운 베를린 필하모닉의 단원으로 만들어주었다.

아주 간단한 의사 표현조차 하지 않으려 들었던 동생이 생각하고, 그것을 표현할 수 있게 되었음에 그녀는 더는 바랄 것이 없었다.

"맞아. 여긴 화가 났어. 화가 나서 소리를 지르는데 말이 잘 안 나와. 그럼 어떻게 해야 하겠어?"

비상한 기억력과 완벽에 가까운 박자 감각.

산타의 장점을 활용하여 교육했던 디스카우는 여태 곡을 분석하고 이해하는 방향으로는 가르친 적 없었다.

그는 자신도 모르게 가지고 있던 색안경을 인정했다.

'이 아이도 이해하고 있어.'

"으우."

피셔 디스카우는 기다렸다.

무슨 단어를 선택해야 하는지 몰라 답답해하며 머리를 이리저리 움직이는 산타가 대답할 때까지 기다렸다.

"두, 두 번! 두 번! 세게 두 번!"

"그래!"

그리고 마침내 자신의 녹음본이 왜 그런 방식으로 연주했는지 이해한 산타 웨인의 머리를 마구 헝클어뜨렸다.

"싫어어."

산타 웨인이 디스카우의 격한 칭찬에 몸을 비틀었다.

디스카우가 웃으며 죠엘 웨인에게 말했다.

"이렇게 되면 내년 평가는 그냥 통과하겠는데?"

다른 누구도 아니고 팀파니와 타악기 전체 수석 피셔 디스카우의 말이었기에 죠엘은 깜짝 놀랐다.

베를린 필하모닉의 모든 단원은 입단 후 2년 뒤 단원들의 평가를 받아 잔류할 수 있는지가 정해지고.

그래야만 정식 단원으로 인정받을 수 있다.

작년, 오케스트라 대전 중 입단한 예비 단원 산타 웨인이 동료 단원들의 평가를 통과할 수 있단 말에 너무나 기뻤다.

죠엘이 동생을 끌어안았다.

"산타 잘했어."

"힣. 나 잘해."

누나에게 칭찬받은 산타가 우쭐해졌다.

♪

강철 같던 베를린 필하모닉도 배도빈의 〈파우스트〉 앞에서는 좀처럼 힘을 쓰지 못했다.

방대한 분량이 첫 번째 문제였다.

해설을 맡은 진달래를 제외하고는 가사 하나 없는 100분 14초 분량의 파우스트.

최선을 다했지만, 과연 관객들이 공연에 집중할 수 있을지에 대해선 확인할 수 없었다.

두 번째 문제는 시도해 보지 않은 형식이라는 점이었다.

2027 오케스트라 대전을 통해 정점에 이른 그들에게 곡의

난도는 큰 문제가 아니었다.

다만 다양한 경험을 지속한 그들조차도 '대사'를 함에는 부담을 느꼈다.

특히 베를린 음대를 졸업하고 2년간 예비 단원 신분으로 활동하다 올해 제2바이올린 주자가 된 박하은에게는 너무나 어려운 문제였다.

쉬는 시간.

그녀가 <파우스트>에서 독주곡을 맡고 제2바이올린 지도를 맡은 나윤희 악장에게 다가갔다.

"저…… 악장님."

"네. 하은 씨."

나윤희가 웃으며 대답했다.

"오늘 너무 많이 틀려서 죄송합니다."

박하은이 고개를 꾸벅 숙이자 나윤희가 얼른 그녀를 일으켜 세웠다.

"다들 어려워하고 있으니까 너무 신경 쓰지 말아요. 열심히 하고 있잖아요."

나윤희는 박하은의 연주가 저번 주보다 확실히 나아졌음을 알고 있었다.

미숙한 곳이 여럿 있었지만 지적받은 것을 개선하려고 노력하는 모습을 높게 샀다.

"그게."

박하은이 머뭇거리다가 용기를 냈다.

겨우 정식 단원이 되었는데 자신의 부족함을 드러내는 것 같아 망설여졌다. 그러나 답답한 채로 연습을 지속할 순 없었다.

아는 척하며 적당히 맞추다간 악단에 안 좋은 영향을 끼칠 거라고 판단했다.

"사실 여기, 그레트헨이 정말 멘붕, 아니, 제정신이 아니게 되는 부분이잖아요."

박하은이 당황해서 말을 고치자 나윤희가 미소 지었다.

"괜찮으니 편하게 말해요."

그녀는 단원을 안심시키고 악보를 확인했다.

박하은의 말대로 그레트헨 이야기였다.

그레트헨에게 반한 파우스트는 그녀에게 수면제를 주었다.

어머니를 재우고 몰래 만나자는 그의 꼬임에 넘어간 그레트헨은 어머니에게 수면제를 먹였다.

그러나 너무 많은 양을 넣게 되었고 그대로 어머니는 영영 깨어나지 못하게 되었다.

더군다나 파우스트의 아이까지 가지게 된 그녀의 비극을 어떻게 표현해야 좋을지.

박하은은 알 수 없었다.

"하은 씨는 어떻게 생각해요? 이 대목."

나윤희가 고개를 끄덕여 박하은이 편히 말할 수 있도록 도왔다.

"파우스트 어떤 이야기인 줄 몰랐는데 일단 얘는 맞아 죽어도 싸요. 오빠 죽였지, 어머니 죽이게 했지 게다가 임신까지 시켰잖아요. 그레트헨도 너무해요. 오빠 죽었을 때 마음 접었어야죠."

박하은은 그레트헨의 신경을 이해할 수 없었다.

오빠 발로틴이 파우스트 일행과의 시비로 명을 달리했을 때 그와의 관계를 모두 접어야 한다고 생각했다.

나윤희가 웃었다.

편하게 말하라고 해서 너무 편히 했나 싶어 걱정하던 박하은이 의아해했다.

"아. 저도 그렇게 생각했거든요. 책 읽을 때 좀 답답했어요."

나윤희의 말에 박하은이 고개를 끄덕였다.

"이걸 대체 어떻게 표현해야 좋은지 모르겠어요. 모르니까 자꾸 선배님들 연주 따라 하고. 이런 제가 정말 무대에 올라도 되나 싶고……."

지시대로 연습해도 될 터인데.

희곡 파우스트를 깊이 이해하고, 작곡가이자 지휘자인 배도빈의 의도를 파악하고자 하는 진지한 태도가 과연 베를린 필하모닉 단원이다 싶었다.

나윤희는 그녀의 손을 잡아끌어 의자에 앉았다.

"오페라라고 하니까 이야기를 전달해야 한다고 생각할 수 있어요. 그런데, 굳이 정확히 표현하려고 노력하지 않아도 괜찮아요."

박하은은 나윤희의 말을 이해할 수 없었지만 존경하는 그녀의 말을 끊지 않았다.

"상황을 묘사하려는 음악은 즐길 수 없다는 게 보스의 생각이에요. 음악을 공부한 사람은 잘 알아들을 수 있지만, 그러지 않은 분들은 아니잖아요?"

"아."

"베토벤이 말했죠. 묘사하기 위한 연주는 모두 실패할 것이라고. 들어본 적 있어요?"

"네."

"묘사하는 음악이 불가능하다는 뜻이 아니라, 그렇게 해서는 대중에게서 멀어질 뿐이라고 해요. 보스 말로는요."

나윤희가 싱긋 웃었다.

배도빈이 항상 강조하던 쉬운 음악.

음악이 상황을 설명하기 시작하면 지식이 없는 사람으로서는 그것을 받아들이기 힘들었다.

음악은 대화의 수단.

어려운 곡을 연주하는 것은 그저 자위일 뿐이라는 생각이 배도빈의 지론이었다.

박하은에게는 의문이 아직 남아 있었다.

"하지만 그랜드 심포니도. 베를린 환상곡도. 불새 협주곡도 그랬잖아요."

그녀는 배도빈의 모든 곡이 마치 이야기를 보는 듯, 그 심상 속으로 빨려들게 했음을 떠올렸다.

하나의 이야기를 보는 것처럼 완벽한 전달력.

묘사가 중요하지 않다면 대체 그것이 어떻게 가능했는지 궁금했다.

"느끼게 해주는 거죠."

나윤희가 블러드 와인을 들었다.

조금 전 연습했던 부근을 조금씩 연주하면서 설명을 덧붙였다.

"예를 들어서 묘사를 하려고 했다면 그레트헨이 수면제를 탈 때 이렇게 연주하라고 했겠죠."

나윤희가 물방울이 떨어지듯 현을 뜯었다.

"하지만 악보는 음 변화가 심해요. 비브라토를 격하게 주라는 지시도 있고요. 어머니의 음식에 수면제를 넣을 때 그레트헨이 어떤 감정이었는지 느끼게 해주려는 의도죠."

박하은이 고개를 끄덕였다.

"방금 우리 이렇게 연습했죠?"

나윤희가 활을 켰다.

단단한 목소리로 노래했던 블러드 와인이 다소 찢어진 목소리를 냈다.

"그 때문이에요. 묘사하는 것보다, 느끼게 해주는 게 더 효과적인 일이고요. 성악이 할 수 없는, 기악만이 할 수 있는."

마침내 선배들이 무엇을 목표로 두고 연주하는지 이해한 박하은이 힘차게 고개를 끄덕였다.

한편.

졸지에 100분 14초짜리 연주를 하게 된 최지훈은 가우왕과 함께하며 서로의 의견을 교환하고 있었다.

가우왕은 최지훈의 연주에 피드백을 했고 최지훈은 가우왕이 맡은 독주 파트를 평했다.

그러기를 얼마간.

문득 고개를 돌리자 몸을 웅크리고 있는 프란츠 페터를 발견할 수 있었다.

"언제부터 있었어?"

"어…… 두 시간 전쯤이요."

"왔으면 말을 하지. 왜? 무슨 일 있어?"

"아뇨. 그냥. 두 분은 공연 준비 어떻게 하시나 궁금해서요."

가우왕과 최지훈이 대수롭지 않게 여기며 다시 이야기를 진행하는데 프란츠 페터가 다가왔다.

가우왕이 귀찮다는 듯 말했다.

"뭐야? 할 말 있으면 해."

프란츠 페터가 양손 검지 끝을 서로 누르며 말했다.

"저도 부감독님하고 지훈이 형처럼 피아노 잘 치고 싶어서 어떻게 준비하시나 보고 싶었어요."

그 말에 가우왕이 헛기침을 하곤 의자를 끌었다.

"가까이서 봐. 서서 뭐 해."

가우왕의 반응에 최지훈이 살짝 웃으며 물었다.

"그래서? 어땠는데?"

"음. 역시 두 분이구나 싶었어요. 제가 몰랐던 이야기를 하시니까요."

최지훈이 고개를 끄덕이며 호응해 주었다.

"사실 전 아직도 도빈이 형이 왜 굳이 가사를 제외했는지 모르겠거든요."

"잘 봐."

기분이 좋아진 가우왕이 기특한 꼬맹이에게 설명하기 시작했다.

"파우스트 읽어 봤어?"

"네."

"어떻더냐?"

"뭔가 대단한 것 같은데 뭐랄까. 조금 이상한 부분도 있었어요."

"뭐였는데."

"그게. 음. 갑자기 생각하려니까 잘 모르겠는데. 아, 파우스트가 그레트헨한테 환심 사려고 몰래 방에 들어가서 목걸이 두잖아요."

"그렇지."

"범죄잖아요!"

프란츠의 외침에 최지훈이 크게 웃었다.

"또……. 그레트헨이 너무 불쌍했어요. 오빠랑 엄마도 죽으니까 제정신이 아니었잖아요. 아이도 가졌는데 살인죄 때문에 파우스트마저 도망가니까 그. 성할 리가 없죠."

프란츠가 그레트헨이 아이를 버렸다는 말을 의도적으로 삼갔다.

"거기까지."

가우왕이 프란츠의 말을 멈췄다.

"봐. 지금 우리가 보기에 희곡 파우스트는 이상한 내용이 있다고. 말 같지도 않은 이야기잖아."

위대한 대문호의 작품을 독설로 깎아내리는 듯했지만, 프란츠는 어느 정도 그의 말에 동의했다.

"우리가 연주하고 싶은 파우스트는 선물 준답시고 여자 방에 몰래 들어가고, 냄새 맡고 그런 내용이 아니야. 포기하지 않고 노력하면 구원의 날이 온다. 그거잖아. 안 그래?"

"맞아요."

"지금 그걸 완전히 재연한다면 관객들이 어떻게 생각하겠어?"

"아."

"그래. 몰입할 수가 없지. 어느 미친놈이 이걸 이해하겠어. 제정신인 사람이 장모 될 사람한테 수면제 먹이라고 시키겠냐?"

가우왕이 고개를 저었다.

"배도빈은 인식의 차이로 생기는 문제로 희곡 파우스트가 말하고자 했던 주제가 퇴색되는 게 싫은 거야. 어쩌고저쩌고 그럴듯한 핑계 대지만 자기 작품에 똥 묻히기 싫다는 거지."

가우왕의 단순하고 직관적인 표현에 프란츠 페터가 단번에 배도빈의 뜻을 이해했다.

현대인이 공감할 수 없는 이야기를 제외하고, 주제만을 두고 노래하겠단 뜻이었다.

그러니 상황 묘사가 중요할 리 없었다.

단지 각 등장인물의 심경이 어떤지, 어떻게 변화하는지.

그리고 번뇌하던 그들이 어떻게 구원받는가.

그 감정선을 살리는 것이 최우선 목표라고 판단한 것이었다.

최지훈이 한몫 거들었다.

"파우스트는 서사로 접근하면 안 돼. 서사보다는 괴테가 말하고자 했던 사상을 이해하려고 노력해야 볼 수 있어. 도빈이는 그걸 음악으로 경험하게 해주려는 거고."

"알 것 같아요."

프란츠 페터는 이 두 위대한 피아니스트의 말이 참으로 옳다고 여겼다.

'멋있어.'

그리고 결국 해내지 못했던 세 개의 손을 위한 소나타를 언젠가 이 두 사람과 같이 연주할 수 있길 바랐다.

♪

단원들이 차츰 〈파우스트〉에 익숙해져 갈 무렵.

악단주의 지시를 받은 카밀라 앤더슨, 이자벨 멀핀을 비롯한 사무국은 쉴 틈 없이 움직였다.

전 세계 동시 생중계.

우려의 목소리가 있었지만 배도빈은 〈파우스트〉를 기다리는 모든 팬을 위해 전무후무한 선택을 강행했다.

"이견은 받지 않습니다. 가능한 모든 매체에서 볼 수 있도록 협력하세요."

당황한 이자벨 멀핀이 나섰다.

"보스, OTT 플랫폼이라면 얼마든지 가능하지만 각국 방송국까지 들이는 건 효율성이."

"지금도 인터넷이나 스마트폰이 보급되지 않은 나라가 있습니다."

배도빈의 단호한 말에 멀핀은 더 이상 반대할 수 없었다.

2028년. TV 시청률은 급격히 저하되었고 국영 방송과 거대 방송국을 제외하면 문을 닫는 경우가 수두룩했다.

중계권을 판매하는 것은 큰 문제 아니지만 그렇게 되면 주력 매체인 OTT 플랫폼 등에서 얻어낼 수 있는 게 줄어들었다.

제아무리 베를린 필하모닉의 공연이라 해도 어디서든 볼 수 있는 콘텐츠에 OTT 플랫폼이 크게 투자하길 바라는 건 무리였다.

그러나 TV 매체에 의존하는 나라도, 연령대도 있기에 배도빈은 굴하지 않았다.

"독점 프로모션 따위 신경 쓰지 마세요. 새로운 고객을 유치하는 것도 중요하지만 우리를 사랑하는 분들에게 최선의 콘텐츠를 제공하는 게 우선입니다."

"네, 보스."

보스의 확고한 의지를 이해한 이자벨 멀핀과 사무국 임원들은 그 즉시 각 플랫폼과 방송사에 〈파우스트〉 초연의 중계권을 두고 협상에 들어갔다.

독점 송출을 유지했던 배도빈은 〈파우스트〉를 베를린 필하모닉의 디지털 콘서트홀 'DOBAEN'뿐만이 아니라.

뉴튜브, 미시시피 프리미엄 비디오, 웹플릭스, JH시네마, 디자인 플러스 등 주요 OTT(Over the top) 플랫폼과 단기 계약을 체결하였다.

사무국의 우려와 달리.

OTT 시장 점유율을 차지하기 위해 독점 콘텐츠 경쟁을 치열하게 했던 그들 모두 배도빈과 베를린 필하모닉의 <파우스트>만큼은 전면에 배치하길 약조했고.

나라마다 하나의 방송국에 중계권을 팔려던 탓에 각국 유력 방송국들은 치열하게 다퉈야만 했다.

배도빈과 베를린 필하모닉에 아무런 위험이 없는 것은 아니었다.

브루노 발터의 말마따나 실험적 요소가 있는 작품을 검증하지 않은 채 이렇게 대대적으로 홍보하는 것이 과연 옳은 일인가 싶었다.

OTT 플랫폼과 방송국이 홍보를 돕고 있긴 하지만.

전 세계를 상대하다 보니 <파우스트>의 초연 마케팅 금액이 악단 한 해 예산의 2할에 달할 정도로 무리하고 있었다.

그럼에도 배도빈은 확고히 직원들을 이끌었다.

그렇게 연말이 다가오고.

12월 24일 크리스마스이브.

전 세계에 베를린 필하모닉의 콘서트홀이 상영되었다.

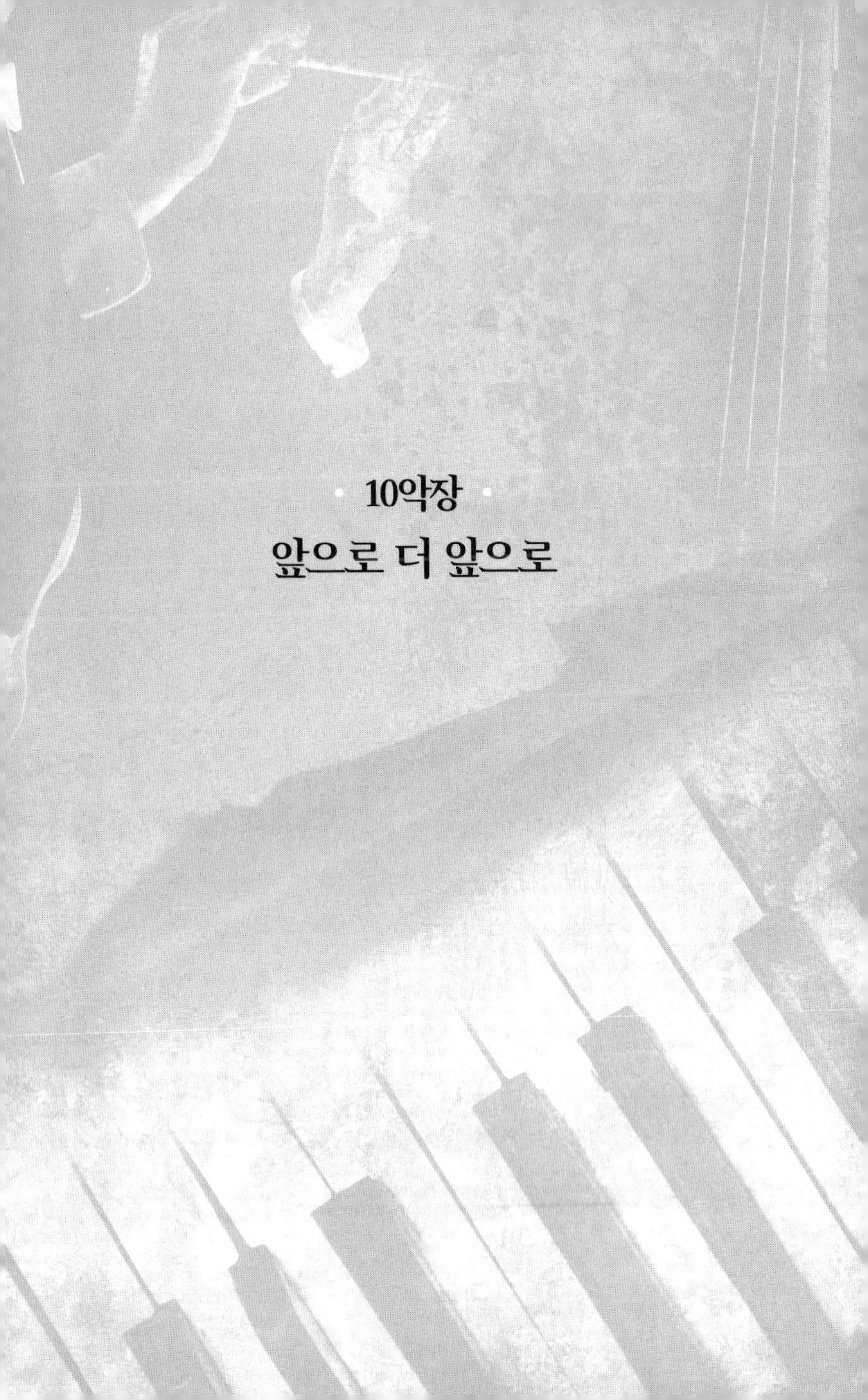

· 10악장 ·

앞으로 더 앞으로

자랑스러운 나의 악기들.

이들은 또 한 번 해내고야 말았다.

한계를 부정하고 그랜드 심포니와는 또 다른 길을 걸어 마침내 이곳에 이르렀다.

이들 모두가 파우스트.

끊임없이 노력하는 자.

오늘은 우리를 위한.

지금도 걷는 이를 위한.

잠시 지친 이를 위한 무대다.

'가자.'

최지훈에게 신호를 주고, 찰스 브라움을 향해 지휘봉을

휘둘렀다.

♪

객석은 차분한 가운데 설렘으로 가득했다.

작년 그랜드 심포니의 감동을 기억하는 관객들은 그와 같은 경험을 다시 하고자 베를린 필하모닉을 방문했다.

더군다나 다름 아닌 베토벤, 바그너가 염원했던 괴테의 〈파우스트〉.

지금까지도 수많은 해석을 남기고 있는 독일의 대문호가 쓴 고전이었다.

오늘 밤은 고요하지 못할 듯하다.

손을 가지런히 모으고 편안한 자세로 기다리던 관객은 배도빈 모습을 드러내자 열렬히 환호했다.

그의 음악은 듣기 좋았다.

때론 격렬하게 때론 달콤하게.

흥분하기도, 슬퍼하기도, 전율하기도 했다.

더 이상 그들에게 클래식 음악은 특별하지 않았다.

어느 때고 틀어놓는 듣기 편한 장르였다.

집중해서 듣다 보면 무심코 수십 분이 흘러가 있지만 부담스럽지는 않았다.

일하면서, 놀면서 자연스럽게 접할 수 있었다.

가볍게 즐길 수 있으면서도 반복해 들을수록 새롭게 느껴지는 음악.

그들이 배도빈의 곡을 사랑하는 이유였다.

인사를 마친 배도빈이 돌아섰다.

열정적으로 그의 이니셜을 연호하던 관객들이 애써 가슴을 진정했다.

이제 곧.

그가 펼칠 세계에 함께할 터였다.

배도빈이 지휘봉을 휘두르자 피아노가 격렬한 옥타브로 파우스트를 짓눌렀다.

전면에 나선 찰스 브라움과 그를 따르는 제1바이올린이 힘없이 노래한다.

웅대한 꿈을 가진 필멸의 존재.

바짝 마른 나뭇가지처럼 앙상한 팔을 들고 호소한다.

제게 시간을 주소서.

강인한 다리와 밝은 눈을 주소서.

찰스 브라움의 흐느낌이 애처롭게 울리고, 진리를 탐하고자 했던 파우스트는 낡은 몸에 좌절한다.

그를 비추던 조명이 꺼지고.

무대 오른쪽이 밝게 빛난다.

스포트라이트 아래 가우왕의 피아노가 경박하게 웃는다.

현명했던 남자가 맞이한 좌절과 절망이 그를 즐겁게 한다.

메피스토텔레스는 그가 죽음을 직감한 순간 지금껏 쌓아온 모든 지식과 지혜를 놓을 것을 기대한다.

또 하나의 악기.

유일한 악기.

진달래의 목소리가 처연히, 말하듯 노래한다.

가는 팔 어두운 눈
두려움 앞에 무너지리라

그 비웃음을 저지하듯 울려 퍼지는 콘트라바순.

일곱 바순과 함께한 마누엘 노이어의 콘트라바순이 지엄하게 꾸짖는다.

그러나 경박한 피아노는 굴하지 않는다.

바순과 피아노가 경쟁하듯 이루는 화음 속에 관객들은 혼란스럽다.

너를 막지 않으리라
네가 그를 욕되게 할 수 없으니
갈망에는 방황이 따르는 법

불빛은 이제 가우왕과 찰스 브라움을 향해 있다.

끄윽. 입술 사이로 새어 나온 절망 뒤에 피아노가 화려한 아르페지오로 조롱하듯 따라붙는다.

찰스 브라움이 활을 길게 켰다.

힘없이 흐느끼던 바이올린은 가우왕을 탓하듯 날카롭게 외친다.

가우왕은 굴하지 않고 찰스 브라움을 희롱한다.

고혹적인 멜로디로 이런 걸 원했던 것 아니냐고 묻는다.

찰스 브라움과 제1바이올린이 현을 강하게 쓸어 부정하고.

가우왕이 또 다른 멜로디를 연주하길 반복한다.

끊임없이 지혜를 탐하던 파우스트는 점차 메피스토텔레스의 달콤한 속삭임에 귀 기울인다.

세상 모든 지식도, 어떠한 명예도 줄 수 있다고 속삭이는 악마의 목소리.

파우스트가 메피스토텔레스에게 확인하듯, 찰스 브라움과 가우왕은 같은 멜로디를 번갈아 연주했다.

네가 만족할 때까지 세상 무엇이라도 주겠다며 다만 진실로 만족했을 때, 그 순간이 멈추고 영원하길 바랄 때 당신을 데려가겠다고 제안한다.

늙은 파우스트는 자신의 끝없는 지식욕을 언급하며 당당히 맞선다.

악기들의 대화가.

그들의 감정이 조금씩 객석에 전달되었다.

♪

찰스 브라움의 파이어버드에 광기가 스며든다.

젊음을 얻은 파우스트.

꿈에 그리던 여성과 만나는 열망마저 실현되었다.

악마는 그의 눈을 멀게 했다.

파우스트의 눈에는 그레트헨이 그가 바라던 이상의 인물로 비친다.

젊은 날 나와 괴테가 한 실수처럼, 자신 안의 이상을 상대에게 투영한다.

관객들은 조금씩 찰스 브라움이 연주하는 멜로디에 이질감을 느낄 것이다.

고결한 음색은 온데간데없고 탐욕에 찌든 갈증만이 자리한다.

이야기는 점차 비극으로 치닫는다.

힘차게 나선 다니엘 홀랜드의 콘트라베이스가 찰스 브라움에게 가로막힌다.

거짓된 사랑에 눈이 먼 파우스트의 어긋난 행동과 그로 인해 어머니를 죽이게 된 그레트헨.

위태롭게 노래하던 블러드 와인이 고장 난 듯 멈추고 만다.

'좋아.'

아직 기나긴 고난이 시작되었을 뿐이다.

다행히.

지금까지는 최지훈과 진달래가 이야기를 잘 이끌어주는 덕에 각 악기가 효과적으로 나설 수 있었다.

마리 얀스의 조언을 받아 스포트라이트를 활용한 것도 큰 역할을 하고 있다.

남은 것은 최지훈과 가우왕이 연주할 발푸르기스의 밤.

찰스 브라움과 윤희의 소나타.

걱정할 리 없다.

계획한 대로 모든 것이 원만히 흘러간다.

혼자서는 불가능한 일이었다.

그랜드 심포니가 그러했듯 이들이 함께하기에 가능했던 일.

자애롭게 스며드는 오보에와 유혹하는 플루트에 정신을 못 차리는 파이어버드.

과연 찰스 브라움이다.

즐겁다.

어쩌면 먼젓번 삶에서 이루지 못한 것이 득일지도 모른다.

당시 연주 수준과 열악한 상황에서 이런 공연이 가능할 리 없다.

'듣고 있는가.'

비록 그 구차함에 실망했으나.

한때 실로 존경했던 괴테.

무언가를 이루기 위해서는 필연적으로 고통과 어려움이 따른다며, 그릇된 길이 아님을 설파한다.

욕망에 휩싸여 젊음과 지식, 사랑을 차지하고서도 만족하지 못했던 파우스트는 결국 그레트헨이 스스로 죽는 걸 막아내지 못했다.

절망한 그 앞에.

메피스토텔레스는 파우스트를 그가 바라던 영원한 여성이 살던 세계로 데려간다.

헬레네.

그녀와 결혼하고 아이까지 낳았지만, 아내도 아이도 덧없이 죽는다.

지금까지 그에게 주어졌던 모든 부와 명예와 지식이 그의 노력에 의한 것이 아니었음을 깨달은 파우스트는.

모든 것을 잃은 뒤에야 움직이기 시작한 파우스트는 자신의 손으로 유토피아를 만들어나간다.

자유도 생명도

매일 싸워 얻는 자만이 누리리라

갈망할 뿐.

모든 것을 메피스토텔레스에게 기댔던 그는 점차 완성되어 가는 유토피아를 바라보며 실로 간절히 바란다.

이 자유로운 땅에서 자유로운 이들과 함께하리라.

그렇게만 된다면 말하리다.

멈추어라, 너는 너무도 아름답구나!

그것은 자유의 땅을 얻기 위해 끊임없이 노력해야 함을 깨달은 남자의 각오.

비록 그 과정이 고통스러우나 가슴 속에서 끓어오르는 열망을.

타는듯한 갈증을 이루기 위해 움직이는 우리를 위한 말이다.

알리고 싶다.

우리의 노력이 헛되지 않다고.

괴로우니까.

포기하고 싶으니까.

나와 당신의 노력이 어떤 가치를 가지는지 증명하고 싶다.

수십, 수백, 수천 번 마음을 고쳐잡으며 무엇인가를 해냈을 때.

누군가의 힘이 아닌, 자신의 힘으로 일군 자유의 땅 유토피아를 조우했을 때 비로소 안식을 맞이하리라.

방황이 우리의 발을 붙잡진 못할 터이니.

다만 그곳에 이르기까지 멈추지 않으리라.

관객들은 충격받았다.

〈파우스트〉는 불쾌하고 때론 공포스럽기까지 했다.

그러나 알 수 없는 이질감 속에서 찰스 브라움과 나윤희를 응원하게 되었다.

기이한 멜로디가 전하는 방황에 찰스 브라움이 흔들릴까 봐, 나윤희가 쓰러질까 봐 마음 졸였다.

쓰러질 듯. 쓰러질 듯.

가우왕의 피아노에 위태롭게 이어지는 두 바이올린.

마침내 파이어버드가 제 목소리를 내었을 때는 희열에 감싸였다.

짧은 노래와 무대 장치, 곡 배분에 따를 뿐이었지만 그 어떤 연극보다 가슴에 와닿았다.

의욕.

마음속에 피어난 용기를 느끼며.

두려움과 방황에 저항할 수 있는 강인함을 전해준 베를린 필하모닉과 배도빈에게.

관객들이 천천히 박수를 보내기 시작했다.

♪

이틀 뒤.

〈파우스트〉를 향한 언론과 평단의 극찬이 쏟아지는 가운데, 일각에서는 〈파우스트〉의 성적이 〈그랜드 심포니〉가 올렸던 성적에 미치지 못함을 언급했다.

프란츠 페터는 평소와 같이 무심하게 〈파우스트〉 총보를 들여다보는 배도빈의 눈치를 보았다.

수백 번 수정하여 이미 너덜너덜해진 〈파우스트〉의 원본 총보를 또다시 수정하고 있었다.

'속상하신가 봐.'

프란츠가 마음을 쓰고 있자 배도빈이 고개도 돌리지 않고 물었다.

"왜."

프란츠가 조심스레 물었다.

"속상하세요?"

"뭐가?"

"파우스트요. 그렇게 잘 완성했는데……."

<파우스트>의 초연은 전 세계 3억 명이 함께 즐긴 곡이었다.

그를 통해 베를린 필하모닉의 'DOBEAN'을 구독하는 사람이 급증하기도 했다.

사카모토 료이치, 마리 얀스, 브루노 발터, 아르투로 토스카니니 등 수많은 음악가가 <파우스트>가 기악의 새로운 가능성을 열었다고 극찬하고.

경제적으로는 몇 달간 투어를 다녔던 <투란도트> 이상의 성과를 올렸지만.

그랜드 심포니와 같은 대작이 탄생했다고 장담했던 배도빈과 베를린 필하모닉은 만족할 수 없는 수치였다.

배도빈이 피식 웃었다.

"이번에 부족한 걸 알았으니 다음엔 좀 더 보강할 수 있잖아."

프란츠 페터는 배도빈이 즐거워하고 있음을 알 수 있었다.

"아직 어려웠던 거야. 이 부분은 삭제하는 게 낫겠어."

배도빈이 깃펜을 들었다.

"조금 쉬시는 건 어때요? 준비하시느라 고생하셨잖아요."

"눈앞에 고칠 것이 보이는데 어떻게 쉬어."

"그래도요. 안 힘드세요?"

배도빈이 고개를 돌렸다.

"힘들지."

그러고는 작업에 집중하라는 듯 프란츠 페터의 악보를 가리키며 말했다.

"힘들지 않은 적은 없었어."

그저 포기할 수 없었을 뿐이었다.

음악을 사랑하기에 그것을 이루지 않고서는 어쩔 도리가 없으니.

앞으로도.

또 그 앞으로도 나아갈 뿐이었다.

"그러니까 빨리 한 사람 몫 해서 좀 도와."

"네, 네!"

변한 것이 있다면 그 주변에 함께하는 사람이 있다는 것.

배도빈은 진동하는 스마트폰 액정을 확인하곤 슬며시 미소 지었다.

[UN과 협상 잘 마무리되었습니다. 베를린에 도착해서 자세히 말씀드리겠습니다.]

해마다 초청했던 UN에서 또다시 공연 요청을 해왔다.

UN Day concert.

배도빈은 참가 조건으로 그랜드 심포니를 연주할 수 있는 공간 확보를 요청했다.

다행히 일이 잘 풀린 듯.

예전처럼 비공개 공연도 아니었다.

유엔 데이 콘서트에서 가장 많이 연주된 곡이라던 자신의 9번 교향곡(합창)을 떠올린 그는 그 기록을 그랜드 심포니로 대체해야겠다고 생각했다.

'이번에는 어쩐다.'

그랜드 심포니를 어떻게 편곡할지 상상하니 그의 입가에 행복이 묻어나왔다.

〈完〉

• 소회와 변 •

안녕하세요, 우진입니다.

가벼운 마음으로 시작했던 앙코르를 끝내야 할 시간이 왔습니다.

짧게 변명하자면 앙코르는 본래 6월이 되기 전까지 연재할 수 있는 기한이 정해진 기획이었습니다.

차기작 일정과 <다시 태어난 베토벤>에 관련한 일정 때문에 이 이상 연재하긴 어려웠습니다.

본편 연재보다는 편히 여겼던 터라 처음에는 '오래오래 행복하게 살았습니다'를 풀어보는 정도로 생각했습니다.

본편에서 미처 다루지 못한 에피소드는 있었지만 하지 못한 말은 없었으니까요.

그렇게 단편적인 일상으로 마무리 지으려 했는데, 막상 연재를 시작하니 그렇게 되지 않았습니다.

알콩달콩하게 일상과 휴가를 즐기기에는 등장인물들이 너무 열정적이어서 이야기가 길어졌고 그러다 보니 남은 시간이 부족하게 되었습니다.

이번 주에 두 편씩 연재한 건 어떻게든 하나의 이야기는 완결하기 위함이었습니다.

아침 먹고 출근해서 한 편, 저녁 먹고 출근해서 한 편을 반복하다 보니 최소한의 분량은 맞췄습니다만 아쉬움이 남습니다.

취미로 카레 전문 식당을 열어 월요일마다 카레를 젓는 배도빈의 일상도 적고 싶었고.

니나 케베리히와 엘리자베타 툭타미셰바의 독립된 스토리도 쓰고 싶었습니다.

김소망사랑과 홍주희 이야기도 만들어주고 싶었습니다.

아주 먼 훗날, 지휘봉을 내려놓은 배도빈이 한국으로 돌아와 작은 초등학교에서 음악을 가르치는 이야기도 쓰고 싶었습니다.

또 루트비히란 이름을 쓸 적의 이야기도 써보고 싶었습니다.

언젠가 보여드릴 수 있길 바라며 혼자 조금씩 적어놓겠습니다.

실은 오늘로 완결되지만, 종이책 작업을 하다 보니 수정하는 경우가 많습니다.

마감 시간을 지키느라 어색했던 문장, 오타를 좀 더 자연스럽고 문법에 맞게 고쳐야 하니, 아직 저의 〈다시 태어난 베토벤〉은 끝나지 않은 것 같습니다.

주제를 바꿔 앙코르 이야기를 하자면, 인물들이 성장한 모습을 보여주고 싶었습니다.

사랑하는 방법에 서툴렀던 배도빈이 동생 배도진과 나윤희 그리고 동료들을 어떻게 대하는지.

가우왕을 동경했던 꼬마 최지훈이 그와 대등하게 토론하고 경쟁하는 모습이라든지요.

공연 전 긴장해서 구토를 일삼던 나윤희가 존경받는 선배가 되어 차분히 가르침을 주는 것도.

곡을 통째로 외워서 연주하던 산타 웨인이 곡의 의미를 이해하고 자주적으로 연주하려는 것도.

천방지축이던 진달래가 그간 쌓아온 지식으로 곡을 만들어 성공적으로 발표한 것도.

항상 모든 말과 행동을 과하게 조심했던 프란츠 페터가 조금 더 적극적으로 활동한 것도.

본편 086화에 처음 등장했던 홍주희가 어느덧 커서 고등학교 2학년이 되었다는 것도요.

그 외에도 여러 인물이 어떻게 변화했는지 한 번쯤 생각해 주셨으면 합니다.

완결 이후 댓글 살필 시간이 좀 더 생겼습니다.

의도했지만 굳이 강조하지 않았던 설정을 언급해 주시는 분이 간혹 있어서 얼마나 기쁜지 모릅니다.

예를 들어 중2병을 앓았던 진달래가 심각한 중2병 환자였던 아리엘에게 끌릴 수밖에 없었단 장난스러운 설정이라든지.

배도빈과 푸르트벵글러가 아재 개그를 좋아하는 게 썰렁한 독일 개그를 의미한다든지요.

세세한 설정을 모두 언급할 순 없지만 혹시라도 발견하신 게 있다면 댓글로 남겨주셨으면 합니다.

엄청 기쁠 거예요.

또 궁금하신 게 있으시면 언제든지 말씀해 주세요.

실은 지금도 2주 정도 무리한 탓에 몹시 피곤하고 <다시 태어난 베토벤>에 관한 악플 때문에 몸과 마음이 무척 힘듭니다.

다만 테마곡도 만들고 앙코르란 이름으로 외전도 써보고, 독자분들께 선물을 받아보기도 하고, 팬아트를 그려주시는 분도 계시는 등 정말 제겐 너무나 소중한 시간이었어요.

과분합니다.

정말 이보다 더 노력할 순 없다고 자부할 정도로 열심히 썼기 때문에 <다시 태어난 베토벤>을 향한 자긍심과는 별개로, 보내주신 사랑에 정말 감사드립니다.

간격을 길게 두고.

아쉬움을 조금이나마 달랠 이야기를 준비해 두겠습니다.

그때도 도빈이와 지훈이 그리고 작중 등장인물들은 각자의 삶에 충실할 거예요.

도빈이가 항상 음악을 하듯.

아무리 힘들고 어려운 일이라도 포기하지 않고 끝까지. 실패와 방황을 당연히 여기고 만족할 때까지요.

저 또한 노력하겠습니다.

이야기 쓰는 일 좋아하니까요.

도빈이를 지켜봐 주셔서 감사합니다.

추신.

마지막 두 페이지와 같은 형식의 설정집을 준비하고 있습니다. 이와 관련한 소식은 블로그(https://blog.naver.com/byujin23)에서 전달해 드리겠습니다.

· 부록 1 ·

https://flower.wiki/배도빈

https://flower.wiki/배도빈

최근 수정 시각: 2033-05-02 00:12:08

배 도 빈

[라이든샤프트의 작곡가 | 대한민국의 작곡가 | 지휘자]

> "배도빈의 음악은 세계 어디에서든, 그 어떤 시대든 사랑받을 것이다."
>
> -한스 짐(영화 음악가)

> "배도빈이 사랑받는 이유는 간단하다. 그의 음악은 음악적 소양이 없는 사람도 두루 즐길 수 있고 소리를 다뤘던 사람이라면 경외하지 않을 수 없다."
>
> -모리스 르블랑(르 피가로 편집장)

이 름: 배도빈(裵道彬), Bae Dobean(특이하게 bin이 아니라 bean으로 쓴다. ~~콩깍지를 위한 표기다~~)

출 생: 2006년 2월 4일, 대한민국 서울.

직업 및 직위: 베를린 필하모닉 그룹 소유주·상임 지휘자(예술

감독), 작곡가, 피아니스트, 바이올리니스트, 베를린 대학 강사, 베를린 음악교육원 이사장, 샛별 엔터테인먼트 소유주, APOP 대주주, 도빈 재단 이사장, WH해운 전무, WH뮤직 대주주, WH생명 대주주.

별 명: 천재, 샛별, 희망, 마왕, 구도자, 선지자, ~~빌어먹을 꼬맹이~~. 해외에서는 'THE B' 또는 'B'로 국내에서는 '그분', '빈'으로 부르는 것으로 굳혀졌다. ~~빈 필하모닉과 헷갈린다~~

1. 소개

대한민국의 음악가로 전 세계적인 클래식 음악 붐을 일으킨 입지전적인 인물.

주요 이력으로는 2023년 제1회 OOTY 오케스트라 대전 초대 우승과 2027년 제2회 OOTY 오케스트라 대전 통합 우승이 있다.

그래미 위너(누적 10회 수상, 총 8개 부문), 아카데미 음악상 4회 수상, 그로마이어 작곡상 5회 수상(베를린 환상곡, 찰스 브라움, 잠자는 숲속의 공주, 세 개의 손을 위한 소나타, 그랜드 심포니, 파우스트), 에른스트 폰 지멘스 음악상 2회 수상, 북미 평론가 협회 올해의 음악가 9회 선정, 유로 음악회 위대한 작곡가 4회 선정, 타임즈 선정 21세기 최고의 지휘자, 그래모폰 선정 4년 연속 최고의 피아니스트, 유네스코 모차르트 메달, 독일 대공로십자성장과 특별대십자장, 대한민국 금관문화훈장, 2015년 쇼팽 국제 피아노 콩쿠르 우승 경력 등이 있다.

장르 불문, 1878년부터 현재까지 가장 많은 음반을 판매한 음악가이자 클래식 음악의 새 시대를 연 선구자로 모차르트, 베토벤과 비견되는 혹은 그 이상으로 평가받는 역사상 최고의 음악가.

2015년 쇼팽 국제 피아노 콩쿠르에서 압도적인 퍼포먼스를 보이며 역대 최고점으로 우승. 크리크 국제 콩쿠르 우승자 신분으로 출전했기에 최연소, 최다 득점 우승 기록은 깨지기 힘들 것으로 보인다.

2022년에 발표한 **피아노 협주곡 1번 C단조**(베를린 환상곡)이 초연되었을 때, 시카고 심포니 오케스트라 지휘자, 제르바 루빈스타인은 "긴 기다림 끝에 베를린의 마왕이 자비를 베풀었다."며 찬탄했다.

이후 2027년에 발표한 **그랜드 심포니**(부제, 베를린 필하모닉에 의한 광시곡)는 누적 100억 뷰가 넘는 조회 수를 기록, 단일 앨범으로는 가장 많이 판매되었다. 2033년 현재 310억 뷰를 기록하고 있다.

또 한 명의 천재 음악가 아리엘 핀 얀스는 그랜드 심포니를 두고, "그 누구도 그랜드 심포니가 최고라는 데 이견을 가질 수 없다"는 말을 남기기도 했다.

2. 개인 신상

출생지는 서울특별시 관악구 행운동.

학력은 한국 초등학교 졸업, 중·고등학교는 검정고시, 현재는 베를린 대학생 신분이다(휴학 중). ~~작곡과 강의하던데? 동생이 먼저 졸업할 것 같다. 그것이 현실이 되어버렸습니다.~~

공식적으로는 아직 베를린 대학 학부생 소속이지만 작곡과 강사로 활동하기도, 베를린 음악교육원에서 마스터 클래스 강의를 하기도 한다. ~~강의하는 이사장~~ 배도빈보다 1년 늦게 입학한 동생 배도진은 형보다 빨리 졸업 후 석사 학위까지 취득했다. ~~지금은 박사던데?~~

별명이 많기로 유명하다.

어렸을 적에는 샛별로 불렸다. 인터뷰를 참고하면 본인은 샛별이란 별명을 무척이나 싫어하는 듯하다. 그러면서 본인의 첫 매니지먼트이자 동시에 소유주로 있는 샛별 엔터테인먼트의 사명을 보면 그렇게까지 싫은 건 아닌 듯하다.

가장 많이 불렸던 별명은 희망, 신, 마왕.

현재는 'The B', '그분'으로 부르는 게 일반적이다.

희망 앞에는 보통 '인류의', '새 시대의', '음악의'라는 수식어가 따라붙는다. 마왕은 샛별과 악마가 루시퍼로 이어지고 마왕으로 불리는 단계를 거쳤는데 마신까지 찍을 기세.

음악사 최고 권위자 **게르트 카리우스**에 의해 **라이든샤프트 시대**를 열어젖힌 선지자로 불리기도 한다.

2024년, 미성년자로서는 유일하게 대한민국의 문화훈장(금관)을 수여 받았다. 공적심사위원회 심의를 거쳐 행정안전부에 추천, 다시 한번 심사를 거쳐 차관 회의, 국무 회의를 통과해 대통령의 재가를 받아야 하는 과정이 이례적으로 빠르게 진행되어 배도빈을 향한 국민적, 국가적 애정이 드러났다.

대한민국뿐만 아니라 독일에서 수여한 대공로십자성장, 특히 특별대십자장은 2031년 현재까지 배도빈을 포함해 단 3명만이 받은 준특급 훈장이다. 2033년 은퇴한 빌헬름 푸르트벵글러가 받아 총 4명에게 수여되었다.

쇼팽 협회, 베토벤 협회에서 공로상을 전달했으며, 2년 연속 그라모폰 명예의 전당 헌액 후보로 선정되어(지휘자 부문, 피아니스트 부문) 이목이 쏠리고 있다.

어렸을 적의 귀여운 외모가 나이를 먹으면서 점점 더 섹시해지고 있다. ~~퇴폐미다 퇴폐미!~~ 기본적으로 항상 불쾌해 보이는 표정을 짓고 있는데 수면 부족으로 인한 스트레스 때문이라고 한다. ~~그래서 잠자는 숲속의 공주를 만들었다고 한다.~~ 취소선이 있을 이유가 없는 게 본인과 단원들의 불면증을 달래고자 만들었단 인터뷰 기사가 있다. [링크]

[배도빈, "불면증 때문에 집중력이 떨어진다."]

단원들의 이야기를 들어보면 성격이 그리 좋아 보이진 않는다. 키가 작은 것이 콤플렉스인 듯한데 시력을 잃었던 2026년과 2027년 사이에 부쩍 커버렸다.

카레 덕후. 검정고시를 준비하며 활동을 잠시 중단했을 때, 용산구 일대에서 배도빈을 발견했다는 이야기가 심심치 않게 올라왔었다. 올라온 후기를 보면 전부 카레 전문점 안이나 그 근처. 차채은의 개인 블로그를 보면 "카레 못 먹어서 죽은 귀신이 붙었다"는 이야기가 있다. 본인도 여러 인터뷰를 통해 가장 좋아하는 음식이라 밝혔다.

[기사 참조. "카레는 가장 완벽한 음식."]

3. 입지

바흐, 모차르트, 베토벤 이상으로 평가받는 유일무이한 음악가.

작곡가로서의 배도빈은 2033년 1월 기준, 공식적으로 판매 집계된 앨범 수가 누적 10억 장에 이르며 기존의 모든 기록을 갈아치웠다.

지휘자로서는 뛰어난 편곡 능력과 폭넓은 세계관을 보여주며 암스테르담 로얄 콘세르트허바우, 빈 필하모닉, 런던 심포니 등에 주춤했던 베를린 필하모닉을 다시 한번 세계 정상의 자리로 견인하였다.

제1회 OOTY 오케스트라 대전 우승, 제2회 OOTY 오케스트라 대전 통합 우승, 디지털 콘서트홀 'DOBEAN'의 구독자 수 4억 4,110만 달성까지 그 누구도 부정할 수 없는 업적을 일구어냈다.

피아니스트로서의 배도빈은 가우왕, 막심 에바로트, 최지훈, 엘리자베타 툭타미셰바, 니나 케베리히와 함께 현재 활동 중인 인물 중 빠지지 않고 언급되는 인물이다.

가우왕, 최지훈, 엘리자베타 툭타미셰바가 기량 면에서 배도빈보다 반 수 앞서 있다고 말하는 사람도 있지만 적어도 위에 언급된 세 사람은 배도빈의 연주에 이론으로는 표현할 수 없는 것이 있다며 그러한 평가를 부정하고 있다.

실제로 배도빈이 발표한 피아노 앨범 **'두 대의 피아노를 위한 협주곡'**과 **'마왕의 재림-리마스터'**, **'배도빈 베토벤 피아노 소나타 전집'**은 단일 판매량으로 비교했을 때 가우왕, 최지훈의 앨범보다 많이 판매되었다(누적 집계에서는 앨범 수의 차이도 있는 탓에 가우왕, 최지훈에 크게 뒤처진다).

특히 배도빈의 베토벤 피아노 소나타 전집은 지금까지 그 어떤 피아니스트보다 뛰어나다고 평가받고 있으며, 완전무결의 피아니스트, 피아노의 전설 **크리스틴 지메르만**은 베토벤 소나타는 배도빈에 의해 완성되었다고 말한 바 있다.

바이올리니스트로서의 배도빈은 비교적 저평가 받지만, 빌헬름 푸르트벵글러가 여섯 살의 그를 베를린 필하모닉의 부수석 자리에 앉히고자 했던 사실을 고려하지 않을 수 없다.

다만 이는 연주보다 그의 작곡, 편곡 능력을 높이 사서 육성 의미였을 가능성이 있다. 실제로 당시 배도빈은 작은 몸으로 큰 바이올린을 연주하기 위해 상당히 힘들어 했고 때문에 무대에 서는 일이 많지 못했다.

이후 작은 몸으로 바이올린을 연주하는 일에 익숙해지고 몸도 성장한 뒤에는 크게 부담을 느끼지 않은 듯하다.

바이올린의 황제로 불리는 찰스 브라움은 오랜 시간 배도빈을 뛰어넘기 위해 노력했으며, 현재 베를린의 와인으로 불리며 찰스 브라움과 함께 가장 뛰어난 바이올리니스트로 인정받는 나윤희도 초기에는 배도빈의 지도를 받았다고 알려져 있다. ~~이때부터였나~~!

2030년 기준, 가장 난해하고 어려운 바이올린곡으로 손꼽히는 '**불새 협주곡**' 역시 찰스 브라움, 나윤희, 배도빈의 연주가 가장 뛰어나다고 평가받고 있다.

무엇보다 파가니니의 재림으로 불렸던 니아 발그레이가 자신의 '캐논'을 물려줬다는 데에서 바이올리니스트로서의 배도빈이 얼마나 큰 기대를 받았는지 알 수 있다('캐논'은 베를린 필하모닉의 후계자를 상징하는 물건이기도 하다).

사업가로서의 배도빈은 베를린 필하모닉과 도빈 재단, 샛별엔터테인먼트, WH해운, WH뮤직, WH호텔을 소유, 또 WH생명의 대주주다.

WH생명을 소유하게 된 과정은 WH그룹의 유장혁 회장이 그룹을 배도빈에게 물려주고 있는 것으로 해석된다.

WH생명은 사업 규모 자체는 크지 않으나 WH그룹의 여러 업체의 대주주로 있기에 WH생명 지분의 39%를 차지하고 있는 배도빈이 사실상 WH그룹을 승계받았다고 할 수 있다.

그와 관련해 배도빈이 조 단위 규모의 상속세를 내게 될 거란 관측이 있었고 실제로 작년, 전액 납부되었음이 확인되었다. ~~부동산, 주식도 아니고 현금을 조 단위로 보유하고 있다고?~~

4. 인간 관계

4-1. 가족

4-1-1. 부친 배영준과 모친 유진희

27살에 박사 학위를 딴 천재 아버지와 13살에 국제 미술 공모전에서 수상한 천재 어머니를 보면 배도빈의 비상식적인 경력도 조금은 이해된다.

고려 대학에서 학, 석, 박사 학위를 취득한 배영준은 김남식 비리 사건에 연루되어 자숙, 긴 공백 끝에 루턴 대학으로부터 초빙받아 테메스 문명 발굴 사업을 총괄했다.

현재는 발굴 사업을 중단, 복원 사업을 책임하고 있다(가장 최근 기사를 보면 테메스 발굴 사업을 중단, 오스트리아 빈 근처의 마을을 복구하는 방향으로 노선을 튼 모양이다).

2032년 현재 시가총액 1,812조 원에 달하는 ~~우리나라에서 파인애플, NS, 마시시피를 넘는 기업이 생길 줄이야~~ 범지구적

재벌그룹의 총수 유장혁 회장의 장녀이자 외동딸인 유진희는 어릴 적 뛰어난 재능의 화가 지망생이었다.

스무 살이 되기 전까지 국내·외 숱한 공모전에서 수상하며 명성을 쌓아나가던 차, 주변의 기대와 유장혁 회장의 딸이라는 책임감, 성적에 대한 압박감 때문에 이른 나이에 꿈을 접었다. 현재는 베를린과 파리 등지에 갤러리를 운영하며 작품 활동도 이어가는 듯하다.

[관련 기사 참조]

인터뷰에 따르면 본인의 경험 때문인지 배도빈이 어렸을 적부터 큰 재능으로 주목받고, 평범한 삶을 살 수 없게 됨을 걱정했다고 한다. 본인 경험 때문에 더 잘 케어한 듯하다.

[관련 기사 링크: "음악을 그만두고 싶을 땐 언제든 그만둘 수 있다고 말했어요."]

해당 기사를 보면 많은 사람이 의아함을 보인다. 먼저 배도빈과 같은 천재를 왜 일찍부터 해외에서 공부할 수 있게 하지 않았나, 좀 더 좋은 환경에 두지 않았나 등이 주된 의견이다.

그러나 유아교육학자들은 과도한 관심으로 인한 부담감을 경험했던 유진희의 교육 방침 덕에 배도빈이 부담 없는 환경에서 자라날 수 있었다고 의견을 모은다.

한마디로 배도빈이 자신의 재능을 펼칠 수 있었던 데에는 어렸을 적부터 큰 부담 없이, 음악을 즐길 수 있는 환경이 조성된 데 있다는 것이다.

4-1-2. 동생 배도진과 조부 유장혁

음악 천재는 어렸을 적부터 재능을 발휘하는 경우가 많아 배도빈의 경우는 이해되기도 하지만 ~~단순히 기량이 압도적일 뿐이다~~ 배도진의 경우에는 외계인이 아닌가 하는 농담이 있을 정도.

7살에 베를린 대학 기계공학과에 입학한 배도진은 놀랍게도 화학공학과 복수전공을 하고 있다고 알려졌다. ~~일가족 모두 빠요엔 빠요엔이 뭐임?~~

마이티노신이란 약품을 개발했는데 2028년 임상실험에 통과, '**비단**'이란 이름으로 발매되어 전 세계 탈모인들의 희망이 되었다. ~~형제가 쌍으로 희망이다.~~

조부 유장혁은 금융업을 시작으로 막대한 부를 쌓은 사업가다. ~~모르는 사람이 없을 듯.~~ 개인 자산만 100조가 넘는 것으로 추정되며 대한민국뿐만 아니라 세계 어디서든 국빈급 대우를 받는 요인 중의 요인.

자세한 사항은 **기업인/유장혁**으로.

4-1-3. 아내 나윤희

찰스 브라움과 함께 21세기를 대표하는 바이올리니스트.

바이올린 협주곡 '붉새', '**잠자는 숲속의 공주**', '**너는 참으로**

아름답구나', '함께해주오'로 유명하다.

2023 제1회 오케스트라 대전 당시 연주한 '불새'는 그래모폰 선정 '세기의 명연주'에 5년 연속 등재될 정도로 사랑받았다.

당시 인터뷰, 기사를 참고해 보면 찰스 브라움이 입원하게 되면서 ~~차질~~ 급하게 준비했다고. 부족한 시간 내에 완벽히 연주하기 위해 손끝에 피멍이 들고도 무리한 탓에 실연 도중 사고가 발생하고 말았다.

그때 배도빈과 나윤희의 대화가 압권. ~~이때부터 이미 정해진 일이었다.~~

'잠자는 숲속의 공주'는 나윤희가 솔로 바이올리니스트로서 입지를 다진 곡이었다. 초연 당시 관객을 전부 잠들게 하면서 유명세를 얻었는데, 지금은 부작용 없는 불면증 치료제로 알려져 그 '그랜드 심포니'보다도 많이 재생되고 있다고 한다.

'너는 참으로 아름답구나'는 〈파우스트〉의 삽입곡으로 배도빈 바이올린 소나타 14번이다. 흔히 '헬레네'로 불리는 찰스 브라움이 연주한 배도빈 바이올린 소나타 13번과 함께 2028년 최고의 명연주로 꼽힌다.

'함께해주오'는 배도빈이 나윤희에게 두 번째로 청혼하며 준 곡으로 알려졌다. 정열적이면서도 고혹적인 선율이 나윤희의 연주 스타일, 블러드 와인과 어울려 많은 사랑을 받는 곡이다. 찰스 브라움은 노골적으로 부럽다고 전했다.

[기사 링크]

[찰스 브라운, "그런 곡이 인질로 잡혀 있다면 어떤 조건도 수락했을 터."]

2027년 배도빈과의 열애설이 불거졌다.

배도빈도 나윤희도 부정하면서 잠잠해지다 뜬금없이 팬덤 사이에서 나윤희 vs 최지훈 싸움으로 이어졌다. 과거 가우왕 vs 최지훈 때만큼 치열했다.

결국 배도빈이 사생활을 존중해 줄 것을 부탁하며 일단락.

이듬해 열애 사실을 공표하면서 사실상 이때 이미 사귀고 있는 것이 아니었냐는 의문이 제시되었지만 두 사람 모두 부정하였다.

특유의 농밀한 음색과 강인한 연주로 베를린의 와인으로 불리며 ~~푸린 아님?~~ 베를린 필하모닉의 악장으로서도 크게 활약하고 있다.

배도빈과는 2030년, 가족과 동료들이 지켜보는 가운데 결혼했다.

나윤희 본인에 대한 자세한 사항은 **바이올리니스트/나윤희** 항목으로.

4-2. 멘토 사카모토 료이치

세계의 사카모토, 교수(모든 음악가의 스승이란 뜻으로 사용된다).

前 빈 필하모닉 상임 지휘자(21세기에는 그가 유일했다), 작곡가, 피아니스트.

배도빈 이전 가장 많은 음반 판매량을 기록했던 인물로서, 배도빈이 전성기를 맞이한 이후에도 클래식 음반 차트에서 유일하게 자리를 지킨 세기의 음악가.

클래식뿐만 아니라 뉴에이지, 록, 재즈 등 다양한 장르를 다루는 점에서는 배도빈 이상으로 평가받고 있다.

한마디로 리빙 레전드.

배도빈의 첫 싱글 앨범 '부활'에 가장 먼저 반응하여, 배도빈과는 그가 4살 때부터 함께한 가장 가까운 음악가다.

사카모토 료이치는 배도빈의 음악 활동에 가장 큰 영향을 미친 사람으로 알려져 있는데, '지니 위즈: 죽음의 유물'의 오리지널 스코어 작업 등 멀티미디어를 기반으로 한 콘텐츠를 소개하여 배도빈의 인지도를 단숨에 끌어올리기도 했다.

그뿐만이 아니라 배도빈이 직접 "사카모토를 통해 여러 음악을 접했다. 클래식뿐만 아니라 재즈, 록, 뉴에이지, 블루스, 탱고 모두 그를 통해 알게 되었다."고 밝힐 정도로 그에게 있어 사카모토 료이치는 이정표 같은 존재였다.

사실상 아무런 기반이 없었던 배도빈이 순식간에 주목받을 수 있었던 이유는 그 자신의 역량도 있지만 히무라 쇼우, 나카무라 이데, 사카모토 료이치의 역할이 컸다고 볼 수 있다.

최근 사카모토 료이치의 병환이 심각해져 마지막 녹음을 진행한다고 한다. 무균실에서 두 사람만 들어가 몇 주째 작업하고 있다고 하는 소식이 전해졌다.

녹음을 마치고 기적적으로 회복. 만세! 만세! 두 사람이 함께 작업해, 크리스틴 노먼 감독의 〈폴 투 윈〉에 삽입된 'Honor'는 가사가 없는 곡으로서는 유일하게 빌보드 차트 6주 연속 1위라는 대기록을 세웠다.

건강을 회복한 다음 빈 필하모닉의 지휘봉을 잡았다!

2027 OOTY 오케스트라 대전에서 꾸준한 성적을 보이며 리빙 레전드란 이름답게 통합 준우승을 거두었다.

2030년 다시 건강이 안 좋아진 듯하다.

2031년 은퇴를 선언했다. 종종 SNS를 통해 팬들과 소통하는 모습이 보인다.

본인에 대한 자세한 사항은 **작곡가/사카모토 료이치** 항목으로.

4-3. 베를린 필하모닉

4-3-1. 빌헬름 푸르트벵글러

철혈의 폭군(보통 폭군으로 불린다), 베를린 필하모닉 상임 지휘자로서 가장 긴 재임 기간을 자랑하고, 그 기간 모두 단원들의 만장일치에 의해 선임된 불세출의 지휘자.

베토벤, 브람스, 바그너, 브루크너에 대해서는 역사상 그를 넘어서는 지휘자가 없다고 해도 과언은 아니다.

당대 거장들의 표현만 보아도 그가 얼마나 위대한 지휘자였는지 알 수 있다.

[사카모토 료이치, "독일에는 역사적으로 위대한 음악가가 많이 있었다. 20세기에는 단연 빌헬름 푸르트벵글러."]

[마리 얀스, "빌의 브람스를 들어본 적 없다면 지금 당장 베를린으로 가야 한다."]

[칼 에케르트, "위대한 스승. 이상적 지휘자."]

[아르투로 토스카니니, "푸르트벵글러와 베를린 필하모닉을 빼고 바그너를 논할 순 없다."]

[토마스 필스, '가장 위대한 오케스트라는 어디인가'라는 질문에, "오케스트라는 모르나 가장 위대한 지휘자의 이름은 알고 있다. 빌헬름 푸르트벵글러."]

[배도빈, "베를린 필하모닉의 미래가 어떻게 될지는 아무도 모르는 일이다. 다만 그 바탕에 빌헬름 푸르트벵글러의 정신이 있을 거라는 건 장담할 수 있다."]

거장 중의 거장으로 불리고, 모든 지휘자에게 존경받는 인물이라고 할 수 있다.

앙숙 아르투로 토스카니니마저 빌헬름 푸르트벵글러의 베토벤, 바그너, 브루크너만큼은 인정할 수밖에 없었다.

살아 있는 사람 중 가장 많은 공연을 지휘했고, 1990년대에는 10년 연속 가장 많은 사람이 찾은 지휘자였으며, 존 플레이어 국제 지휘 콩쿠르 우승, 독일연방공화국 공로훈장 대십자성장, 빈 모차르트 협회 모차르트 메달, 에코 클래식 올해의 지휘자상, 오페른벨트 올해의 지휘자상, 그래미 명예의 전당 헌액, 지멘스 음악상, 제1회 OOTY 오케스트라 대전 준우승, 베를린 필하모닉 명예의 전당 최초 헌액자까지.

빌헬름 푸르트벵글러의 위대함은 그의 모든 기록과 주변 인물, 업계인이 증명하고 있다.

사카모토 료이치가 배도빈의 음악 폭을 넓혀준 멘토였다면 빌헬름 푸르트벵글러는 배도빈이 본격적으로 클래식 음악계, 오케스트라에 정착할 수 있게 해준 스승이다.

베를린 필하모닉에서 50년 이상 재임하며 20세기와 21세기를 통틀어 가장 위대한 지휘자로 추앙받는 그는 배도빈이 자신의 역량을 마음껏 펼칠 수 있게 적극적으로 지원해 주었다. ~~인터뷰 보면 맨날 싸우던데. 시트콤 보는 기분.~~

첫 번째 오케스트라 대전 결승전 당시, 자신을 넘어선 배도빈에게 가장 먼저 달려가 기뻐하던 모습은 지금까지도 회자될 정도로 큰 감동을 남겼다.

반대로 배도빈 역시 빌헬름 푸르트벵글러만큼은 각별하게 여기는지 그의 건강을 위해 푸르트벵글러 전담 의료진까지 고용했단 기사가 난 적 있다.

아침 일찍 마우어 파크에 가면 투닥거리면서 나란히 산책하는 배도빈과 푸르트벵글러를 종종 볼 수 있다고 한다.

배도빈은 빌헬름 푸르트벵글러를 기리기 위해 베를린 필하모닉 그룹이 운용하는 크루즈에 그의 이름을 붙이는 한편, 제2콘서트홀 이름도 '빌헬름홀'로 명명했다(제1콘서트홀은 루트비히홀. 루트비히 판 베토벤에 대한 존경의 의미로 추측된다. 실내악홀은 도빈홀로 명명되었다).

또한 총감독직을 영구히 그에게 귀속시켜, 본인조차 예술감독으로 남아 경의를 표하는 걸 보면 이러니저러니 해도 두 사람 사이가 각별하다는 걸 알 수 있다.

2030년에는 배도빈에 의해 베를린 필하모닉 명예의 전당에 최초로 헌액되었다(두 번째는 사이먼 래틀, 세 번째는 헤르베르트 폰 카라얀).

배도빈과 나란히 추크슈피체산 절벽에 얼굴이 조각되었다.

[사진 링크]

추크슈피체산 절벽 조각에는 바흐, 헨델, 베토벤, 멘델스존, 바그너, 말러, 푸르트벵글러, 배도빈까지 7인이 기념되었다. 유일한 비독일국적 인물 배도빈의 위엄.

2028년, 베를린 필하모닉과 5년 계약을 하면서 2032년까지 활동하고 은퇴한다고 밝혔다.

2032년 송년 음악회를 마지막으로 은퇴했다.

본인에 대한 자세한 항목은 지휘자/빌헬름 푸르트벵글러

항목으로.

4-3-2. 니아 발그레이

황제 찰스 브라움마저 니아 발그레이가 활동하던 시기에는 한 수 아래로 평가받을 정도로 뛰어난 바이올리니스트였다.

본인이 베를린 필하모닉 악장으로 활동하길 바랐던 탓에 그의 단독 공연이 몇 남지 않은 것이 팬들을 아쉽게 했지만 은퇴 후 베토벤 기념 콩쿠르를 통해 작곡가, 연출가로서 음악 활동을 지속하고 있다.

배도빈 이전 빌헬름 푸르트벵글러의 공식 후계자였고 만약 불의의 장애가 없었다면 베를린 필하모닉은 배도빈·니아 발그레이 2인 체제가 되었을 가능성이 컸다.

니아 발그레이와 배도빈의 관계가 잘 드러난 일화는 많이 없지만, 그가 '캐논'을 배도빈에게 전달했단 것만으로 두 사람이 서로를 얼마나 신뢰하는지 짐작할 수 있다.

배도빈은 그를 찰스 브라움과 함께 악단 내부의 모든 일을 맡길 수 있는 사람이라고 말했다.

음악가/니아 발그레이 바로가기.

4-3-3. 최지훈

태양의 피아니스트, 불굴의 피아니스트, 슈제슈(Süßes),

2029년, 2030년 가장 많은 음반을 판매한 피아니스트.

쇼팽, 차이콥스키 콩쿠르에서 우승한 또 한 명의 천재.

JH 그룹 최우철 회장의 장남이다.

배도빈과는 어렸을 적부터 알고 지낸 사이라 함께 있는 사진과 영상이 많다. ~~사귀는 게 아니냐는 소문이 퍼지기도 했다. 대체 누가?~~

배도빈과는 친형제처럼 지내는데 각종 매체를 통해 두 사람의 각별함을 엿볼 수 있다.

본인 역시 몇십 년에 한 번 나올까 말까 한 천재 중의 천재지만 배도빈이라는 압도적 존재 때문에 2인자 이미지가 강했고 3대 국제 피아노 콩쿠르 중 2개 콩쿠르에서 우승한 미친 기록을 세웠음에도 제2의 배도빈이라는 수식어를 떼지 못했었다.

그럼에도 두 사람 사이가 틀어지지 않는 걸 보면 친형제 이상의 관계처럼 보인다.

그러다 손 부상 이후 긴 공백을 가지고 복귀.

배도빈 피아노 협주곡 A108을 연주하여 이전까지의 모든 불명예스러운 평가를 무색하게 했다.

2029년에는 가우왕·막심 에바로트·배도빈·엘리자베타 툭타미세바와 함께 가장 뛰어난 피아니스트로 선정, 그중에서도 가우왕과 손꼽히는 피아니스트로 인정받고 있다.

쇼팽 전집을 발행하여 2029년과 2030년 가우왕을 제치고 가장 많이 판매된 피아노 앨범으로 이름을 떨쳤다.

배도빈과는 여러 매체를 통해 여전히 사이좋은 모습을 보여주고 있다. ~~성덕 1호~~

칼럼니스트 차채은과 연인 관계다. 어렸을 적부터 함께해 온 두 사람이 서로 첫사랑을 이룬 듯.

키가 크다. 베를린 필하모닉 홈페이지에 기재된 프로필로는 187㎝라고 되어 있지만 그보다 조금 더 큰 것으로 보이는 증거 자료가 있다. 선하고 귀공자 같은 얼굴과 달리 몸은 상당히 다부지다. 근육으로 다져진 가우왕이 최지훈에게는 아무 힘도 못 쓰는 걸 보면 몸 관리에도 철저한 듯.

[피아니스트 최지훈 체지방률 8퍼센트?]

~~이 정도면 철저한 수준이 아닌데?~~

178㎝의 장신인 차채은과 함께 있는 사진은 화보가 따로 없다. 두 번뿐이긴 하나 패션 잡지에 두 사람이 함께 모델이 된 적 있었다.

배도빈과는 누구보다도 가까운 인물이다. 극장 애니메이션 〈THE DOBEAN〉에서 묘사된 바로 서로 죽고 못 사는 사이인 듯. 콩쿠르에 나갈 이유가 없다는 배도빈에게 자신이 이유가 되어주겠다며 약속한 장면만으로도 두 사람 사이의 우정을 알 수 있다.

본인도 뛰어난 피아니스트이며, 어렸을 적 우상이자 역사상 가장 위대한 피아니스트 가우왕과 현재 앞서거니 뒷서거니 하고 있다.

선배 피아니스트 최성신은 최지훈을 "두고 믿을 수 없을 정도로 철저한 피아니스트"라고 말한 바 있다.

음정 하나, 박자, 타건 모든 부분에서 스승 크리스틴 지메르만과 같이 완벽한 모습을 보인다.

자세한 사항은 **피아니스트/최지훈** 항목으로.

4-3-4. 찰스 브라움

바이올린의 황제. ~~짜질이. 차질이. 차찔이. 그만해 미친놈들아.~~ 이자벨 브라움의 남편.

어렸을 적부터 발군의 기량을 뽐냈으며 스트라디바리우스 파이어버드를 얻은 이후로는 만개하여 스노우 한, 니아 발그레이의 뒤를 이어 세대를 대표하는 바이올리니스트로 자리를 확고히 했다.

특유의 서정적인 음색과 부드러운 전개로 독보적인 위치에 오른 인물이지만 젊었을 적에는 배도빈에게 집착하는 면모를 보이기도 했다. ~~지금도 마찬가지다.~~

그처럼 뛰어난 바이올리니스트가 왜 배도빈에게 집착하는지 그 이유는 여러 인터뷰에서 잘 드러나는데, 배도빈의 곡이야말로 자신의 기량을 한껏 뽐낼 수 있다고 생각하기 때문이라고 한다.

배도빈을 높이 평가하는 것으로 보이기도 하지만 자신에게 어울리는 곡은 배도빈쯤 되는 음악가가 써야 한다는 오만함이 포함된 발언으로 보이기도 한다. ~~역시 나르시스트.~~

43세에 깜짝 결혼 발표를 하였다. 상대는 베를린 필하모닉 사업본부장 이자벨 멀핀. 베를린 필하모닉 소속 단원, 직원 모두 깜짝 놀랐다는 반응으로 보아 어지간히 철저했던 모양이다.

배도빈은 두 사람의 결혼을 축하하며 바이올린 독주곡 '오후의 찬가'를 헌정했다.

매제 가우왕과 라이벌 관계를 지속해 오고 있다.

양쪽 모두 각 분야의 정점에 이른 연주자이자 배도빈의 열렬한 팬이며 자부심이 강한 점, 같은 악단 소속, 사돈 관계 등 공통점이 많은 걸 고려하면 친하게 지낼 법한데 허구한 날 다툰다. ~~동족혐오.~~

다른 단원과 달리 배도빈과는 음악적 관계를 넘어서 사업 파트너로서 함께하고 있으며, 베를린 필하모닉 음악교육원 원장직과 베를린 음대 교수직을 겸하고 있다. 성덕 2호.

고상한 외모와 우아한 연주 스타일과 달리 이상한 밈이 많은 인물이다.

열성적인 팬들이 그의 건강을 위하여 만든 '항문 수호 기사단'이나 '찰스 브라움의 요관을 지키는 모임'은 회원 수가 백만 단위다.

자세한 사항은 **바이올리니스트/찰스 브라움** 항목으로.

4-3-5. 이승희

최고의 첼리스트.

인종차별이 심한 유럽, 당시만 해도 보수적이었던 클래식 음악계에서 당당히 두각을 드러낸 천재 첼리스트.

스트라디바리우스 뒤포르를 소유했다. 영구 대여다.

11세부터 국제무대에서 트로피를 밥 먹듯이 수집했고 18세부터는 솔로 첼리스트로 활약. 드보르자크의 **첼로 협주곡 B단조 Op.104**는 밀리언 셀러 앨범으로 기록되었다.

이후 빌헬름 푸르트벵글러에 의해 베를린 필하모닉에 입단, 여전히 강렬하고 박력 넘치는 연주로 사랑받았다. 지금도 그녀의 단독 리사이틀 또는 독주자로 나서는 무대는 최고 수준으로 주목받는다.

2026년 동료 한스 이안과 결혼. 혼인 신고는 2027년, 딸 메리 이안을 낳은 후 했다고 알려졌다.

2028년 10월 출산 휴가를 마치고 베를린 필하모닉으로 복귀, 배도빈이 딸 메리 이안에게 헌정한 첼로 협주곡 '**테레지아와 같이**'를 연주하며 녹슬지 않은 실력을 드러냈다.

배도빈과의 인연이 깊다.

배도빈의 첫 발표곡 '부활'의 첼로를 이승희가 연주했던 것.

배도빈이 처음 베를린 필하모닉 객원 연주자가 되었던 것도 이승희의 소개로 인한 일이었다고 한다.

'그랜드 심포니' 초연에서 왕소소가 연주했던 첼로 독주 파트는 배도빈이 이승희를 생각하며 썼다고 밝힌 바 있다.

첼리스트/이승희 바로가기.

4-3-6. 마누엘 노이어

베를린 필하모닉 바순 수석. 배도빈과는 그가 어렸을 적부터 친밀한 관계를 유지해 온 베테랑 단원이며 정상급 바수니스트다.

푸르트벵글러의 아이(니아 발그레이, 케르바 슈타인, 파울 리히터, 레몽 도네크, 헨리 빈프스키)로 불렸던 전 악장단과 비교해도 연차가 밀리지 않는다.

배도빈과는 오랜 친분을 유지해 온 단원답게 친밀하게 지내는 모습이 여럿 포착되었다. 배도빈은 그의 54번째 생일에 2세대 캐딜락 CT6을 선물했다. **'너만 모름'**에 함께 출연하기도 했다. ~~대머리였다!~~

2031년 배도빈에게 헌정 받은 **'숲의 전경'**이 큰 성공을 거두어, 뛰어난 실력에도 마땅한 타이틀이 없었던 그의 진가가 입증되었다.

초연을 마친 마누엘 노이어가 배도빈을 끌어안았다.

[마누엘 노이어, "숙원을 이루었다. 잊지 못할 밤."]

슬하에 1남 1녀를 두고 있으며 남매 모두 베를린 필하모닉에 입단하기 위해 노력하고 있다고 한다.

4-3-7. 왕소소

베를린 필하모닉 악장. 얼후 연주자.

얼후뿐만 아니라 바이올린, 첼로, 비올라, 베이스, 기타까지 수준급으로 다루며 편곡 능력까지 준수한 미친 천재다.

얼후에 있어서만큼은 오빠 가우왕 못지않은 독보적 인물이기도 하다.

그러나 악기 특성상 중국 안에서만 알려져 있다가 배도빈에 의해 베를린 필하모닉에 입단하면서 이름을 알리기 시작했다.

배도빈과의 관계가 재밌는데, 배도빈이 유일하게 스승으로 인정하는 인물이다. '그랜드 심포니'를 구상하고 있을 때 배도빈은 얼후를 발견하게 되고 그것을 가르쳐 줄 사람을 구했었다. 그때 가우왕이 동생 왕소소를 소개하면서 배도빈의 얼후 스승이 되었다.

항상 사제 관계다, 아니다로 아웅다웅하는 빌헬름 푸르트벵글러와 배도빈의 대화를 고려하면 푸르트벵글러 입장에선 어이가 없을 만하다.

음악가/왕소소 항목으로 바로가기.

4-3-8. 나카무라 료코

베를린 필하모닉 비올라 수석.

전(全) 일본 클래식 음악 조합장 나카무라 이데의 장녀다.

배도빈과는 동갑으로, 어렸을 적부터 여러 콩쿠르에서 뛰어난 성적을 보였으나 비올라라는 악기 특성상 크게 주목받지 못하다 베를린 필하모닉에 입단하게 되었다.

평단원으로서 조용히 활동하던 중 베토벤 기념 콩쿠르의 오프닝 곡을 연주하면서 인지도를 쌓았고 비올라도 독주 악기로서 활용될 수 있다는 걸 증명하기 위해 분투하고 있다.

배도빈과 베를린 필하모닉에서도 기회를 계속 주는 걸 보면 확실히 실력은 뛰어난 듯, 다른 연주자들에 비해 주목도는 덜하지만 독자적인 영역 확보에는 성공한 듯하다.

아버지 **사업가/나카무라 이데**가 배도빈의 전 매니저였던 만큼 배도빈과는 어렸을 적부터 만났다고 한다. 료코는 아버지가 입원해 있을 때 배도빈의 음악에 위로받았다며 그와 함께 음악 활동을 하길 바란다고 밝혔지만, 그때만 해도 배도빈은 크게 생각하지 않았던 듯하다.

나카무라 이데의 딸이라는 정도로 인식했던 모양. 실제로 배도빈이 료코에게 관심을 가진 건 그녀가 베를린 음대에 다닐 무렵부터인 것으로 추측된다.

나카무라 료코 바로가기.

4-3-9. 진달래

베를린 필하모닉의 소프라노. 웃고 떠드는 밴드의 보컬도 맡고 있다.

2029년, LA 필하모닉의 아리엘 핀 얀스 감독이 헌정한 **'달래'**가 선풍적인 인기를 끌면서 같은 해 데일리즈로부터 가장 매력적인 목소리의 소프라노로 선정되었다. 표지 모델로도 등장. 피어싱을 빼고 머리 스타일도 가지런하게 바꿔었는데 기존 이미지와 달리 청순하고 맑은 모습에 많은 팬이 놀라워했다.

[당시 반응]

[진달래는 자기 얼굴을 학대하고 있었다]

로스앤젤레스 필하모닉 총감독 아리엘 얀스와는 공식 커플로 알려져 있다. ~~왜 LA로 안 가지? 배도빈에게 빚이 있다고 한다. 2025년 인터뷰를 보면 10억 원 이상을 빚지고 있다고. 솔로 가수로서도 성공한 진달래가 10억이 없어서 베를린에 남아 있다고 보긴 힘들다. 아마 내부 사정이 있는 듯.~~

모르는 사람이 많은데 오른손은 의수다.

현재 배도빈이 소유주로 있는 소속사 APOP을 탈퇴, 홀로 앨범을 내기 위해 공장에서 아르바이트하던 중 불의의 사고로 잃었다고 한다.

이후 음악을 포기하고 있다가 배도빈을 만나게 되면서 다시

금 열정을 키울 수 있었다고 밝혔다.

[기사 링크]

[진달래, "도빈이는 특별해요. 음악가로서 다시 활동할 수 있게 해준 사람."]

아리엘 얀스와의 관계가 밝혀지기 전에는 배도빈의 연인이 진달래라는 말이 나오기도 했으나 금방 묻혔다. ~~배도빈이 진달래를 걷어차는 모습이 사진으로 찍혀서. 배도빈에게 걷어차인 사람 목록에도 포함되어 있다. 왜 저런 목록이 있지?~~

지금은 많이 성숙한 모습을 보이지만 예전에는 심각한 중2병 환자였다고 한다. 아리엘 얀스도 예전에는 답 없는 흑염룡 환자였으니 잘 어울린다고 보는 사람도 있다.

2032년 베를린 필하모닉과의 계약 기간 만료. 같은 해 12월에 로스앤젤레스 필하모닉과의 계약했다. 2033년 4월 오랫동안 반대해 온 삼촌을 설득하여 아리엘 얀스와 결혼식을 올렸다.

자세한 사항은 **소프라노/진달래** 항목으로.

4-3-10. 프란츠 페터

배도빈의 제자. 베를린 필하모닉 전속 작곡가, 작가.

배도빈 못지않은 천재로 알려져 있다. 정규 교육 과정도 없이 독학만으로 15세 때 크리크 국제 피아노 콩쿠르에서 우승, 이후 배도빈의 눈에 들어 그 아래에서 수학하다 정식 계약을 맺었다.

여러모로 안타까운 사연이 전해진다. 자세한 사항은 베를린 필하모닉 측에서 알려지지 않도록 막아두었지만, 10세 무렵부터 안 좋은 무리에게 강제로 앵벌이 역할을 강요받았던 듯하다.

동생이 보육원에서 나서야 할 때까지 어떻게든 함께 살 방을 얻기 위해 노력했고 지금은 너무 행복하다는 인터뷰를 한 적 있다.

특이하게도 동료 스칼라와 함께 솔잎 먹는 방법, 불 피우는 방법 등 야생에서 살아남는 방법에 관한 책을 펴내기도 했다. 쓸데없는 짓을 한다고 배도빈에게 대차게 혼났다고 한다.

배도빈을 맹목적으로 추종하면서도 그의 말을 듣지 않아 꽤 여러 번 혼이 났는데, 이탈리아에서 미아가 된 적이 있어 베를린 필하모닉이 발칵 뒤집힌 일도 있었다.

『돈 없이 사는 법, 2028, 랜덤홈, 프란츠 페터·스칼라』의 경우도 명백히 프란츠 페터의 잘못인데, 책을 내는 것 때문이 아니라 당시 병행하고 있던 일에 차질이 생긴 탓이다.

이때 프란츠 페터는 배도빈을 대신해 배영빈 감독의 장편 애니메이션 <지구방위군 가랜드 -출격->의 OST 작업을 맡고 있었는데, 오프닝 곡은 무난했던 반면 관현악곡으로 만든 테마곡의 경우 완성도가 떨어지면서 결국 다시 작업해 주게 된 것.

최근에는 느지막이 사춘기가 왔는지 배도빈과 의견이 맞지 않는 모습이 보인다는 루머도 돌고 있다.

최근 정신을 차렸는지 가곡에 손을 대고 있다. 슈베르트의 겨울 나그네를 오마주한 여러 곡이 호평 중.

자세한 사항은 **작곡가/프란츠 페터** 항목으로.

4-3-11. 산타 웨인

베를린 필하모닉 단원. 베를린 필하모닉 타악 교실 조교.

수습 단원임에도 간혹 특별 무대에는 오르고 있다.

배도빈과 피셔 디스카우 수석에 의하면 완벽한 박자 감각과 기억력을 가진 천재라고 한다. 장애에 대한 편견에도 베를린 필하모닉에 훌륭히 적응하는 모습을 보여 그를 응원하는 목소리가 높다.

특히 현재는 베를린 필하모닉에서 운영하는 타악 교실의 조교로도 활동하고 있는데, 음악을 배우면서 자폐증 증상이 놀라울 정도로 호전된 덕에 자신과 비슷한 처지에 있는 아이들을 상대로 악기를 가르쳐 주고 있다.

프란츠 페터와는 동갑으로 끈끈한 우정을 보여주고 있다.

2029년 정규 절차를 통해 정식 단원으로 인정받았다.

배도빈의 열렬한 팬으로서 취미가 배도빈의 악보를 외우는 것이라고 한다. 2030년 **'너만 모름'**에 출연해 그해 배도빈이 지휘했던 모든 곡을 막힘 없이 카피하는 진기명기를 보여주기도 했다.

4-3-12. 타마키 히로시

前 피아니스트. 베를린 필하모닉 전속 작곡가.

배도빈에 의해 헌액되어, 2033년 베를린 필하모닉 명예의 전당에 오를 예정이다(후보가 타마키 히로시 한 사람뿐이다).

현재까지 명예의 전당에 오른 인물은 빌헬름 푸르트벵글러(2030), 사이먼 래틀(2031), 헤르베르트 폰 카라얀(2032)으로 총 세 명뿐이다(괄호 안은 헌액된 연도).

살아 있는 인물로서는 빌헬름 푸르트벵글러가 유일하고, 악단 역사상 최고의 지휘자·작곡가인 배도빈조차 아직 등재되지 않은 상황에서 베를린 필하모닉 소속으로서 활동이 없었던 타마키 히로시에 대한 헌액이 과하지 않냐는 의문이 제시되고 있다.

배도빈과도 각별한 사이는 아니었던 듯하다.

다만 그가 베토벤 기념 콩쿠르에서 보여주었던 투혼과 피아노 소나타 '타마키 히로시'를 기리기 위한 듯.

[기사 참조]

[배도빈, "타마키 히로시가 보여준 투지를 잊어선 안 될 것이다."]

베를린 필하모닉은 매해 12월 14일(타마키 히로시의 기일)마다 어김없이 피아노 협주곡 타마키 히로시를 공연하고 있다.

지금도 베를린 필하모닉 공식 홈페이지 작곡가 탭에서 타마키 히로시의 사진과 이름을 확인할 수 있다.

피아노 협주곡/타마키 히로시 항목은 작곡가 타마키 히로시를 다룬 것이 아니라 배도빈에 의해 편곡된 '타마키 히로시 피아노 협주곡'에 대한 정보가 수록되어 있다.

4-3-13. 카밀라 앤더슨

베를린 필하모닉 전무이사. 빌헬름 푸르트벵글러와는 사실혼 관계다.

푸르트벵글러가 은퇴하고 베를린 필하모닉 임직원 중 가장 오래 재직한 인물이 되었다.

베를린 필하모닉이 유럽 최고의 오케스트라가 될 수 있었던 데에는 카밀라 앤더슨의 역할이 컸다. 푸르트벵글러가 무대를 이끌었다면 카밀라 앤더슨은 무대 밖과 뒤에서 완벽한 지원을 행했다고 알려져 있다.

배도빈이 가장 신뢰하고 있는 임원이자 사업 파트너.

2032년 실무를 모두 내려놓고 자문 역할만 수행한다고 알려졌다.

4-3-14. 이자벨 멀핀, 이자벨 브라움.

(이 항목은 이자벨 멀핀, 이자벨 브라움으로 들어올 수 있습니다)

베를린 필하모닉 사업본부장. 찰스 브라움의 아내.

사무국 직원으로 시작해 배도빈의 비서, 비서실장, 베를린 필하모닉 B팀 부장, 사업본부장 루트를 탄 특이한 케이스.

카밀라 앤더슨이 베를린 필하모닉의 기초를 다졌다면 이자벨 브라움은 현재의 베를린 필하모닉 그룹을 이끈 주역이라

할 수 있다.

베를린 필하모닉, 베를린 필하모닉 레코딩스, 베를린 필하모닉 음악교육원, 베를린 필하모닉 아트 센터, 베를린 필하모닉 B(과거 오케스트라 대전 때 배도빈이 지휘했던 B와는 목적과 역할이 다르다), BEAN(클래식 음악 전문 스트리밍 어플리케이션)까지 모두 이자벨 브라움의 공이 지대했다.

배도빈과는 각별한 사이로 여러 매체에서 함께하는 모습이 자주 비쳤다.

현재는 베를린 필하모닉 사무국장직을 수행하고 있다.

2033년 1월 갑작스럽게 찰스 브라움과 혼인했다. 악단 내부에서도 두 사람 관계를 아는 사람이 많지 않았던 듯하다.

4-3-15. 죠엘 웨인

베를린 필하모닉 악단주 비서실장. 산타 웨인과는 남매 사이다. 내용 추가 바람.

4-4. 샛별 엔터테인먼트

4-4-1. 히무라 쇼우

前 엑스톤 총괄 프로듀서. 現 샛별 엔터테인먼트 사장, 도빈재단 이사, 세계 클래식 음악 협회 이사, 샛별 엔터테인먼트 부사장 박선영의 남편. ~~가족 경영이다!~~

옆집 아저씨처럼 평범한 외견이지만 엄청난 능력자.

본인 역시 음악가로, 젊었을 적에는 엑스톤의 프로듀서로서 활약했다. 5~6년 만에 세계적 명성을 쌓았으니 그 역량은 대충 짐작할 수 있다. 10개 국어를 능숙하게 사용한다고 한다. ~~인간이 아니다.~~

동료 나카무라 이데와 함께 역사상 최고의 음악가 배도빈을 발굴, 성장할 수 있게 한 장본인이기도 하다.

배도빈은 히무라 쇼우를 두고 "그가 없었다면 활동이 10년은 늦어졌을 것."이라고 말하며 지금도 친밀한 관계를 유지하고 있다.

유장혁 회장에게 발탁되어 도빈 재단을 맡게 되었다. 2020년대를 기점으로 샛별 엔터테인먼트는 사실상 박선영에게 넘기고 도빈 재단 이사로 활동 중이다.

도빈 재단은 전 세계를 대상으로 여러 음악가를 물색, 지원하여 샛별 엔터테인먼트와 베를린 필하모닉으로 연결하고 있다. 사실상 베를린 필하모닉과 샛별 엔터테인먼트의 유스 개념.

2028년에는 미카엘 블레하츠와 나카무라 이데의 권유와 설득으로 세계 클래식 음악 협회 이사로 추대되었다.

2029년 프란츠 페터와 웃고 떠드는 밴드를 대상으로 앨범을 프로듀싱했다. 오랜 공백이 무색하게도 2029년 가장 성공한 음반 중 하나가 되었다. 같은 해 발매된 배도빈의 소곡 모음집보다 판매량이 높았다.

사업가/히무라 쇼우로 바로가기.

4-4-2. 박선영

배도빈의 전 매니저. 현재는 샛별 엔터테인먼트 부사장이자 대한민국의 음반 기획사 APOP의 사장직을 겸하고 있다.

배도빈을 시작으로 니나 케베리히, 왕소소, 엘리자베타 툭타미셰바, 김소망사랑까지 4연속 대박을 터뜨린 유능한 컨설턴트. 사실 배도빈의 경우에는 히무라 쇼우가 운영에 직접 참여하고 있었기에 큰 활약이 없었지만 니나 케베리히부터는 그 능력을 유감없이 발휘했다.

내로라하는 작곡가를 섭외하고 공연 전반을 기획하는 등 니나 케베리히가 북미 시장을 장악하는 데 큰 역할을 해주었다.

4-5. 가우왕

베를린 필하모닉 부감독, 베를린 필하모닉 퍼스트 피아니스트. 피아니스트. 예나왕의 남편.

피아노의 황제. 역사상 가장 뛰어난 피아니스트. 기교와 음악성 모두 갖춘 완성형 피아니스트. ~~패션 테러리스트.~~

솔로 음악가 중에서는 배도빈, 찰스 브라움과 함께 가장 강력한 티켓 파워를 보유한 피아니스트이며 배도빈과 가장 친밀한 음악가를 꼽을 때 빠질 수 없는 인물이다. 배도빈에게서 가장 많은 곡을 헌정 받았다(총 네 곡으로 최지훈, 나윤희와 같다. ~~찰스 브라운 1패~~).

배도빈과의 첫 만남은 가우왕 측에서 원했던 것으로 알려져 있다. 배도빈의 곡을 접한 가우왕은 드디어 자신을 가장 잘 드러낼 수 있는 사람을 발견했단 생각에 여러 번 러브콜을 보냈고 마침내 '두 대의 피아노를 위한 협주곡'의 녹음을 함께하게 된 것.

그러나 당시 가우왕의 기량은 배도빈을 만족시키지 못했던 것 같다.

자존심에 상처를 입은 가우왕은 배도빈을 비난했고 배도빈도 지지 않고 응수, 지금도 회자되는 '배도빈·가우왕 피아노 경합'이 이뤄졌다.

당시 결과는 배도빈의 압승.

그러나 가우왕도 연주에 깊이가 더해졌다는 평가를 받았고 배도빈도 그렇게 생각했는지 경합 이후 곧장 함께하자고 제안했다.

그렇게 완성된 것이 단일 앨범으로는 역대 판매량 6위에 오른 '두 대의 피아노를 위한 협주곡'이다.

이 작업 과정에서도 문제가 없진 않았던 것 같다.

[기사 링크]

[가우왕, **"고소할 거야! 고소할 거라고!"**]

첫 만남부터 지금까지 배도빈과 가우왕은 항상 싸워왔다. 그 정점이 논란의 '**베를린 필하모닉 퍼스트 피아니스트 임명 사건**'. 해당 항목에 자세히 설명되어 있다.

그 외에도 여러 사건·사고가 있었다.

* [가우왕, 배도빈 고소할 예정이다]
* [가우왕이 변장하고 베를린 필하모닉 콘서트홀을 찾은 이유는?]
* [<THE DOBEAN>에서 본인 역을 연기한 가우왕]
* [가우왕 실종 3주 만에 모습을 드러내]
* [절정의 기교! 세 개의 손을 위한 소나타!]
* ["세 개의 손을 위한 소나타는 사실 두 명이 연주하는 곡." 배도빈 발언에 가우왕 분개]
* [가우왕·최지훈, 베를린 필하모닉 퍼스트 피아니스트 자리를 두고 사형제 격돌!]
* [가우왕, 예나 브라움과 전격 결혼 발표]
* [쿵푸 고수 가우왕? 리졸 레밍턴의 얼굴을 가격하다!]
* [탈모약 모델로 발탁!]

언론에 드러난 괴팍한 성격 탓에 안하무인처럼 보이고 그 독특한 패션 감각 때문에 이상한 사람으로 보이나 실상은 전혀 다르다.

자세한 일은 밝혀진 바 없지만 홍콩 사태가 일어나기 전 납치되었던 것으로 추측된다. 당시 화면에 잡힌 모습이 진한 화장을 하고 있음에도 초췌했던 것을 보면 무슨 일이 있었던 것은 분명하다.

그럼에도 피아니스트로서의 자존심을 굽히지 않았던 것은 그가 자신의 손과 피아노를 목숨보다 더 중요시한다는 것으로 이해할 수 있다.

배도빈도 그를 품위와 지조가 있는 사람으로 표현했다. 어디가? ~~그냥 그렇다고 하자.~~

금연 과정이 독특하다. 담배를 피우고 싶을 때마다 피아노를 쳤다고 한다. 그게 뭐야. 피아노를 칠 때만큼은 다른 일을 할 수 없으니 아주 효과적이었다고. 이 방법을 따라하고 성공했단 사람은 없었다. 가우왕이니까 가능했던 걸로.

2032년 득남했다.

자세한 사항은 **피아니스트/가우왕** 항목으로.

4-6. 홍승일

대한민국의 피아니스트. 지도자. 유장혁 회장과는 막역한 사이였다.

국제 피아노 콩쿠르에서 대한민국 최초로 우승을 거둔 인물이나 불의의 사고를 당했다. 그때 손에 큰 화상을 입은 탓에 은퇴, 이후 행적은 알려진 바 없다가 유장혁 회장의 권유로 배도빈의 피아노 지도자가 되었다.

당시 이미 세계적 명성을 쌓고 있던 배도빈은 여러 학교를 알아

보았으나 자신을 가르칠 만한 교육 기관이 없다고 판단했다고 알려져 있는데, 한국 초등학교에서 만난 홍승일만은 달랐던 것 같다.

그와 관련된 여러 콘텐츠에서 홍승일은 배도빈의 스승으로 나오는데 배도빈의 사촌형 배영빈이 만든 〈THE DOBEAN〉에서도 두 사람이 특별한 사이였음이 드러났다. ~~엄청 싸우던데? 배도빈이 고분고분할 리 없잖아.~~

홍승일의 회고록을 보면 배도빈에게 걸었던 기대가 유별했던 것 같다. 음악인에 대한 부정적 시각, 날로 쇠퇴하는 클래식 음악계. 대한민국의 클래식 음악 시장을 걱정했던 홍승일은 배도빈을 그러한 현상을 타개할 인물로 여겼던 듯하다.

[기사 링크]

["도빈이의 음악은 힘을 가지고 있다. 희망을 전하는 그 빛나는 힘이 관객뿐 아니라 음악가들에게도 비치길 바란다."]

해당 기사를 보면 홍승일은 후배 음악가들이 배도빈을 보며 영감과 자극받길 바랐던 것 같다.

일부에서는 그가 어린 배도빈에게 너무 큰 짐을 지웠다는 의견을 내기도 하고 또 목적을 강요했다고 언급하기도 하지만 배도빈은 홍승일과 이와 관련해서 충분히 대화를 나눴던 것으로 기록돼 있다.

[기사 링크]

[배도빈, "음악은 한 명의 천재가 선도하는 것이 아니라 모든

이가 함께 일궈내는 것."]

홍승일과의 만남을 통해 배도빈의 사상이 정립되기 시작한 것 같다고 추측하는 평론가도 있다.

배영준, 유진희, 최지훈의 인터뷰나 〈THE DOBEAN〉 등을 참고하면 홍승일과 배도빈이 일반적인 사제 관계를 떠나 서로 끝없이 논쟁하고 경쟁했음을 알 수 있다.

마땅히 그럴 상대가 없었던 어린 배도빈에게 홍승일은 자신의 생각을 정립하고 더욱 정진할 수 있는 자극제가 되었을 가능성이 크다.

말년에 배도빈과 '두 대의 피아노를 위한 협주곡'을 함께 연주하고 얼마 뒤 사망.

땀을 비 오듯 쏟으면서도 몰입하는 모습이 압권.

지금도 언급되는 명연주 중 하나다.

4-7. 아리엘 핀 얀스

前 로스앤젤레스 필하모닉 악장, 現 로스앤젤레스 필하모닉 총감독, 작곡가, 바이올리니스트.

모차르트의 재림으로 불리며, 모차르트에 대해서는 조부 마리 얀스와 전설적인 거장 브루노 발터, 스승 토마스 필스 이상으로 평가받고 있다.

그렇다고 그의 레퍼토리가 모차르트에 국한된 것은 아니다.

하이든, 로시니, 생상스, 드뷔시 등에서도 최고 수준으로 평가받는다(배도빈과 레퍼토리가 겹치지 않는 것이 신기하다).

지휘자로서는 로스앤젤레스 필하모닉을 최고 전성기로 이끌어 2027 OOTY 오케스트라 대전 통합 3위, 이듬해 악단을 확대 편성하여 악단 최고 기록을 모두 갈아치웠다.

작곡가로서도 큰 성공을 거두었다.

'봄의 여신', '아마데우스', '강림', 교향곡 1번(C장조), 2번(D단조), 3번은(F단조) 모두 큰 호응을 얻었고 특히 '아마데우스'와 2번 교향곡은 그해 발표된 모든 곡 중 가장 많이 판매되었다.

현재는 지휘자로서도, 작곡가로서도 배도빈과 견줄 유일한 인물이라는 데 이견이 없다.

한때 언론에서는 두 사람을 라이벌로 표현하였는데 ~~지금도 달라진 거 없다~~ 상당히 미묘한 관계를 이루고 있다.

베를린 필하모닉 외에 배도빈과 가장 밀접한 관계를 유지했던 오케스트라는 단연 LA 필하모닉이었다. 배도빈의 영화 스코어를 전담하다시피 했던 곳이 LA 필하모닉이고 당시 지휘자, 토마스 필스와 밀접한 관계였던 것은 잘 알려진 사실.

반면 아리엘 얀스의 경우도 베를린 필하모닉과 함께할 수 있었다는 일화가 최근 알려졌다. 마리 얀스는 손자 아리엘을 가르칠 사람으로 빌헬름 푸르트벵글러를 생각해 두고 있었다고 한다.

그러나 푸르트벵글러가 배도빈을 들이면서 LA 필하모닉에 보냈던 것. 어쩌면 LA 필하모닉의 배도빈, 베를린 필하모닉의 아리엘 얀스가 될지도 몰랐다.

또 배도빈과 아리엘 얀스의 직접적인 관계는 잘 알려지지 않았는데, ~~아닌데. 드러났는데. 배도빈이 아리엘 재수 없다고 했음. 아리엘도 중2병 시절에 마왕 타도하겠다고 말했음.~~ 대신 두 사람 사이의 두 인물로 유추해 볼 수 있다.

배도빈을 은인으로 여기는 진달래가 아리엘 얀스와 연인 관계고, 또 배도빈과 친분이 있는 차채은도 아리엘과 여러 기사에서 친분이 있음이 드러났다.

아마 알려진 것 이상으로 친밀한 관계일 가능성이 있다.

아리엘 핀 얀스에 대한 자세한 사항은 **음악가/아리엘 얀스** 항목에서 확인할 수 있다.

4-8. 차채은

칼럼니스트, 평론가, 수필가, 작가. 2020년부터 이름을 알리기 시작했고 2029년 12월에는 『베토벤과 모차르트를 통해 바라본 배도빈과 아리엘 얀스』로 베스트셀러 작가가 되었다.

대한민국뿐만 아니라 세계적으로 인지도를 쌓은 인물이다. 특히 유럽에서는 독특한 시각으로 쓴 그녀의 수필이 큰 인기를 끌고 있다.

블로그를 통해 연재하는 수필은 주로 본인이 여러 도시를 여행하며 느낀 점을 서술하고 있다. 단순 감상뿐만 아니라 그곳의 음악 역사, 악단이나 음악가들을 소개하고 있기에 130만 명의 구독자가 애독하고 있다.

그중에서도 가장 인기 있는 내용은 배도빈, 아리엘 얀스, 최지훈, 나윤희, 진달래, 왕소소, 나카무라 료코, 이승희 등 친분 있는 음악가들에 관한 이야기다. ~~전부 베를린 필하모닉이잖아. 아리엘 얀스는 아니다. 아무튼.~~

클래식 음악 전문 잡지 '리드'에서는 실력은 있지만 주목받지 못하는 음악가들을 소개하는 글을 3년째 연재 중.

대한민국의 '관중석'에서는 세계 유명 오케스트라를 소개하는 글을 연재 중이다.

2028년, 배도빈의 유일한 에튀드 '천사를 위한 연습곡'이 어릴 적 차채은을 위해 만든 것임이 밝혀졌다. 해당 인터뷰에서 배도빈과 최지훈은 어릴 적 차채은의 피아니스트로서의 재능은 자신들보다 뛰어났다고 덧붙였다.

차채은 본인은 부정하면서 현재는 교양으로 배울 뿐이고 어디까지나 취미 수준이라 답했다. 그리고 제3회 배도빈 콩쿠르에서 본선에 진출하는 기염을 토하기도 했다. ~~이게 3회까지 진행됐다고? 이벤트 아니었음? 돈이 되니까 계속하겠지.~~

다크호스로 주목을 받았지만 아쉽게도 본선 1차전에서 탈락. 배도빈과 최지훈이 말했던 만큼 엄청난 재능은 아니었던

것 같다. ~~취미 수준으로 배워서 본선 진출할 정도면 엄청난 재능 맞지 않나?~~

차채은의 개인 인스타그램에는 심심치 않게 배도빈, 최지훈과 함께 찍은 사진을 찾아볼 수 있다. 어릴 적부터 함께 자라 남다른 친분을 과시하고 있다.

최지훈과는 연인 관계다.

4-9. 나카무라 이데

前 엑스톤 총괄 매니저, 現 전 일본 클래식 음악 조합장, 세계 클래식 음악 협회 이사, 평론가 나카무라 요코의 남편. 나카무라 료코의 아버지.

히무라 쇼우와 함께 엑스톤의 부흥과 전성기를 이끈 전설적인 매니저. 히무라 쇼우가 엑스톤의 제작 라인을 담당했다면 나카무라 이데는 유통 라인을 담당했다고 볼 수 있다.

배도빈을 처음 발굴한 사람으로 알려져 있고 이후에도 전 일본 클래식 음악 조합장으로서 아시아 인재 발굴에도 성과를 보였던 만큼(도빈 재단과 연계되었다) 매니지먼트로서의 역량은 세계적으로 인정받고 있다.

도호쿠 대지진의 피해자다. 사고로 하반신에 마비가 왔고 그런 탓에 업계 전면에서 활동하는 것보단 뒤에서 지원하는 일에 힘쓰고 있다.

2029년, 진달래, 니아 발그레이를 치료했던 빈 의과대학에서 신경 복원에 성공, 무려 17년 만에 다시 걸을 수 있게 되었다.

세계 클래식 음악 협회 이사로 취임 후, 그간 참아왔던 일을 폭발시키듯 여러 사업을 진행 중에 있다. 대표적으로 국제 콩쿠르 심사 공정성을 위해 관련 규정을 만들었다.

배도빈은 히무라 쇼우와 나카무라 이데가 없었다면 음악 활동이 매우 늦어졌을 거라 말하며 나카무라 이데와의 친분을 반복해 언급했다.

5. 화제 또는 가십

그 인기만큼이나 화제를 일으킨 일과 가십거리가 넘쳐난다. 사실로 판명된 일은 화제로, 사실 여부가 불확실하거나 거짓, 루머인 경우 가십으로 분류.

5-1. 가십

5-1-1. 배도빈 모차르트 환생설

~~이걸 굳이 적어야 함? 재밌으니까.~~

만 3세부터 활동하기 시작한 배도빈은 첫 앨범부터 큰 성공을 거두어, 영화 음악계의 신성으로 도약한다. 어렸을 적부터 천재성을 보인 탓에 배도빈은 꽤 오랜 시간 모차르트와 비교, 비유되었는데 본인은 그러한 환경이 무척 불쾌했던 것 같다.

심지어 그런 말들이 사실 모차르트가 환생한 건 아니냐는 망상으로까지 이어진 것. 팬덤 사이에서는 '다시 태어난 모차르트'라는 제목의 팬픽이 크게 유행한 적 있다.

5-1-2. 최지훈과의 열애설

2023년 부근부터 생긴 루머다.

음악가로서도, 사업가로서도 크게 성공하고, 신체적으로도 가장 왕성할 나이의 배도빈이 단 한 번도 열애설이 없는 것에 일부 팬이 의아함을 가졌고, 그때까지 항상 붙어 다니던 최지훈과 사귀는 거 아니냐는 말이 와전되어 확산한 것으로 추측된다.

일반적인 친구 사이로 보이기에는 지나치게 친해 보이는 모습이 일부 팬들의 눈에는 그렇게 보였던 듯.

제1회 배도빈 콩쿠르에서 가우왕이 참전하면서 가우왕 vs 최지훈으로 해당 항목이 불이 붙은 적 있지만 난장판이라 삭제.

나윤희와의 열애설이 번졌을 때도 나윤희 지지파와 최지훈 지지파와 난데없는 키보드 배틀이 발발했다.

5-1-3. 배도빈 마왕설

배도빈의 오랜 별명이었던 '마왕'과 '잠자는 숲속의 공주'로 인한 망상이다.

불면증에 시달리던 배도빈이 자기 자신과 베를린 필하모닉 단원들을 위해 만든 '잠자는 숲속의 공주'는 현재 학계에서 심리 안정 및 수면 유도에 도움을 준다고 인정받고 있는데, 그 효과가 너무 좋아 불면증 환자의 70%가 차도를 보였다는 연구 결과도 존재한다.

이 때문에 배도빈이 사실 진짜 마왕이었다, 틀어놓고 자게 만들어서 광고 수익을 올리려는 계략이다 등등의 밈이 발전한 이야기로 보인다.

당연한 말이지만 말도 안 되는 이야기.

5-1-4. 카레 중독

배도빈이 카레를 좋아한다는 소문은 그가 활동을 잠시 중단했을 때, 서울 각 지역의 여러 카레집에서 그를 발견했단 이야기가 퍼지면서 시작되었다. 이후 잠잠해졌다가 배영빈 감독의 극장 애니메이션 〈THE DOBEAN〉이 개봉하면서 카레 중독자라는 이미지가 박히고 말았다. ~~천재들이 보이는 강박증이나 집착일 가능성도.~~

이후 여러 제보를 통해 증언되었다.

베를린 필하모닉의 구내식당에 인도, 영국, 한국, 일본 사 개국의 카레가 항시 준비되어 있는 점, 베를린의 카레 전문점 슈퍼 슈바인의 단골이라는 점, 기분이 좋은 날에는 직접 카레를 만들어 주변 사람을 초대한다는 이야기까지 사실 소문이 아닐 가능성이 크다. ~~그런데 왜 가십 탭에 있음? 4살 때부터 일주일에 최소 7번은 먹었다는 게 말이 안 되니까.~~

2030년! 드디어 이 항목이 사실로 밝혀졌다!

배도빈이 카레 전문점 슈퍼 슈바인을 사들여 유럽 내 카레 사업을 시작했다! ~~근데 왜 아직도 가십에 있나!~~

[기사 링크]

[배도빈, "최고의 카레를 만들 것이다."]

언론은 의외라는 반응을 보였고, 배도빈의 골수팬들은 그가 제발 소유주·투자자로서만 활동하고 메뉴 개발에는 관여하지 않길 바라고 있다. 이유는 아래 항목에서.

5-1-5. 요리를 못 하는 미식가

최지훈, 차채은, 가우왕, 찰스 브라움, 빌헬름 푸르트벵글러, 사카모토 료이치, 마누엘 노이어, 진 마르코, 피셔 디스카우 등 배도빈과 친분이 있는 모든 사람이 배도빈은 형편없는 요리사라고 증언했다.

심지어 나윤희마저 '배도빈 씨의 요리를 어떻게 생각하십니까'라는 질문에 대답을 회피했다!

배도빈의 여러 인터뷰나 개인 SNS 계정을 보면 맛있는 음식을 먹는 걸 상당히 즐기는 것으로 보이고 또 요리하는 것이 제2의 취미로 여겨지나 정작 솜씨는 형편없는 듯. ~~신은 공평하다! 정말 그~~

~~렬까? 잘생기고 돈 많고 자기 분야에서 원탑이잖아. ㅂㄷㅂㄷ~~

배도빈의 완벽주의에 여러 번 '악마 같은 꼬맹이'라고 발언했던 베를린 필하모닉의 마누엘 노이어의 인터뷰가 모든 걸 말해준다.

[기사 링크]

[마누엘 노이어, "그간 공연 준비 과정 때문에 악마 같은 꼬맹이라 말했는데, 지난 일요일 그의 커리를 먹고 생각이 달라졌다. 그는 꼬마 악마가 아니라 마왕이다."]

5-2. 화제

5-2-1. 신성

2009년 12월에 발표된 배도빈의 첫 싱글 앨범 '부활'은 초동 10만 장 이상이 판매되며, 범상치 않은 신인이 등장했음을 알렸다.

당시 세계 클래식 음악 시장의 2할을 차지하고 있던 일본에서 발매되었다고는 하나 음반 시장은 디지털 시장에 밀리는 상황이었고 정통 클래식 음악은 더더욱 침체되어 있었기에 배도빈의 '부활'이 보인 성적은 그야말로 기적에 가까웠다.

당시 사카모토 료이치는 자신의 트위터에 "신인 배도빈의 음악은 이미 완성되어 있다"라는 평을 내기도 했다.

놀라운 것은 그때 배도빈의 나이가 고작 4세, 만으로는 3세에 불과했다는 점인데 지금까지도 그때 배도빈이 어떻게 지금도 구조적으로 완벽하다고 평가받는 '부활'을 작곡할 수 있었는지에 대해 밝혀진 바 없다(4살은 평범한 아이라면 겨우 말문이 트이는 시기다. 그렇기에 더욱 그의 천재성이 부각되는 것).

5-2-2. 크리크 국제 피아노 콩쿠르

지금은 일반적으로 알려진 사실이지만, 사실 크리크 국제 피아노 콩쿠르는 배도빈 때문에 만들어진 등용문이었다.

[기사 링크]

[미카엘 블레하츠, "국제 피아노 콩쿠르의 연령 제한 때문에 배도빈과 같은 인물이 나서지 못하는 게 아쉬웠다."]

한 사람을 위해 국제 클래식 음악 협회가 콩쿠르를 설립했다는 것만으로도 당시 배도빈의 위상이 얼마나 높았는지 짐작할 수 있다.

정작 배도빈 본인은 콩쿠르에 나서는 걸 꺼렸으나 ~~배토벤 가넘 콩쿠르랑 배도빈 콩쿠르는? 자기가 만든 거나 상관없다.~~ 어찌 되었든 배도빈이 크리크 국제 피아노 콩쿠르를 통해 쇼팽 콩쿠르에 참가할 기회를 얻었고 그로 인해 그 입지를 확고히 했던 것만큼은 사실이다.

크리크 국제 콩쿠르(작곡, 피아노, 바이올린, 성악)는 현재 세계 모든 클래식 음악 전공 학생들의 등용문으로서 세계 무대에 나서기 위한 필수 코스로 여겨지고 있다.

5-2-3. 음악 시장 확대와 구조 변화

배도빈 이후 음악 시장에 큰 변화가 찾아왔다는 건 모두가 아는 사실이지만, 구체적으로 어떻게 변화했는지에 대해 아는 사람은 많지 않다.

5-2-3-1. 시장 확대

음악 시장 확대의 배경적 이유는 음악을 소모하는 시간이 비약적으로 상승한 데 있다. 2017년 기준, 대한민국 사람은 하루에 평균 77.8분 정도를 음악 서비스를 사용하는 데 할애하고 있었다(한국콘텐츠진흥원 조사).

같은 해 전 세계 평균은 150분 정도인데, 제1회 OOTY 오케스트라 대전을 전후로 대한민국의 평균 음악 소비 시간은 일 평균 175분, 전 세계 평균은 270분으로 크게 늘었다.

이 현상을 설명하는 주장은 여럿 있다.

* 새로 유입된 인원이 많아졌다(평균 시간 증대).

* 상대적으로 한 곡당 플레이타임이 긴 클래식 음악 시장이 성장하면서 평균 사용 시간이 늘어났다.

* 음악 서비스를 사용하는 사람은 주로 학업/업무/운전을 할 때 사용하는데 클래식 음악은 상대적으로 그러한 행동에 크게 영향을 주지 않아서 늘어났다. 또한 수면 시간에도 들을 수 있기에 평균 사용 시간이 크게 확대되었다.

살펴보면 클래식 음악이 일상생활과 병행하기에 적합하고

그런 클래식 음악 시장이 성장했기에 전체적인 음악 시장이 활성화되었다는 것으로 볼 수 있다.

게르트 카리우스, 모리스 르블랑, 한이슬 등과 같은 권위 있는 학자, 언론인 모두 그러한 현상을 주도한 사람으로 배도빈을 꼽고 있다.

실제로 배도빈이 활동을 시작한 2010년부터 2030년까지 20년간 클래식 음악 시장은 매해 50~70% 이상의 비정상적인 성장률을 보였다.

5-2-3-2. 수익 구조 변화

음악사 박사, 음악사회학 박사 게르트 카리우스는 라이든샤프트를 진정한 음악가의 시대로 규정했는데, 그가 발표한 논문에 따르면 기존의 불공평했던 수익 분배 과정이 올바르게 변화했다고 한다.

2018년 기준 전 세계 음악 시장의 수익 구조를 보면 공연이 53%, 디지털 음원이 23%, 실물 음반이 18%, 기타 저작권이 6%로 이루어져 있었다(PwC. 대신증권 Research&Strategy 본부 조사).

53%를 차지하는 공연 수익은 크게 티켓 값과 광고 수익인데 문제는 이 광고 수익을 공연 기획사가 가져간다는 것. 한마디로 공연을 하는 음악가들에게 가는 수익이 턱없이 적다는 것이 문제였다.

또한 디지털 음원의 경우도 유통사가 최대 40%를 수수료로 가져갔고, 실물 음반의 경우에는 그 비율이 훨씬 높아 사실상 음악가의 수익이 높을 수 없었다.

2010년대, 유럽 시장을 장악했던 인터플레이의 경우에는 시장 장악력을 기반으로 디지털 음원의 수수료를 55%를 여러 악단과 음악가에게 강요했고, 더군다나 프로모션을 인질로 삼은 독점 계약으로 악명이 높았다.

이러한 현상은 베를린 필하모닉과 일부 악단이 자체적인 유통 경로를 성공적으로 확보하면서 변화하기 시작했다.

2020년대에 들어 베를린 필하모닉에 대한 인기가 급상승하였고, 제1회 OOTY 오케스트라 대전 이후 클래식 음악 시장을 장악한 배도빈은 과감한 결단을 내린다.

베를린 필하모닉의 디지털 콘서트홀에서만 감상할 수 있는 콘텐츠를 만든 것.

JH, 미시시피 프리미엄 비디오 등 이미 확보된 시장에서 활동하는 한편, 자체 유통 경로를 만들어 악단 수익을 최대화시켰던 것이 성공 요인으로 작용했다.

베를린 필하모닉의 매출액은 기존 1조 원 부근에서 크게 성장해 2027년에는 10조 원 수준으로 대폭 성장, 유통을 통해 드는 비용 감소로 순수익 비중도 크게 증가할 수 있었다.

베를린 필하모닉의 이러한 성공 신화는 다른 오케스트라에게도 영향을 미쳐, 각 오케스트라가 자신만의 채널을 만드는데 주력하게 되었고, 어떻게든 콘텐츠를 확보해야 했던 기존의 공연 기획사는 광고 수익을 공연자와 나누는 것으로, 플랫폼은 수수료를 줄이는 방향으로 나아갈 수밖에 없었다.

배도빈은 음악 시장 확대뿐만 아니라 수익 배분의 공정성까지 확보하여 음악인들의 작품 활동 환경을 크게 개선했다고 평가받는다.

이는 과거 베토벤이 과거 귀족에게 귀속되어 활동할 수밖에 없었던 음악가의 처지를 본인의 악보 판매, 공연, 교육으로 타개했던 것과 함께 크나큰 업적으로 인정받고 있다.

5. 기타

* 2021년부터 2032년까지 초·중·고·대학생을 상대로 한 가장 존경하는 인물에서 항상 1위를 유지하고 있다.

* 다루는 악기를 피아노와 바이올린뿐으로 아는 사람이 많지만 얼후, 클래식 기타, 장구, 태평소 등 다룰 수 있는 악기가 상당히 많다. 대교향곡을 위해 여러 악기를 찾다가 자연스럽게 익혔다고 한다.

* 복지 사업에 크게 힘쓰고 있다. 군 복무를 하지 못하게 되면서 국방부에 800억 원을 기부한 것 외에도 매해 대한민국의

소외 가정을 위해 수십억 원을 기부하고 있다. 그 외에도 도빈 재단 및 베를린 필하모닉은 세계 각지의 재능 있는 음악가를 상대로 후원 사업을 진행하고 있다.

* 의외로 영화광이다. 사카모토 료이치와 최지훈의 콜렉션을 함께 보다 보니 좋아하게 되었다고 한다. 좋아하는 영화는 '마지막 왕(사카모토가 OST 작업을 한 영화다)', '샤이닝(1980)'. '블랙 나이트 시리즈'라고 한다.

* 프라하를 좋아한다고 한다. 체코 필하모닉 오케스트라와 함께할 때의 경험이 큰 듯.

* 애국가 제조기란 별명도 가지고 있다.

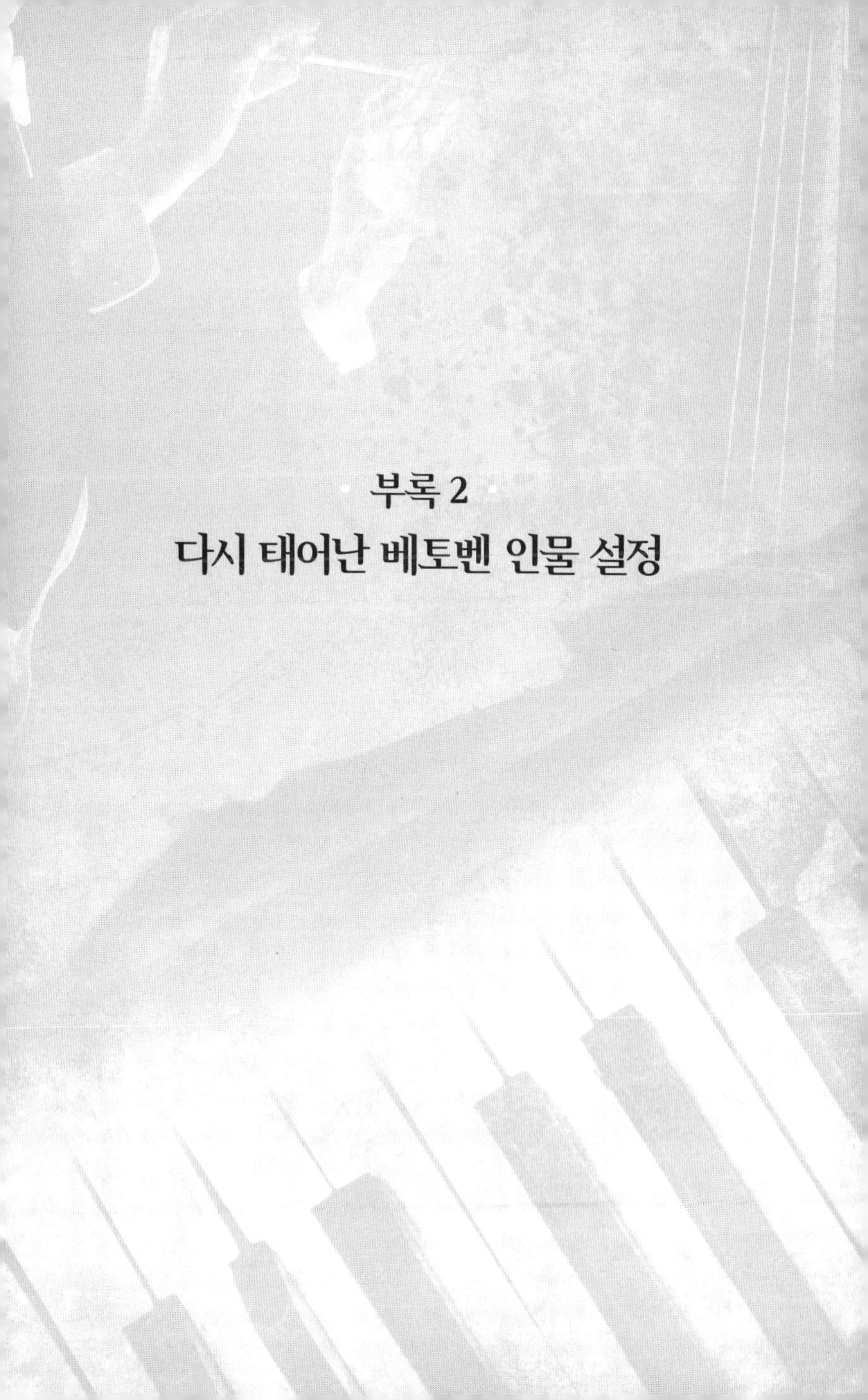

부록 2

다시 태어난 베토벤 인물 설정

이름	배도빈(裵道彬) Bae Dobean	신체	166.6㎝, 54kg(2023년) 181㎝, 73kg(2028년)		
출신지	대한민국 서울특별시 관악구 행운동	생일	06.02.04	혈액형	B형
외모 특징	눈이 옆으로 길다. 눈이 깊다. 눈과 눈썹 사이가 좁다. 날카로운 인상.	취미	작곡, 산책, 커피 내리고 마시기, 피아노 연주.		
별명	천재, 샛별, (인류의) 희망, (베를린의) 마왕, 선지자, 구도자, 신, 빌어먹을 꼬맹이, The B, B, 그분, 빈, 콩.				
좋아하는 음악가	본인을 포함한 베를린 필하모닉. 드보르자크, 사카모토 료이치, 한스 짐.				
좋아하는것	과르네리 델 제수 '캐논', 2027년형 메르세데츠, 푸르트벵글러호, 루트비히홀, 감귤주스, 천세카레, 슈퍼 슈바인 특제 카레, 스타인웨이 리미티드에디션 피아노 '빈', 자메이카 커피, 깃펜, 디저트 전반, 영화.				
싫어하는것	비행기, 떨어지는 것, 무료함, 소음, 미역, 문어, 이해하지 못하는 것.				
재산	유동자산: 173억 달러 비유동자산: 118억 달러(베를린 필하모닉 그룹)				
직업	베를린 필하모닉 그룹 소유(비상장 그룹사), 베를린 필하모닉 상임 지휘자(예술 감독), 작곡가, 피아니스트, 바이올리니스트, 베를린 대학 강사, 베를린 음악교육원 이사장, 샛별 엔터테인먼트 소유주, APOP 소유주, 도빈 재단 이사장, WH 해운 전무(대주주), WH 뮤직 대주주, WH 생명 대주주.				

주요 경력	2023 제1회 OOTY 오케스트라 대전 우승 2027 제2회 OOTY 오케스트라 대전 우승 그래미상 8개 부문 10회 수상 아카데미 음악상 4회 그로마이어 작곡상 5회 에른스트 폰 지멘스 음악상 2회 유네스코 모차르트 메달 독일 대공로십자성장, 특별대십자장 대한민국 금관문화훈장
단기 목표	그랜드 심포니 편곡, 카레 전문점 개장

<table>
<tr><td>이름</td><td>최지훈(崔知勛)
Choi Jihoon</td><td>신체</td><td colspan="3">183.1㎝, 75kg(2023년)
188㎝, 83kg(2028년)</td></tr>
<tr><td>출신지</td><td>대한민국 서울특별시
종로구 청운동</td><td>생일</td><td>05.11.13</td><td>혈액형</td><td>AB형</td></tr>
<tr><td>외모 특징</td><td>순한 인상.
크고 맑은 눈.
부드러운 선.
화나면 무서워진다.</td><td>취미</td><td colspan="3">피아노 연주, 영화 감상, 음악가
정보 수집, 헬스</td></tr>
<tr><td>별명</td><td colspan="5">천재, 나비, 태양</td></tr>
<tr><td>좋아하는
음악가</td><td colspan="5">쇼팽, 배도빈, 가우왕, 크리스틴 지메르만, 엘리자베타 툭타미셰바</td></tr>
<tr><td>좋아하는것</td><td colspan="5">스타인웨이 리미티드에디션 피아노 '나비', 이탈리아 남부 개인 소유 섬, 폴란드 브로츠와프 저택, 쇼팽 국제 피아노 콩쿠르 우승 트로피, 배도빈 피아노 협주곡 'A108' 악보 원본. 엄마 아빠와 찍은 가족사진, 영화.</td></tr>
<tr><td>싫어하는것</td><td colspan="5">나쁜 행동, 불합리한 것, 삼류 소채(도라지, 인삼, 산삼 등)</td></tr>
<tr><td>재산</td><td colspan="5">유동자산: 1,400만 달러
비유동자산: 2억 7,600만 달러</td></tr>
<tr><td>직업</td><td colspan="5">피아니스트, 베를린 필하모닉 피아노 부수석, JH씨네마 주주</td></tr>
<tr><td>주요경력</td><td colspan="5">크리크 국제 피아노 콩쿠르 1위
쇼팽 국제 피아노 콩쿠르 1위
차이코프스키 국제 피아노 콩쿠르 1위
베를린 필하모닉 피아노 부수석
그래모폰 선정 올해의 피아니스트 1회
가장 많이 팔린 피아노 앨범(2028)</td></tr>
<tr><td>단기 목표</td><td colspan="5">가우왕과의 누적 경합 역전, 베토벤 피아노 소나타 전집 녹음</td></tr>
</table>

이름	차채은(車彩銀) Cha Chae-eun	신체	174㎝, 57kg(2023년) 178㎝, 63kg(2028년)		
출신지	대한민국 서울특별시 마포구 공덕동	생일	08.07.17	혈액형	A형
외모 특징	곱슬머리. 얇은 입술. 동그란 눈.	취미	일기 쓰기, 기사 수집, 음악 감상, 스쿼시, 격투 게임.		
별명	(진달래에게) 채은쓰, (온라인 닉네임) 체르니				
좋아하는 음악가	배도빈, 최지훈, 베토벤, 슈베르트, 브루크너, 바그너, 아리엘 얀스				
좋아하는것	소보로빵, 자기 기사 스크랩 바인더, 어린이용 피아노, 무접점 키보드, 스포츠 전반, 다이어리.				
싫어하는것	바퀴벌레, 공포 영화, 악플, 오타, 쇼핑.				
재산	유동자산: 41만 달러 아버지에게 생일 선물로 받은 요트(21만 달러)				
직업	평론가, 칼럼니스트. 인플루언서.				
주요경력	월간 관중객 '알고 싶은 이야기' 12개월 연재 일간지 리드 칼럼니스트 구독자 130만 명 블로그 소유 '베토벤을 계승하는 자' 외 4개 논문 학술지 '아마데우스' 메인 기사 수록 유로 평론가 협회 선정, 이달의 논평가				
단기 목표	라이든샤프트 시대 연구 저술서 출간, 최지훈과 연인다운 일 하기.				

<table>
<tr><td>이름</td><td>사카모토 료이치
(坂本遼一)</td><td>신체</td><td colspan="3">172㎝, 60kg(2023년)
171㎝, 56kg(2028년)</td></tr>
<tr><td>출신지</td><td>일본 도쿄도 나카노구</td><td>생일</td><td>48.01.17</td><td>혈액형</td><td>B형</td></tr>
<tr><td>외모 특징</td><td>큰 코.
굵은 눈썹.
인자하나 강인한 인상.</td><td>취미</td><td colspan="3">동요 작곡, 연주, 부르기.
영화, 애니메이션 감상.
라멘 탐방.</td></tr>
<tr><td>별명</td><td colspan="5">세계의 사카모토, 사카모토 교수, 살아 있는 전설(리빙 레전드).</td></tr>
<tr><td>좋아하는 음악가</td><td colspan="5">배도빈, 최지훈, 베토벤, 슈베르트, 브루크너, 바그너, 아리엘 얀스</td></tr>
<tr><td>좋아하는것</td><td colspan="5">방귀, 아톰, 아동용 애니메이션, 동시, 동요, 록, 쇼와 시대 영화.
꽁트, 깁슨 기타, 테일러 기타, 자유로움, 아이들, 라멘.</td></tr>
<tr><td>싫어하는것</td><td colspan="5">부정, 독재, 군국주의, 탄압.</td></tr>
<tr><td>재산</td><td colspan="5">유동자산: 3,900만 달러
비유동자산: 1억 5,700만 달러</td></tr>
<tr><td>직업</td><td colspan="5">빈 필하모닉 상임 지휘자(3년 계약), 음악 프로듀서, 피아니스트, 키보디스트, 기타리스트, 작곡가, 전 일본 클래식 음악 조합 자문위원.</td></tr>
<tr><td>주요경력</td><td colspan="5">1992년 바르셀로나 올림픽 테마곡 작곡
아카데미 음악상 3회
골든글로브 최우수 작곡상 2회
도쿄 필하모닉 오케스트라 지휘
21세기 빈 필하모닉 첫 상임 지휘자
2027 제2회 OOTY 오케스트라 대전 통합 3위</td></tr>
<tr><td>단기 목표</td><td colspan="5">빈 필하모닉에서의 활동을 마치고 챔버 오케스트라 구성.</td></tr>
</table>

<table>
<tr><td>이름</td><td>빌헬름 푸르트벵글러
(Wilhelm
Furtwängler)</td><td>신체</td><td colspan="3">180㎝, 84kg(2023년)
180㎝, 79kg(2028년)</td></tr>
<tr><td>출신지</td><td>독일 베를린 미테</td><td>생일</td><td>46.01.25</td><td>혈액형</td><td>B형</td></tr>
<tr><td>외모 특징</td><td>강인한 눈매, 긴 코,
고집스러운 하관.</td><td>취미</td><td colspan="3">산책, 화단 가꾸기, 작곡.</td></tr>
<tr><td>별명</td><td colspan="5">(철혈의) 폭군, 살아 있는 전설, 세기의 지휘자</td></tr>
<tr><td>좋아하는
음악가</td><td colspan="5">베토벤, 바그너, 브람스, 브루크너, 배도빈. 베를린 필하모닉.</td></tr>
<tr><td>좋아하는것</td><td colspan="5">쿠바산 시가, 쾰른산 맥주, 서프보드, 돼지고기, 베를린 필하모닉 실황 기록 자료실, 베를린 필하모닉.</td></tr>
<tr><td>싫어하는것</td><td colspan="5">'K', 아스파라거스, 버섯, 시금치, 동물, 게으름.</td></tr>
<tr><td>재산</td><td colspan="5">유동자산: 5,500만 달러
비유동자산: 9,700만 달러</td></tr>
<tr><td>직업</td><td colspan="5">베를린 필하모닉 상임 지휘자(총감독), 바이올리니스트.</td></tr>
<tr><td>주요경력</td><td colspan="5">빈 모차르트 협회 모차르트 메달
오스트리아 연방공화국 대공로훈장
에른스트 폰 지멘스 음악상
그래미상(클래식 독주와 관현악 협연 부문)
독일 공로훈장 대십자성장
2023 제1회 OOTY 오케스트라 대전 준우승</td></tr>
<tr><td>단기 목표</td><td colspan="5">베토벤, 브람스 교향곡 전집 녹음.</td></tr>
</table>

<table>
<tr><td>이름</td><td>왕가우
(王柯宇)</td><td>신체</td><td colspan="3">183㎝, 78kg(2023년)
183㎝, 80kg(2028년)</td></tr>
<tr><td>출신지</td><td>중국 베이징시 다싱구</td><td>생일</td><td>86.08.08</td><td>혈액형</td><td>B형</td></tr>
<tr><td>외모 특징</td><td>불량스러운 외모. 긴 눈.
날카로운 콧대. 큰 입.</td><td>취미</td><td colspan="3">피아노 연주, 드라이브.</td></tr>
<tr><td>별명</td><td colspan="5">황태자, 황제, 미친놈, 마약왕</td></tr>
<tr><td>좋아하는
음악가</td><td colspan="5">배도빈, 타마키 히로시</td></tr>
<tr><td>좋아하는것</td><td colspan="5">마라샹궈, 건두부, 딤섬, 스포츠카, 선글라스, 빨간색, 가죽 소재 옷, 워커, 지퍼, 담배, 가족, 피아노, 개, 리사이틀. 옥타브. 트릴, 정확한 아티큘레이션.</td></tr>
<tr><td>싫어하는것</td><td colspan="5">원숭이, 폭풍, 공산당, 무능, 나약함, 취두부.</td></tr>
<tr><td>재산</td><td colspan="5">유동자산: 2,700만 달러
비유동자산: 1,700만 달러
특이사항: 망명하면서 재산의 큰 부분을 손실.</td></tr>
<tr><td>직업</td><td colspan="5">피아니스트, 베를린 필하모닉 부감독, 베를린 필하모닉 피아노 수석.</td></tr>
<tr><td>주요경력</td><td colspan="5">반 클라이번 콩쿠르 우승
쇼팽 국제 피아노 콩쿠르 우승
(마주르카, 폴로네이즈, 콘체르토, 소나타상 석권)
2008 베이징 올림픽 개막식, 폐막식 독주
그래미상 최우수 기악 솔로 퍼포먼스 4회 수상
유로 평론가 협회 선정 '위대한 피아니스트 10인'의 첫 번째 인물
기네스 '1초에 가장 많은 음을 연주한 사람'
21세기 가장 많은 사람을 동원한 피아니스트</td></tr>
<tr><td>단기 목표</td><td colspan="5">금연, 연탄곡 솔로 연주 익숙해지기</td></tr>
</table>

<table>
<tr><td>이름</td><td>찰스 브라움
(Charles Braum)</td><td>신체</td><td colspan="3">181㎝, 71㎏(2023년)
181㎝, 71㎏(2028년)</td></tr>
<tr><td>출신지</td><td>영국 옥스퍼드셔 처웰</td><td>생일</td><td>84.09.29</td><td>혈액형</td><td>AB형</td></tr>
<tr><td>외모 특징</td><td>밝은 금발, 우아한 선, 깊은 눈.</td><td>취미</td><td colspan="3">바이올린 연주, 에스테틱, 스파, 요가.</td></tr>
<tr><td>별명</td><td colspan="5">귀공자, 황태자, 황제, 찌질이, 치찔이, 왕자님.</td></tr>
<tr><td>좋아하는 음악가</td><td colspan="5">배도빈, 아리엘 얀스.</td></tr>
<tr><td>좋아하는것</td><td colspan="5">스트라디바리우스 '파이어버드', 베를린 대학 음대, 베를린 음악 교육원, 마스크팩, 황금색 실크 잠옷, 숙면, 청결, 애플 크럼블.</td></tr>
<tr><td>싫어하는것</td><td colspan="5">먼지, 피부 트러블, 무작정인 인물, 우아하지 못한 인물, 청어.</td></tr>
<tr><td>재산</td><td colspan="5">유동자산: 1억 달러
비유동자산: 3억 2,000만 달러</td></tr>
<tr><td>직업</td><td colspan="5">바이올리니스트, 대학교 교수, 음악원 원장, 베를린 필하모닉 악장.</td></tr>
<tr><td>주요경력</td><td colspan="5">11세 바이올리니스트로 앨범 발표(도이치 그라모폰)
영국 왕립 음악대학 최연소 입학, 최연소 졸업
줄리어드 졸업.
파가니니 국제 콩쿠르 우승
차이코프스키 국제 바이올린 콩쿠르 우승
퀸 엘리자베스 국제 음악 콩쿠르 바이올린 부문 우승
런던 필하모닉 악장.
그래미상 최우수 기악 솔로 퍼포먼스 1회 수상
가장 많은 사람이 동원된 바이올린 콘서트(27만 명)
타임지 선정 '위대한 바이올리니스트'의 세 번째로 소개.</td></tr>
<tr><td>단기 목표</td><td colspan="5">파가니니의 카프리스를 넘는 연습곡 모음 발표, 이자벨 멀핀에게 <u>프로포즈.</u></td></tr>
</table>

<table>
<tr><td>이름</td><td>나윤희(羅玧熙)
Na Yoonhee</td><td>신체</td><td colspan="3">167㎝, 57kg(2023년)
167㎝, 55kg(2028년)</td></tr>
<tr><td>출신지</td><td>경기도 부천시 상동</td><td>생일</td><td>97.04.02</td><td>혈액형</td><td>O형</td></tr>
<tr><td>외모 특징</td><td>부드러운 눈, 높은 체온. 하얀 피부. 옷을 입으면 쪄 보이는 스타일.</td><td>취미</td><td colspan="3">앨범 수집, 목공 DIY, 옷 리폼.</td></tr>
<tr><td>별명</td><td colspan="5">(베를린의) 푸린, 와인, 열정적인 바이올리니스트, 불새.</td></tr>
<tr><td>좋아하는것</td><td colspan="5">블러드 와인, 직접 만든 식탁, 돼지 목살, 간장, 하늘색 카디건, 약혼반지, 여러 색상의 송진, 데이비드 개릭 콘서트 한정 열쇠고리(바이올린 형태), 설탕을 가득 넣은 에스프레소.</td></tr>
<tr><td>싫어하는것</td><td colspan="5">말 더듬는 버릇, '그때 이렇게 말할걸' 하고 후회하는 것, 폭력, 남을 무시하는 일, 탄산음료, 쓴 음식, 기름진 음식, 달라붙는 옷.</td></tr>
<tr><td>재산</td><td colspan="5">유동자산: 155만 달러
비유동자산: 820만 달러</td></tr>
<tr><td>직업</td><td colspan="5">베를린 필하모닉 악장, 바이올리니스트.</td></tr>
<tr><td>주요경력</td><td colspan="5">예후디 메뉴인 콩쿠르 주니어 2위
KCO 전국 음악 콩쿠르 1위
백제 대학 음대 졸업
2023 올해의 바이올리니스트(세계 클래식 음악 협회)
타임지 선정 '위대한 바이올리니스트'의 여덟 번째로 소개
'잠자는 숲속의 공주' 가장 많이 재생된 곡으로 등재</td></tr>
<tr><td>단기 목표</td><td colspan="5">믿음직한 악장 되기. 왕소소와 듀엣 앨범 내기. 배도빈의 다크서클 없애기.</td></tr>
</table>

<table>
<tr><td>이름</td><td>왕소소
(王宵宵)</td><td>신체</td><td colspan="3">159cm, 44kg(2023년)
159cm, 53kg(2028년)</td></tr>
<tr><td>출신지</td><td>중국 베이징시 다싱구</td><td>생일</td><td>97.01.31</td><td>혈액형</td><td>A형</td></tr>
<tr><td>외모 특징</td><td>날카로운 눈, 변화가 적은 표정, 뚜렷한 이목구비, 탱탱한 볼.</td><td>취미</td><td colspan="3">드라마 보기, 디저트 먹기, 수면.</td></tr>
<tr><td>별명</td><td colspan="5">쏘, 설녀, 여왕님.</td></tr>
<tr><td>좋아하는것</td><td colspan="5">생크림 케이크, 생과일 케이크, 초콜릿 무스, 빵, 꿀, 버터, 설탕, 소프트아이스크림, 파르페, 스무디, 와플, 따뜻한 비스킷, TV, 리모콘, 침대, 푹신한 이불과 베개, 에어컨디셔너, 악기.</td></tr>
<tr><td>싫어하는것</td><td colspan="5">소음, 연주 외 움직이는 일, 침대를 벗어나야 하는 생리현상, 새드엔딩 드라마, 열린 결말 영화, 사람 사귀기.</td></tr>
<tr><td>재산</td><td colspan="5">유동자산: 97만 달러
비유동자산: 570만 달러</td></tr>
<tr><td>직업</td><td colspan="5">베를린 필하모닉 악장, 얼후 연주자, 바이올리니스트, 첼리스트, 기타리스트.</td></tr>
<tr><td>주요경력</td><td colspan="5">마이클 힐 국제 바이올린 콩쿠르 1위
도차우어 국제 주니어 첼로 콩쿠르 1위
션윈 예술단 협연(얼후, 12세)
드라마 〈자하검전〉 OST 연주(얼후, 15세)
중국 CCTV 중추절 축하 공연(얼후, 15세)
중국 정부 공인 얼후 명인(2012~)</td></tr>
<tr><td>단기 목표</td><td colspan="5">개인용 극장 마련. 다이어트.</td></tr>
</table>

부록 3
〈다시 태어난 베토벤〉 1부에 등장한 곡 목록

카사도	무반주 첼로 모음곡
말러	교향곡 6번 A단조, 비극적
	교향곡 5번
너바나	Smells like teen spirit
파가니니	카프리스 24번
딥퍼플	Smoke on the Water
슈만	교향곡 1번 B플랫 장조
	교향곡 2번 C장조 Op.61교향곡 4번 D단조
	만프레드 서곡 Op.115
베토벤	교향곡 3번 Eb장조 Op.55, 영웅
	교향곡 4번 Bb장조 Op.60
	교향곡 5번 C단조, 운명
	교향곡 6번 Op.68, 전원
	교향곡 7번 A장조 Op.92
	교향곡 8번 F장조
	교향곡 9번 D단조, 합창
	바가텔 No.25 A단조, 엘리제를 위하여
	바이올린 소나타 10번, G장조 Op.96
	바이올린 소나타 5번 F장조, 봄
	바이올린 소나타 8번 G장조

베토벤	바이올린 소나타 9번 A장조 Op.47, 크로이처
	바이올린 협주곡 D장조 Op.61
	잔잔한 바다와 즐거운 항해 OP.112
	피델리오
	피아노 소나타 10번 G장조 Op.14 No.2
	피아노 소나타 11번 Bb장조 Op.22 No.11
	피아노 소나타 12번 Ab장조 Op.26
	피아노 소나타 13번 Eb장조
	피아노 소나타 14번 C# 단조, 월광
	피아노 소나타 23번 F단조 Op.57, 열정
	피아노 소나타 29번 Bb장조 Op.106, 함머클라비어
	피아노 소나타 31번
	피아노 소나타 32번 C단조 Op.111
	피아노 소나타 7번 D장조 Op.10 No.3
	피아노 소나타 8번 C단조 Op.13, 비창
	피아노 소나타 F#장조 op.78
	피아노 협주곡 3번 C단조 Op.37
	피아노 협주곡 5번 Eb장조 Op.73, 황제
	현악 4중주 14번 C#단조
바그너	로엔그린

바네사 메이	콘트라단자(Contradanza)
배도빈	Entrance
	가을비
	가장 큰 희망(Die meiste Hoffnung)
	넘치는 기쁨(Hochgefühl)
	두 대의 피아노를 위한 모음곡, 태풍
	두 대의 피아노를 위한 협주곡
	바이올린 소나타 소풍
	바이올린 협주곡 1번 F장조, 찰스 브라움
	바이올린 협주곡 불새
	바이올린과 기타를 위한 현악 협주곡
	밴쿠오의 자손
	벗(Freund)
	베토벤 교향곡 9번 D단조 4악장 피아노 편곡
	부성애(Väterliche Liebe)
	부활(Auferstehung)
	심판의 날(A day of reckoning)
	어둠 속에서(Im Dunkeln)
	용감한 영혼(ein mutiger Geist)
	인크리즈

배도빈	차채은을 위한 연습곡 1번 C장조
	천국(Himmel)
	피아노 소나타 B단조 '태풍 치는 언덕'
	피아노 협주곡 1번 C단조, 베를린 환상곡
	피아노 협주곡 루시퍼
	피아노 협주곡 숲
	피아노 협주곡 폭포
모차르트	교향곡 40번 G단조 KV.550
	교향곡 41번 C장조
	두 대의 피아노를 위한 소나타 D장조 K.448
	바이올린 소나타 21번
	바이올린 협주곡 3번 G장조
	바이올린 협주곡 D장조 K.218
	피아노 소나타 11번 A장조 K.331
	피아노 소나타 11번 K.331
	피아노 소나타 14번 C단조 K.457
	피아노 소나타 1번 C장조 K.279
	피아노 소나타 D장조 K.284
	피아노 협주곡 20번 D단조 K.466
	피아노 협주곡 21번 C장조 K.467

모차르트	피아노 협주곡 26번, 대관식
푸르트벵글러	봄이 오는 들판에
류이치	Rain
	Merry Christmas Mr. Lawrence
라흐마니노프	교향적 무곡
	전주곡 C#단조 Op.3 No.2
	피아노 소나타 1번 D단조 Op.28
	피아노 협주곡 2번 C단조 Op.18
	피아노 협주곡 3번 D단조 Op.30
비발디	Op.8 No.1~4, 사계
살리에리	피아노 협주곡 C장조
드보르자크	교향곡 6번 Op.60
	교향곡 9번 E단조 Op.95 신세계로부터
브루크너	교향곡 9번
앙리 비외탕	비올라와 피아노를 위한 소나타 Op.36
모리코네	가브리엘의 오보에
슈트라우스	천체의 음악
브람스	교향곡 1번 C단조 Op.68
	바이올린 협주곡 D단조
	바이올린 협주곡 D장조 Op.77

브람스	바이올린과 피아노를 위한 스케르초
	피아노 협주곡 1번
	헝가리 무곡 5번
바흐	관현악 모음곡 3번 D장조 BWV1068, G선상의 아리아
	무반주 바이올린 소나타 2번 A단조 BWV.1003
	무반주 첼로 모음곡
웡칭시	월량대표아적심
스트라빈스키	불새
	페트루슈카
푸치니	투란도트
베르디	가면무도회
진은숙	마네킹
가르델	머리 하나 차이로(Por una cabeza)
콜드플레이	Viva La Vida
드뷔시	목신의 오후 전주곡
	작은 모음곡, 미뉴에트
	작은 모음곡, 행렬
사라사테	찌고이네르바이젠 Op.20
멘델스존	바이올린 협주곡 E단조
	바이올린 협주곡 E단조 Op.64

차이코프스키	바이올린 협주곡 D장조
	피아노 소나타 2번 C#단조 Op.80
	피아노 협주곡 1번 Bb단조 Op.23
리스트	교향시 7번 축제의 함성 S.101
	베토벤 교향곡 1번 C장조 op.21
	피아노 협주곡 1번
	헝가리안 랩소디 2번
비데만	꼬마 한스-나비야
슈베르트	즉흥곡 D.899 No.1~3
	피아노 5중주 A장조, 송어
	피아노 소나타 19번 C단조
	피아노 소나타 19번 C단조 D.958
	피아노 소나타 19번 C단조 D.958
	피아노 소나타 4번 A단조 Op.164 D.537
쇼팽	녹턴 20번 C#단조
	녹턴 Op.9 No.2
	마주르카 A단조 Op.17 No.4
	발라드 1번 G단조 Op.23
	발라드 제2번 F장조 Op.38
	에튀드 Ab장조 Op.10 No.10

쇼팽	에튀드 C단조 Op.10 No.12
	에튀드 C장조 Op.10 No.1
	에튀드 Eb단조 Op.10 No.6
	에튀드 E장조 Op.10 No.3
	에튀드 F단조 Op.25 No.2
	에튀드 F장조 Op.10 No.8
	에튀드 F장조 Op.25 No.3
	에튀드 Op.10의 5번 흑건
	폴로네즈 환상곡 Ab장조 Op.61
	피아노 협주곡 1번 Op.11
	피아노 협주곡 E단조 Op.11
	피아노 협주곡 F단조 Op.21
비숍	즐거운 나의 집
히사이시 조	Summer

부록 4
Black knight 악보

Score

Black knight sample

THE ADVENT

윤정현

2
Black knight sample
Fl.
Ob.
B♭ Cl.
Bsn.
Hn.
B♭ Tpt.
Tbn.
Tuba
Timp.
S.Dr.
B. Dr.
Cym.
Vln. I
mf
Vln. II
Vla.
Vc.
D.B.

14
Fl.
Ob.
B♭ Cl.
Bsn.
Hn.
B♭ Tpt.
Tbn.
Tuba
Timp.
S.Dr.
B. Dr.
Cym.
Vln. I
Vln. II
Vla.
Vc.
D.B.
f
ff
pp
p

4
Black knight sample
Fl.
Ob.
B♭ Cl.
Bsn.
Hn.
ff
B♭ Tpt.
Tbn.
Tuba
Timp.
S.Dr.
B. Dr.
Cym.
Vln. I
Vln. II
Vla.
Vc.
D.B.

26
Fl.
Ob.
B♭ Cl.
Bsn.
Hn.
♭ Tpt.
Tbn.
Tuba
Timp.
S.Dr.
B. Dr.
Cym.
Vln. I
Vln. II
Vla.
Vc.
D.B.

6
Black knight sample
32
Fl.
Ob.
B♭ Cl.
Bsn.
Hn.
B♭ Tpt.
Tbn.
Tuba
Timp.
S.Dr.
B. Dr.
Cym.
Vln. I
Vln. II
Vla.
Vc.
D.B.
ff

38
Fl.
Ob.
B♭ Cl.
Bsn.
Hn.
B♭ Tpt.
Tbn.
Tuba
Timp.
S.Dr.
B. Dr.
Cym.
Vln. I
Vln. II
Vla.
Vc.
D.B.
f
mf
pp
ff

8
Black knight sample
♩= 165
44
Fl.
Ob.
B♭ Cl.
Bsn.
Hn.
B♭ Tpt.
Tbn.
Tuba
Timp.
S.Dr.
B. Dr.
Cym.
Vln. I
Vln. II
Vla.
Vc.
D.B.

espressivo
♩= 132
51
Fl.
Ob.
B♭ Cl.
Bsn.
Hn.
Tpt.
Tbn.
Tuba
Timp.
S.Dr.
B. Dr.
Cym.
Vln. I
Vln. II
Vla.
Vc.
D.B.
f
mf
mp
ppp
ff

10
Black knight sample
58
Fl.
Ob.
B♭ Cl.
Bsn.
Hn.
B♭ Tpt.
Tbn.
Tuba
Timp.
S.Dr.
B. Dr.
Cym.
Vln. I
Vln. II
Vla.
Vc.
D.B.
pp
ff
pp
ff
ppp

grandioso
♩= 150
8va
Fl.
Ob.
Cl.
Bsn.
Hn.
Tpt.
Tbn.
Tuba
Timp.
S.Dr.
Dr.
Cym.
Vln. I
Vln. II
Vla.
Vc.
D.B.
f
ff

12
Black knight sample
Fl.
Ob.
B♭ Cl.
Bsn.
Hn.
B♭ Tpt.
Tbn.
Tuba
Timp.
S.Dr.
B. Dr.
Cym.
Vln. I
Vln. II
Vla.
Vc.
D.B.

81
Fl.
Ob.
Cl.
Bsn.
Hn.
Tpt.
Tbn.
Tuba
Timp.
S.Dr.
Dr.
Cym.
Vln. I
Vln. II
Vla.
Vc.
D.B.
ff
f

87
Fl.
Ob.
B♭ Cl.
Bsn.
Hn.
B♭ Tpt.
Tbn.
Tuba
Timp.
S.Dr.
B. Dr.
Cym.
Vln. I
Vln. II
Vla.
Vc.
D.B.

93
Fl.
Ob.
Cl.
Bsn.
Hn.
Tpt.
Tbn.
Tuba
Timp.
S.Dr.
B. Dr.
Cym.
Vln. I
Vln. II
Vla.
Vc.
D.B.
ff
ff
pp

16
Black knight sample
99
Fl.
Ob.
B♭ Cl.
Bsn.
Hn.
B♭ Tpt.
Tbn.
Tuba
Timp.
S.Dr.
B. Dr.
Cym.
Vln. I
Vln. II
Vla.
Vc.
D.B.

105
Fl.
Ob.
B♭ Cl.
Bsn.
Hn.
Tpt.
Tbn.
Tuba
Timp.
S.Dr.
B. Dr.
Cym.
Vln. I
Vln. II
Vla.
Vc.
D.B.
fff
ff
p
ppp

Wish Books
밥만 먹고 레벨업
박민규 게임 판타지 장편소설
WISHBOOKS GAME FANTASY STORY
바사삭, 치킨. 새벽 1시에 먹는 라면!
그런데 먹기만 해도 생명이 위험하다고?
가상현실게임 아테네.
먹고 싶은 음식을 먹을 수 있는 유일한 방법!
[식신의 진가가 발동됩니다.]
[힘 1, 체력 1을 획득합니다.]
「밥만 먹고 레벨업」
"천년설삼으로 삼계탕 국물 내는 놈이 세상에 어디 있냐!"
"여기."

Wish Books
만 년 만에 귀환한 플레이어
나비계곡 퓨전 판타지 장편소설
WISHBOOKS FUSION FANTASY STORY
어느 날, 갑작스럽게 떨어진 지옥.
가진 것은 살고 싶다는 갈망과 포식의 권능뿐.
일천의 지옥부터 구천의 지옥까지.
수십만의 악마를 잡아먹고 일곱 대공마저 무릎 꿇렸다.
“어째서 돌아가려 하십니까?”
“김치찌개가… 김치찌개가 먹고 싶다고.”
먹을 것도, 즐길 것도 없다.
있는 거라고는 황량한 대지와 끔찍한 악마뿐!
“난 돌아갈 거야.”
「만 년 만에 귀환한 플레이어」

Wish Books
임제열 퓨전 판타지 장편소설
WISHBOOKS FUSION FANTASY STORY
뽑기 게임에서 살아남는 법
"빌어먹을 인생."
정말 쓰레기 같은 인생이었다.
친구도, 가족도, 연인도 없었다.
어차피 망해 버린 그런 인생.
"그냥 폰 게임이나 해야지."
뽑기 게임에서 살아남는 법
지랄맞은 현실이 되어버린 게임 속에서
다시 한번 최고가 되겠다.